Reliure

聖伝

シュテファン・ツヴァイク

宇和川雄・籠碧＝訳

幻戯書房

目次

第三の鳩の伝説　005
永遠の兄の目　013
埋められた燭台　075
バベルの塔　227
シュテファン・ツヴァイク[1881–1942]年譜――241
解説――268
訳者解題――卑怯者の正義――289

ロゴ・イラスト——丸山有美
装丁——小沼宏之［Gibbon］

第三の鳩の伝説

創世記のなかでは、天の水門が閉まり大洪水の水が引いたときに、始祖ノアが方舟から使者として放った第一の鳩《はと》と第二の鳩の逸話が語られている。しかし第三の鳩の旅と運命は、誰か語った者があっただろうか？　アララト山の頂《いただき》に乗りあげた救助船のふところには、大洪水を逃れたありとあらゆる生き物が匿《かくま》われていた。波また波のつづく、はてしない大海原をマストの上から眺めた始祖は、一羽の鳩を、つまり第一の鳩を放った。この雲ひとつない空の下に、どこか陸地が見えるところがないものか、知らせてほしいと考えたのだ。

創世記の語るところによれば、この第一の鳩は空高く舞い上がって、翼を広げた。鳩は西へ東へと飛び回ったが、まだ一面が水で覆われていた。鳩は羽を休める場所が見つからず、だんだんと翼に力が入らなくなってきた。そのため鳩はこの世で唯一の足場である方舟に戻ってきて、山頂に留《とど》まる船のまわりを羽ばたいた。そこでノアは手を差し伸べて、鳩を船のなかへと引き入れた。

　それからノアは七日待った。七日の間、一滴の雨も降らなかったので、水位はどんどん下がっていった。そこでノアはあらためて一羽の鳩を、つまり第二の鳩をとり出して、状況を知るために空に放った。鳩は朝方に飛びたち、夕方に戻ってきたときには嘴《くちばし》にオリーブの葉をくわえていた。それは大地が自由になったことを示す最初のしるしだった。それによって、ノアは木々の梢《こずえ》がすでに水面から顔を出していること、神の試煉《しれん》が乗り越えられたことを知った。

　七日後にノアはもう一度、状況を知るために一羽の鳩を、つまり第三の鳩を空に放った。鳩は世界に飛び出した。しかし朝方に飛びたった鳩は、夕方になっても戻らなかった。来る日も来る日もノアは待ったが、鳩は二度と戻ってはこなかった。そこで始祖は、大地が完全に自由になったこと、水が引いたことを知った。しかしこの第三の鳩については、彼はそれから一度も耳にすることはなく、人々も耳にすることはなく、その伝説はわたしたちの時代にいたるまで、一度も語られることはなかったのである。

　だがここに記したのは、この第三の鳩の旅と運命である。鳩は朝方に、息苦しい船室から飛びたった。その薄暗い小部屋のなかでは、押し込められた動物たちがいらだちの声をあげ、蹄《ひづめ》や鉤爪《かぎづめ》がひしめき合い、唸《うな》り声、鳴き声、威嚇音、吠え声など、さまざまな音が入り乱れていた。鳩はこの狭苦しい場所から無限の広がりのなかへ、闇のなかから光のなかへと飛びたった。そして雨の匂いが甘く香る明るく澄んだ大空に翼を広げたその瞬間、鳩のまわりには、自由が、はてしなく広がる世界の恵みが、どっと押し寄せてきた。下界では水がきらきらと輝き、森はまるで濡れた苔《こけ》のように緑色に光り、草原からは朝靄《あさもや》が白くたちのぼり、植物の甘い芳香が草原のなかに満ち溢れた。鋼のような空からはぎらぎらと光が降り注ぎ、昇りゆく太陽ははてしなく広がる朝焼けのなかで、山の頂にぶつかってさっと割れた。海はその光を受けて血のように赤く輝き、花々の咲きこぼれる大地は血のように熱い蒸気をあげた。この世界の目覚めは、見るも荘厳だった。鳩はその様子をうっとりと眺めながら、翼をまっすぐに広げて体を傾け、陸を越え海を越え、この真紅の世界の上を飛んでいった。そして夢見心地のうちにだんだんと、自分自身が揺れ動くひとつの夢へと変わっていった。鳩はそのとき最初の動物として、まるで神自身のように、解き放たれた大地を見た。それはいくら見ても見飽きることのない眺めだった。鳩はとうの昔にノアのことを、方舟の白髭《しろひげ》の男のことを忘れていた。ノアに託された任務のことを、方舟に帰ることを忘れていた。なぜならいまや世界が鳩の故郷となり、大空がその家となったからだ。

第三の鳩、始祖のこの不忠実な使者は、そんなふうにして、誰もいない世界の上を、先へ先へと飛んでいった。幸福の嵐に運ばれて、とめどなく吹きよせる喜びの風に運ばれて、鳩は先へ先へと飛んでいったが、やがてその翼は重くなり、羽は鉛のようになった。大地は抗《あらが》いがたい力で鳩を引きおろし、疲れた翼はどんどん下がり、濡れた木々の梢をかすめるようになった。そして二日目の夜、鳩はとうとう森の奥深くに降下させられた。この世のはじまりのすべてのものがそうであったように、この森にもまだ名前はなかった。鳩は枝葉の茂みに身を隠し、空の旅の疲れを癒した。小枝が鳩を包み込み、風が鳩を眠り込ませた。日中は枝葉のなかは涼しく、夜は森の住まいは暖かだった。まもなく鳩は風の舞う大空を忘れ、彼方の誘惑を忘れた。緑の丸天井が鳩を閉じ込め、数え切れないほどの時間が、その上に積み上がっていった。

この迷える鳩が住処《すみか》に選んだのは、わたしたちの世界からほど近いところにある森だった。しかしそこにはまだ人は住みついておらず、この人気《ひとけ》のない森のなかで、鳩は次第にみずからが夢となっていった。暗がりのなか、夜の緑のなかに鳩は巣をつくり、そのかたわらを歳月が通りすぎていった。死は鳩のことを忘れた。なぜならノアの方舟の動物たちはどの種もみな、大洪水以前のはじまりの世界をまだその目で見たことがある生き物であって、彼らは不死の存在であり、どんな狩人《かりうど》も彼らを傷つけることはできなかったからだ。彼らは人の分け入ることのない大地の衣の襞《ひだ》のなかに、人知れず巣をつくった。そのようにしてこの鳩も、森の奥深くに巣をつくったのだった。もっとも、時々近くに人間の気配を感じることはあった。銃声が鳴り響き、緑の壁のなかを幾重にも谺《こだま》することがあった。樵《きこり》が木を切り倒し、周囲の闇がどよめくことがあった。身を絡ませながら森の外れにやってきた恋人たちのかすかな笑い声が、枝葉のなかかからくつくつと秘めやかに聞こえてくることがあった。そして野苺《のいちご》を探す子どもたちの歌声が、遠くからまばらに聞こえてくることがあった。鳩は瞑想にふけりながら、木の葉と夢にくるまれて、時々世界のこうした声に耳を傾けた。けれども音を聞いても何も不安に思うことはなく、ただじっと自分の暗闇のなかに身をひそめていた。

しかしあるとき、それは最近のことだが、全世界がどよめきはじめ、まるで世界がふたつに割れるような轟音《ごうおん》が鳴り響いた。黒い金属の塊がヒュウヒュウと飛び交い、それが落下すると大地は驚いて跳ね上がり、木々は藁《わら》のように裂けた。さまざまな色の服を着た人間たちが死を投げつけ合い、恐ろしい機械が火炎を噴き出した。大地から雲間へと稲妻が走り、雷鳴が轟《とどろ》いた。まるで大地が天に向かって飛び上がろうとしているかのようであり、あるいは天が大地に向かって落下しようとしているかのようだった。鳩ははっと夢から飛び起きた。鳩の上には、死と破滅があった。かつての水のように、今度は火が大地を覆っていた。鳩は思わず翼を広げ、羽音高く舞い上がった。崩壊する森とは別の故郷を求めて。平和の場所を求めて。

鳩は羽音高く舞い上がり、平和を見つけようとして、わたしたちの世界の上を飛んだ。しかしどこに行っても、いたるところにこの人工の稲妻と雷鳴があり、いたるところに戦争があった。火と血の海が、かつてのように大地を飲み込んだ。大洪水の再来だった。鳩はわたしたちの国々を大急ぎで飛び越えて、憩いの場所を見つけようとした。そして始祖のもとに舞い上がり、約束のオリーブの葉を届けようとした。しかしこの時代にはどこにもそんなものは見つからず、破滅の満ち潮は人類を飲み込んでどんどん嵩《かさ》を増していき、火炎はわたしたちの世界を喰らってどんどん先へと広がっていった。鳩はまだ休息の地を見つけられなかったし、人類はまだ平和を見つけられなかった。それどころか鳩は、帰郷と休息の術《すべ》を永遠に失ってしまったのだ。

　このさまよえる神話の鳩を、平和を探す鳩の姿を、わたしたちの時代に目にした者は誰もいない。けれども鳩は不安を抱えて、すでにぐったりと疲れはてて、それでもなおばたばたと、わたしたちの頭上を飛んでいるのだ。時折夜の間だけ、眠りから驚いて目をさましたときに、上空にざわめく音を耳にすることがある。暗闇のなかをあわただしく飛んでいく音、取り乱した飛行の音、休みなき逃亡の音を耳にすることがある。鳩の翼の上にはわたしたちのありとあらゆる陰鬱な物思いがただよい、鳩の不安のなかにはわたしたちのありとあらゆる願望が波打っている。天地の間を震えながらただようこの迷える鳩、かつての不忠実な使者はいま、わたしたち自身の運命を、人類の始祖であるノアに向かって告げているのだ。そしてこの世界は数千年前と同じように、誰かがこの鳩に手を差し出してくれることを、もう神の試煉はたくさんだということに誰かが気づいてくれることを、ふたたび切に待ち焦がれているのだ。

永遠の兄の目

あらゆる行為を避けてみたところで、人は行為から真の意味で自由になることはない。人間は一瞬たりとも行為から免れられない。

バガヴァッド・ギーター[001]　第三章節

行為とはいったい何か？　そして無為とは？　――これは、賢人をすら戸惑わせてきた問いである。
行為には気を付けなければならないし、許されざる行いにも気を付けなければならない。そしてまた無為に対しても、注意を払わなければならない――行為の本質は底知れず深い。

バガヴァッド・ギーター　第四章節

これはヴィラータの物語である。

民はかつて四つの徳の名で彼をたたえた。しかし彼のことは、君主の史書にも賢者の書物にも書かれていない。その思い出を人々は忘れ去っている。

それは崇高なるブッダ[002]が地上に現れ、しもべたちの胸に認識という光明を注ぎ込むより前の時代のことである。ラジュピュタ[003]王の治めるビルヴァーガー[004]の国に、気高《けだか》き人ヴィラータ[005]が住んでいた。人々はヴィラータを、「刀剣の雷《いかずち》」と呼びならわしていた。彼が誰よりも勇敢な戦士であり、そして狩人だったからだ。その矢は一度として的を外したことがなく、その槍《やり》が空を切ったことも一度としてなく、そしてその腕が刀剣を振り下ろす素早さときたら、まさに落雷のようであった。その額は明るく、その目は、人々の問いかけにあっても毅然として逸らされることがなかった。その手が陰険にこぶしを固めるのを見たことがある者はいなかったし、怒りに任せて喚《わめ》き散らす声を聴いた者もいなかった。ヴィラータは忠義の者として王に仕え、奴隷たちも畏れをもってヴィラータに仕えた。大河の五つの支流域では、誠実さにおいて彼より知られた者はいなかったからだ。その家の前を通るとき、敬虔《けいけん》な人々は頭《こうべ》を垂れた。その目を覗き込んだ子どもたちは、そこにきらめく星に思わずにこりと笑うのだった。

しかし事は起こった。彼の仕える王に災いが降りかかったのである。王国の半分の統治を任されていた妻の弟が、いまや国土のすべてを我が物にしたいと考えたのだ。この弟は王の最良の戦士たちにひそかに賄賂《わいろ》を贈り、味方につくようそそのかした。さらに神官を説き伏せて、湖に棲む聖なる蒼鷺《あおさぎ》を引き渡すように約束させた。ビルヴァーガーの民にとって蒼鷺は、数千年もの昔から支配権を証すものだった。この敵方は戦場に象と蒼鷺を揃え立て、不満を抱く山の民をひとつの軍勢にまとめあげると、町へ向かって押し寄せた。

国王の指示のもと、朝から晩まで銅鑼《どら》が打ち鳴らされ、真っ白い象牙の角笛の音が響き渡った。夜になると王の配下たちは塔の上で火をともし、魚のうろこをすりつぶして炎にくべた。炎は星々の下で黄色く燃え上がって危急を知らせた。しかし駆け付けた者はほんのわずかだった。蒼鷺が奪われたという知らせが首領たちの心に重くのしかかり、彼らを怯《ひる》ませたのだった。将帥のうちで最も信頼のおけると思われた者たち、つまり最高指揮官や象使いは、すでに敵軍に寝返っていた。見捨てられた王は縋《すが》るようにして朋友の方を見やったが、甲斐のないことだった（というのも彼は法に厳しく容赦なく賦役《ふえき》を要求する、非情の王だったのだ）。王宮前に集まった者を眺めた王は、武将たちのうち頼りになる者を見つけられなかった。戦場で指揮を執る者も見いだせなかった。いるのはただ、困惑しきった奴隷としもべたちの群れだった。

我が身にさしせまったこの危急にあって王は、ヴィラータのことを思い出した。ヴィラータは角笛の最初の呼びかけに、忠義を示す知らせでもって応じたのである。王は黒檀《こくたん》の駕篭《かご》を用意させ、彼の家の前へ運ばせた。王が駕篭から降りると、ヴィラータは大地にひれ伏した。しかし王はまるで嘆願するように彼にしがみつき、兵を率い敵を蹴散らすようにと請うのだった。ヴィラータは頭を下げてこう言った。「我が主君、おおせのとおりにいたしましょう。反乱の炎があなた様のしもべの足で踏み消されるその時まで、私めは家へ帰らないでしょう」

ヴィラータは息子たちをはじめとして一族郎党をかき集め、忠臣の群れに合流し、整然たる軍隊に仕立てあげた。彼らは丸一日かけて藪《やぶ》の中をかきわけ、川辺へとたどり着いた。その対岸には敵が無数に集まって数の多さをひけらかし、橋を造るために木々を切り落としていた。夜明けとともに、洪水よろしく国土を血みどろにするつもりだったのだ。しかしこの近辺で虎狩りをしたことのあるヴィラータは、橋の上流に浅瀬があるのを知っていた。あたりが暗闇に包まれると、彼は忠臣たちひとりひとりに川を渡らせた。そして夜更けが訪れたとき、突如としてヴィラータ軍は眠りこけている敵軍に襲い掛かったのである。軍勢は油をしみこませた松明《たいまつ》を振るった。それにおびえた象や水牛たちは、眠っていた人々を踏み潰しながら逃げ惑った。白い炎がテントの内側まで燃え広がった。一方でヴィラータは真っ先に、逆賊の眠るテントへ突進した。二人の人間を、起き上がりもしないうちから剣で突き刺した。三人目を打ち殺したのは、驚き慌てた相手がようやく自分の剣に腕を伸ばしたときだった。暗闇の中向かってきた四人目と五人目も瞬時に突き殺した。うち一人は額を突き刺し、もう一人はまだ衣服もつけていない裸の胸を突き刺した。彼らが声もなく倒れ込むやいなや、ヴィラータは物影をすり抜け、今度はテントの入り口に仁王立ちになった。神のしるしである白い蒼鷺を取り返そうと押し入ってくる者どもを、そこで防ぎとめようとしたのである。しかしやってくる者はいなかった。恐ろしさのあまり敵は、訳も分からず逃げ散ったのだった。勝鬨《かちどき》をあげるヴィラータ軍がそれに追撃を仕掛けた。敵兵はわれ先に逃走し、喧騒《けんそう》は遠ざかっていった。ヴィラータは落ち着き払って、テントの前に足を組み座った。血まみれの剣を両手に握りしめたまま、仲間たちが猛烈な追撃から戻ってくるのを待っていた。

しかしわずかもしないうちに、森の後ろで神の一日が目をさまし、早朝の日に照らされたシュロの葉が黄金がかった赤色に燃え上がり、川の流れにかがり火のようにきらめいた。血のように赤い太陽が東の空に昇った。それはさながら熱を帯びる傷口が開いたかのようだった。ヴィラータは立ち上がり、衣服を脱ぎ捨てて川辺へ歩み寄った。頭の上に両手を掲げ、すべてを見通す神の目の前で祈りをこめてひれ伏した。それから川へ降りて行って沐浴《もくよく》をした。両手にこびりついた血は流れ落ちた。光が白く穏やかな波となって頭に触れると、岸辺へ戻って衣服をまとい、晴れやかな面持ちでふたたびテントに赴いた。昨夜の行いを、朝の光の下で吟味するためである。目を見開いて手足を投げ出し、死者たちは転がっていた。その顔は恐怖にこわばっていた。逆賊の額は切り裂かれ、かつてビルヴァーガーの国の将軍をつとめた裏切り者の胸は刺し貫かれていた。ヴィラータはその目を閉じてやり、眠ったまま殺された他の者を眺めるため歩を進めた。彼らは、半分筵《むしろ》にくるまったまま横たわっていた。二人の死人の顔を、ヴィラータは知らなかった。それは逆賊の奴隷たちで、南国に生まれ、縮れた髪に黒い皮膚の顔を持っていた。しかし最後の死人の顔をこちらに向けてみたとき、ヴィラータは目の前が真っ暗になった。それは、山岳地帯を治める兄ベラングールだった。逆賊が兄を味方に引き込んでいたのだ。そしてヴィラータは闇夜の中、そうとは知らずに自分の手で兄を殺害していたのだった。ヴィラータは震えながらかがみ込み、体を丸めて横たわっている兄の心臓に耳をあてた。しかし心臓はもはや鼓動を止めていた。殺された兄の目はこわばり、大きく見開かれていた。そしてその暗い瞳はヴィラータの心に奥深く突き刺さった。ヴィラータは息を詰まらせ生気を失い、死者たちの間にへなへなと座り込んだ。彼は死人から目を背けた。母親が先に生んだ兄のこわばった目が、自分の行為を非難するのを恐れたのである。

しかしまもなく大声が聞こえてきた。まるで猛禽類《もうきん》のような歓声をあげながら、追撃から帰ってきた兵士たちがテントに集まってきたのである。彼らは略奪品を山ほど抱え、上機嫌だった。逆賊がその手下たちの真っただ中で打ち殺されているさま、聖なる蒼鷺が守られているさまを見て、みな踊り、飛び跳ね、呆然《ぼうぜん》と座り込んでいるヴィラータの垂れ下がった衣服に口づけし、そして、「刀剣の雷」という新しい名前で彼を褒めたたえた。兵はますます集まってきた。略奪品をみんなで次々荷車に積み込んだところ、重さに耐えかねて車輪が地面にめり込んでゆくので、牛たちを棘《とげ》のついた鞭《むち》で打たなければならなかった。戦利品を載せた小舟もいまにも沈没しそうだった。使者はひとり川に飛び込み、王に知らせをもたらすため先だって急いだ。他の者は略奪品の傍《そば》にぐずぐず留まり、勝利の喜びに沸いていた。そんな中ヴィラータは、夢を見てでもいるかのように黙り込んで座っていた。兵たちが死体から衣服を奪いとろうとしたときにただ一度、ヴィラータは声をあげた。それから彼は立ち上がると、木材をかき集めて亡骸《なきがら》を薪《まき》に積み重ねるよう命じた。死体を燃やし、その魂を清らかに転生させるためである。兵士らは、ヴィラータが謀反人たちをそのように扱うのを不思議に思った。慣例にならうなら逆賊の体は森に棲むジャッカルに食い散らかされるべきだし、残った四肢《しし》は怒り狂う烈日《れつじつ》の下で腐らされているところである。それでもみんな、命令に従った。薪の山が出来上がると、ヴィラータはみずから火をつけ、静かに燃える木に芳香と白檀《びゃくだん》を投げ入れた。それから顔を背け、黙って立ち尽くしていた。木々が赤く燃え崩れ、灼熱《しゃくねつ》が灰と化して土に沈むまで。

その間に奴隷たちは橋を架け終えていた。昨日逆賊の手下どもが、得意げに作り始めていた橋である。バナナの花の冠をつけた戦士たちが先頭に立ち、兵卒と馬に乗った領主らがあとに続いた。ヴィラータは彼らを先に行かせた。みなの歌声と叫び声が、魂をつんざくように響いたからだ。ヴィラータの意志に従い、彼と他の人々の間には距離が置かれた。橋の真ん中で突然ヴィラータは立ち止まると、足の下で流れる川の水を長いこと、右へ左へとじっと見降ろした——前をゆく戦士も後に続く戦士もみな驚いたが、距離を詰めることのないようその場に留まった。彼らが見ていると、ヴィラータは剣を持った腕を振りあげた。それはまるで天を突こうとするかのような勢いだったけれども、腕を下ろしながら、彼は無造作に柄《つか》を滑らせて落とした。剣は水の中に沈み込んでいった。剣を拾い出そうと、両岸から裸の子どもたちが川に飛び込んだ。ヴィラータが誤って取り落としたと勘違いしたのだ。ヴィラータは下がっているよう厳しく命じると、呆気《あっけ》にとられた兵たちの間を通って先へ進んだ。その面持ちはこわばり、額は影を帯びていた。一行が黄色の街道を通って故郷へ刻一刻と近づいていく間、その口はもはや一言も放たなかった。

碧玉《へきぎょく》の門はまだまだ遠く、厳《いか》めしいビルヴァーガーの塔もいまだはるかかなたである。そんな折、雲がひとつ空へと昇り、こちらへ向かってきた。そして雲とともに歩兵や騎兵が、砂埃《すなぼこり》を巻きあげながらこちらへやってきた。彼らはヴィラータの軍勢を目にするや立ち止まり、街道いっぱいに絨毯《じゅうたん》を広げた。絨毯は王が迎えにきたしるしだった。王の足は生まれ落ちたその瞬間から、清められた肉体を炎が包み込む死のときまで、大地のほこりに一度たりとも触れてはならないのだ。太古から仕える象にまたがり、小姓に囲まれた王が、遠方からこちらへ近づいてきた。棘のついた鞭の命じるままに象が膝を折ると、王は広げられた絨毯の上に降り立った。ヴィラータは主君の前に平伏しようとしたが、王は彼に歩み寄り両腕で抱擁した。身分の低い者へのこうした表敬は、前代未聞でいかなる書物にも記述のないことだった。ヴィラータは蒼鷺を持ってこさせた。蒼鷺が真っ白の羽を広げるや、歓声が沸き上がった。馬は驚いて棒立ちになり、首領たちは棘つきの鞭で象をなだめなければならなかった。勝利のしるしを見てとると、王はいま一度ヴィラータを抱きしめ、そして従者に目配せした。従者はラジュピュタの英祖《えいそ》の剣を持ってきた。七百年を七度くりかえす間、王の宝物庫に安置されていた剣である。その柄は宝石で白く輝き、刀身には勝利の秘文が金で刻まれてあった。その文字は、賢者や大聖堂の神官ですらもはや解読できないほどのはるか昔の先祖たちが刻んだものだった。王は感謝を示す贈り物として、さらにはヴィラータがいまこの瞬間から戦士たちの最高指揮官であり、かつ民を率いる総帥であることの証として、この剣の中の剣をヴィラータに授けようとした。

しかし大地にひれ伏したヴィラータは、面《おもて》すらあげずこう言った。

「並み居る王の中で最も慈悲深き我が主君よ、ご慈悲を賜りたく存じます。王の中で最も寛大なる我が主君よ、ひとつお願いがございます」

王は彼を見下ろして言った。

「そなたがこちらに顔を向けぬうちから、その願いはかなっている。もし我が国土の半分を所望するというのなら、そなたが口を開くやいなや、それはそなたのものになろう」

ヴィラータは言った。

「我が主君、それではお願い申しあげます、この剣をどうか宝物庫に留め置きください。二度と剣を手にするまいと、私めは心に誓いを立てたのです。私は今日、実の兄を、ひとつの腹の中で育ち、母の手の中でともに遊んだ我が唯一の兄を、この手で殺してしまったのですから」

王は驚いてヴィラータを見つめた。そしてこう言った。

「それでは、剣を持たぬままに戦士の長《おさ》になるがよい。そうすれば余は、敵を前にしても王国の安寧を確信していられる。並み居る英雄の中で、そなたほど多勢に怯まず巧みに軍を率いた者はいなかったのだ。力のしるしとして余の帯《おび》をとるがよい。余のこの馬もとるがよい。それを見た者はみな、そなたが我が軍の最高位にあると知るだろう」

しかしヴィラータは大地につかんばかりにふたたび頭を垂れて、こう答えた。

「目に見えないものが啓示を送り、私の心はその意味を悟りました。つまり、私は兄を殺《あや》めましたが、それは人を一人でも打ち殺す者は兄弟を殺めているも同然だと知るためだったのです。私は戦場の指揮官にはなれません。剣の中には暴力が宿り、そして暴力は正義の敵だからです。殺しの罪に与《くみ》する者はみな、みずからも死んでいるのです。私は恐怖の源になりたくないのです。不正をなすことは、私の悟った啓示に反します。そんなことならいっそ、物乞いになってパンを食べていたい。永遠の流転《るてん》の中では人生など短いものです。どうか私に分かたれたこの短い生涯を、正しい人間として暮らすことをお許しください」

王の表情にしばし影がさした。先ほどまでの喧騒が嘘のように、まわりの者も驚いて静まり返ってしまった。官職についてもいないのに王に異を唱える者や、王からの贈り物を拒む首領など、父の代にもその先の祖先の代にも前代未聞のことだったからだ。しかしやがて王は、ヴィラータが奪いとってきた勝利のしるしの聖なる蒼鷺の方を見やった。ふたたび表情を和らげて、王はこう言った。

「ヴィラータよ、余はそなたが、敵に相対して勇猛果敢なる者であることをかねてから知っていた。しかし我が王国の従者のうちで最も正しき者であることもまた、よく知っていたのだ。軍人としてのそなたを諦めねばならぬとしても、そなたが余への奉仕から外れることには耐えられない。そなたは罪の何たるかを知り、正しき者として罪の重みをはかりうるのだから、我が判官《ほうがん》たちの長《おさ》となり、我が王宮の階《きざはし》に立って判決を申し渡すがよい。この城壁の中で真理が保たれ、国土の中で正義が守られるように」

ヴィラータは王の前にひれ伏して、感謝のしるしにその膝を抱いた。王はヴィラータに、象に乗って自分のかたわらに来るよう命じた。そして彼らは六十の塔を持つ町へと入っていった。町中の人々が彼らめがけて、荒れ狂う海のような歓声を浴びせた。

宮殿のかげ、ばら色の階《きざはし》の高みから、日が昇りふたたび沈むまでの間、ヴィラータは王の名のもとに判決を下すようになった。その言葉は、重さをはかるときに長いこと震えるはかりのようだった。そのまなざしは罪ある者の魂の奥底まで明晰に見通し、そしてその追求は、まるで大地の暗闇へ降りてゆく穴熊のような粘り強さで犯罪の核心部まで迫ってゆくのだった。その判決は厳しいものだったが、彼は即日判断を下すとは決してなく、尋問と宣告の間に決まって冷たい夜の時間を置いた。日が昇るまでの何時間もの間、家の者たちは、彼が正義と不正について考え込みながら上階で落ち着きなく歩き回るのを耳にした。判決を下す前になると、彼はその言葉が激情の熱から冷めたものであるようにと願って、両手と額を水に浸した。判決を言い渡したときにはいつも、悪行を働いた者に、その判決が間違っていると思うかどうか尋ねた。しかしそれに反論する者はめったに現われなかった。みなその座の敷居《しきい》に黙って口づけし、頭を垂れて、神の口から聴きとったもののように罰を受け入れた。

しかしヴィラータの口は、最も罪深き者にも死刑を言い渡すことはなかった。そして死刑を勧める声を聞き入れなかった。なぜなら彼は、血を見るのを恐れていたからである。ラジュピュタの始祖の時代からわき続ける丸い泉の縁《ふち》に、死刑執行人はかつて囚人の頭を押し付け、斧《おの》を振り下ろしてきた。そのため縁の石は流れた血で黒ずんでいた。しかしその縁も雨に洗い流され、数年の間にふたたび白くなった。それでも国内に災いが起きることはもはやなかった。ヴィラータは悪行を犯した者を岩の牢《ろう》に閉じ込めた。あるいは山へやって、庭園の塀を作るために石の切り出しをさせたり、川辺にある精米所へやって、象と一緒に水車を回させたりした。しかし彼は命を尊び、人々は彼を尊んだ。というのもその判決に間違いがあるとはつゆほども思われなかったし、その尋問に投げやりなところは少しも見受けられなかったし、言葉には怒りのかけらも聴きとれなかったからだ。遠い地方から牛の車に乗った農民たちが、ヴィラータの調停を求めて争い事を持ち込むようになった。神官もその言葉を聴いたし、王もその忠告を聞き入れた。一夜のうちにまっすぐ晴れやかに育つ若竹のようにして、彼の名声も育った。人々は、かつて呼びならわした「刀剣の雷」という名を忘れた。彼はいまや、ラジュピュタの国中はるか広く、「正義の源泉」と呼ばれるようになった。

ヴィラータが前庭にある階段から判決を下し始めてから六年の月日が経ったとき、事が起こった。提訴人たちがカツァール族[006]の若者を一人連れてきたのである。それは岩山の上に住み、異教を信じる蛮族だった。その足は傷ついていた。それほどまでに長い旅路を、若者は追い立てられてきたのだった。その力強い両腕は鎖で四重に縛り付けてあったので、男は誰にも暴力を振るえなかった。ただ眉を陰鬱に曇らせ、怒り狂った目を脅すようにぎょろぎょろさせるばかりだった。提訴人たちは縛られたこの男を階段の手前にまで引き連れてくると、手荒に抑えつけて判官の前に跪《ひざまず》かせた。それから自分たちも頭を下げ、嘆願のしるしに両手を挙げた。

ヴィラータは驚いて見知らぬ人々を見つめた。「兄弟よ、遠方からやってきたそなたたちはいったい何者か？　そして、そなたたちが枷《かせ》をはめて私の前に連れてきたこの者は何者か？」

彼らの中で最年長の男がお辞儀をして、こう言った。

「上様《うえさま》、私どもは羊飼いです、東方の地で平和に暮らしております。一方こやつは、邪悪な部族の中でもとりわけ邪《よこしま》な男です。手の指の数より多くの人間を打ち殺してきた猛獣です。私どもの村のある男が、娘をこの男の嫁にやることを断りました。なにせ犬を食らい牝牛を殺す、そういう不敬なしきたりを持った連中だからです。そして娘を、峡谷に住む商人に嫁入りさせました。するとこの男、この盗賊めは、怒って私どもの羊の群れを荒らし、そして夜のうちにくだんの父親とその三人の息子たちを打ち殺しました。村の男が家畜を率いて山のきわまでいくと、いつもこやつに殺されました。私どもの村人十一人を、こやつは死に追いやりました。それで私どもは力を合わせ、野獣を追い込むようにしてこの邪悪な男を追い込み、すべての裁き手のうちで最も正しいお方のところへ連れて参ったのです。あなた様に、この狼藉《ろうぜき》者から土地を守っていただきたいのです」

ヴィラータは捕らえられた男の方に顔を向けた。

「この者たちの言ったことは本当か？」

「あんたは誰だ？　王か？」

「私はヴィラータだ。王に仕える者である。そして、罪に対していかなる罰が適当か考え、真実を嘘から選り分けているから、正義に仕える者でもある」

捕らえられた男は長いこと黙っていた。やがて、厳しいまなざしでこう言い放った。

「何が真実で何が嘘か、どうやって知るんだ。そんな遠いところに立って。あんたにとって〝知る〟っていうのは、単に他人の言葉を鵜呑《うの》みにするだけのことなんだろう！」

「あの者たちの言葉に、好きなだけ反論したまえ、私が真実を見分けられるように」

捕らえられた男は、侮るように眉を吊《つ》りあげた。

「俺はあいつらとは争わん。俺が何をしたか、どうやったらお前に知りようがあると言うんだ。怒りにかられたときこの両手が何をするのやら、俺自身が分からないというのに。あの野郎には間違ったことはしていない。何せあいつは金のために女を売ったんだ。野郎の子どもにも奴隷どもにも、俺は正しいことをした。あいつらは好きなだけ俺を訴えたらいいんだ。俺は奴らを軽蔑してるし、お前の言葉もくそくらえだ」

頑固な男が正しき裁判官を罵るのを聴いて、居合わせた人々の間に嵐のように怒りが広がった。法廷のしもべは男を打ちつけようと棘付きの棍棒《こんぼう》を振りあげた。しかしヴィラータは目配せして怒りを制し、ひとつひとつ丁寧に質問をくりかえした。提訴人から答えがあったときも、ヴィラータは改めて捕らえられた男に尋ねた。しかし男は意地の悪い笑みを浮かべ歯を食いしばるばかりだった。ただ一度だけ、この言葉をくりかえした。

「あんたは他人の言葉から、どうやって真実を知ろうっていうんだ？」

昼時、みなの頭上に垂直に太陽がさしかかり、ヴィラータの質問は終わった。彼は立ち上がった。しきたり通り家へ帰り、翌日に判決を知らせるつもりだったのだ。しかし提訴人たちが両手を挙げた。「上様」とは待てません、水がなくて家畜が干からびてしまいますし、畑に鋤《すき》を入れねばなりませんから。上様、どうかお願いです、いますぐ判決を！」

彼らは言った。「御前《みまえ》へ参上するまでに七日歩き通しました。帰路もまた、七日がかりです。明日の朝まで

ヴィラータはもう一度腰を下ろして、考え込んだ。その表情は、頭上に重荷を負っているかのようにこわばっていた。というのも減刑を請わず抗弁さえしない人間に判決を下すなど、はじめてのことだったからだ。長い間ヴィラータは考え込み、時間が経つにつれて影も伸びた。それから泉に歩み寄り、口に出す言葉を激情の熱から冷ますために顔と両手を冷たい水で洗い、そしてついにこう言った。「私の下す判決が正しいものでありますように。この者は死に値する罪を犯した。十一の生ける者から温かな肉体を奪いとって、あの世に送り込んだのだ。人の命は、母胎に閉じ込められて熟するのに一年を要する。したがってこの者は、殺した人間一人につき一年の間、大地の暗闇に閉じ込められているべきである。そしてこの者は十一度にわたって人を突き刺しその体から血を流させたのだから、年に十一度、血が噴き出すまで鞭で打たれるべきである。そうすればこの者はその罪を犠牲者の数でもって償うことになろう。しかし命を奪われるべきではない。命は神々からの授け物であり、人間は神々のものに手を触れてはならないからだ。大いなる報復の意志にのみ従って下した、この私の判決が、正しいものでありますように」そしてふたたびヴィラータは階《きざはし》の上に腰を下ろした。提訴人たちは畏敬の念を示すために階段に口づけをした。しかしヴィラータが捕らえられた男に

問いかけるように目を向けても、彼は陰鬱に裁き手の目を睨《にら》み返すばかりだった。そこでヴィラータは言った。

「私は、そなたが私に寛容さを促すようにと、提訴人たちと違う意見を述べることで私の判断を助けるようにと、そういうつもりでそなたに呼びかけてきたのだ。しかしそなたの口は閉ざされたままだった。もし私の判決に誤りがあったとしても、永遠なる神の前で私のことを責めるでないぞ。そなた自身の沈黙を責めるがいい。私はそなたに、寛大であろうとしたのだ」

捕らえられた男は激昂《げっこう》した。「俺はお前の寛大さなど要らん。お前が一息で奪ってしまったこの命と比べてみれば、お前のよこす寛大さなんぞ、いったい何だというのだ？」

「私はそなたの命を奪わない」

「お前は俺の命を奪っている。それも、あの連中が野蛮だ野蛮だと腐《くさ》す俺たち一族のかしらよりももっと残忍なやり方で。なんで俺を殺さない？　俺は殺したんだ、一対一で向き合って。だのにお前は、死骸を大地の闇に埋めるみたいにして俺を埋めてしまおうという。俺がしだいに腐っていくようにな。なぜかといえば、お前の心が卑怯《ひきょう》にも、血を見るのを怖がっているからだ、お前がまったく軟弱な人間だからだ。お前のお得意な法律とやらは身勝手極まりないもんだ、お前の判決は拷問そのものだ。俺を殺せ。俺は殺したんだから」

「私は、そなたの罪を正しくはかった……」

「正しくはかった？　なあ判官さんよ、あんたのおはかりになったものさしは、いったいどこにあるんだ？　あんたが鞭の痛みを思い知るようにと、あんたを鞭で打った人間がいるのか？　よくものほほんと指折りなんかして、年数を数えられたもんだな。まるでおひさまの下で暮らす時間も土の下で生き埋めになっている時間もおんなじ時間だとでも言わんばかりだ。どれだけの春を俺の一生から奪いとるのか身をもって知るために、牢獄で寝起きしてみたことがあるのか？　お前は何にも知っちゃいないし、正しい裁き手でもない。打擲《ちょうちゃく》のことを心得ているのはそれを現に体験した人間だけで、それを命じる人間じゃない。苦しみをはかってもいいのは苦しんだ人間だけだ。お前は思い上がって罪人を罰そうとしているが、お前こそが世界一の罪人だ。何たって俺は、怒りに任せて命を奪ったんだ、自分自身の熱情に押されてな。方やお前は、冷酷無情に俺の命を奪うわけだ、お前の手が実際にはかってみたことがなく、その重みを実際に触って試してみたこともない、そういうものさしを使って俺をはかろうというのだ。判官さんよ、正義の階段から去るがいい、うっかり滑って落っこちないようにな！　身勝手なものさしで人をはかろうって輩《やから》はなんともお気の毒なことだ、正義の何たるかを知ったつもりでいる無知の輩は気の毒だ。何も知らない判官よ、階段から立ち去るがいい。お前の死んだ言葉で、生きた人間を裁くんじゃない！」

青ざめ、怒鳴り散らす男の口から次々憎しみがほとばしった。ふたたび、まわりの人々は怒って男に飛び掛かった。しかしヴィラータはまたしても彼らを制し、野蛮の者から顔を背け、小さな声で言った。「この場所で下した判決を取り消すことはできない！　どうか判決が正しいものでありましたように」

鎖に縛られたまま暴れるこの男を人々が取り押さえている間に、ヴィラータは踵《きびす》を返した。しかしもう一度立ち止まり、振り返った。すると足を引きずって歩く男の目が、頑《かたく》なに、邪悪に、彼を睨み返した。ヴィラータは恐怖にとらわれた。その目はあまりにも死んだ兄の目に似ていた。あの時、逆賊のテントで、みずからの手で殺したあの兄の目に……

その晩、ヴィラータはもはや誰とも話さなかった。あの異邦人のまなざしが、燃える矢のように彼の心に突き刺さったのである。家の者たちは、彼が一晩中、眠れぬまま上階を歩き回っている足音を聴いた。足音は、朝がシュロの木の間に真っ赤に明け染めるそのときまで続いた。


寺院の聖なる池で、ヴィラータは早朝の沐浴を行い、東に向かって祈りを捧げた。それからふたたび家に戻り、儀式のときに身に着ける黄色い衣服を選び出し、家の者たちにおごそかに挨拶をした。みな驚いたが、しかしヴィラータの厳粛な言動を黙って見守った。ヴィラータは一人で王の宮殿へ赴いた。彼は昼夜を問わず宮殿への立ち入りを許されていたのだ。王の前に平伏すると、懇願のしるしに着物の裾に触れた。

王は明るいまなざしで彼を見下ろして言った。「そなたの願いが余の衣《ころも》に触れた。ヴィラータよ、そなたが願いを口にする前から、その願いはかなっている」

「王は私めを判官の長《おさ》に任ぜられました。王の御名《みな》において七年間、私は裁きを行なって参りました。そして正しく判決を下してきたのか、いまだ分からぬままです。真実に通じる道を歩めるように、ひと月の間、暇《いとま》をいただきたく存じます。そしてその道のことを、王にも、他の誰にも黙して語らぬこと、どうぞお許しください。私めは、不正なく行為を行い、罪なく生きていきたいのです」

王は驚いた。

「この月から次の月まで、この王国は正義に乏しくなってしまう。しかしそなたに、その道を尋ねることは控えよう。その道がそなたを真実に導くことを願う」

ヴィラータは感謝のしるしに敷居に口づけし、いま一度頭を下げて立ち去った。

明るい屋外から家の中へ戻ってきたヴィラータは、妻と子どもたちを呼び集めた。「まるひと月の間、お前たちは私の姿を見ないことになるだろう。何も聞かずに別れの挨拶をしなさい」

妻の目には怯《おび》えが浮かび、息子たちの目には敬意が浮かんだ。ひとりひとりに彼は頭を下げ、眉間に口づけをした。

「さあ、おのおの部屋に戻って戸を閉めなさい。私が玄関を出るときも、誰も私の背中を見送って、どこへ行くのか確かめようとするでないぞ。月が改まるまでは、私の消息を尋ねるでないぞ」

彼らは背を向けた。みんな押し黙っていた。

ヴィラータは儀式用の衣服から黒い服に着替えた。千の姿を持つ神の像の前で祈りを捧げ、シュロの葉に多くの文字を刻み込み、丸めて一通の手紙に仕上げた。あたりが闇に包まれると、彼は静まり返った自宅を出発し、郊外の岩場へ向かった。そこには深い鉱山と牢獄があった。ヴィラータは門番の扉を叩《たた》いた。眠っていた門番は筵から起き出してきて、用があるのは誰かと尋ねた。

「私はヴィラータである。判官の長《おさ》だ。昨日連れてこられた囚人の様子を見るため、こちらへやってきた」

「判官様、あやつは深いところに閉じ込められております。暗闇の中、最も奥深い部屋に。判官様、私めがお連れいたしましょうか？」

「部屋の場所は知っている。鍵を渡して、そなたは横になって休んでいなさい。朝にはそなたの扉の前に鍵があるようにしておこう。今日私に会ったことは、誰にも言うでない」

門番は頭を下げ、鍵とランプを持ってきた。ヴィラータが合図すると、門番は黙って引き下がり、筵の上に横になった。一方ヴィラータは、岩の洞穴に蓋をしている銅の扉を開けた。そしてそこから奥深い牢獄へと降りて行った。ラジュピュタの王たちがこの岩場に囚人の収監をはじめてから、すでに百年の時が経っていた。閉じ込められた者はみな、毎日岩山を奥へ奥へと掘り進み、牢獄に新たにやってくる奴隷たちのために、冷たい岩塊《がんかい》の中に新たな地下室をこしらえていくのだった。

扉を閉める前に、彼は四角く切りとられた天空を見やった。星々が白く、跳ね上がらんばかりに輝いていた。扉を閉じてしまうと、暗闇がじめじめと眼前に膨れ上がり、手元のランプの輝きがあたりを嗅ぎまわる獣のように落ち着きなく弾んだ。そのとき彼の耳にはまだ、木々の間を吹き抜ける風の柔らかなどよめきと、甲高い猿の鳴き声が届いていた。だがそれは地下一階では、もう遠方から響くかすかなざわめきに変わっていた。地下二階に至るとすでに、海面の下と同じ冷たい静寂があたりを満たしていた。岩間《いわま》に漂うのはいまや湿気ばかりで、地上の香りは一切消え失せた。奥へ降りてゆけばゆくほどに、こわばった静寂の中で、足音がいっそう険しく鳴り響くのだった。

最も背の高いシュロの木が天に向かって手を伸ばすその高さよりもさらに深い場所にある第五階層の地下室、そこに例の囚人の独房はあった。ヴィラータは足を踏み入れ、暗闇の中で丸まっている塊に向かってランプを掲げた。その塊は微動だにしなかったが、光があたると鎖がかちゃりと音を立てた。

ヴィラータは塊に身をかがめた。「私のことが分かるか？」

「分かる。お前は、連中が俺の運命の支配者に仕立てた奴だ。俺の運命を、両足で踏み潰した奴だ」

「私は何かの支配者などでは断じてない。私は王と正義に仕える者である。私は正義に仕えるために、ここに来ている」

囚人は不機嫌に顔をあげ、判官ヴィラータを凝視した。「この上俺から何を奪う気だ？」

ヴィラータは長い間黙っていた。それからこう言った。

「私はそなたを言葉でもって痛めつけた。しかしそなたの言葉もまた、私に傷を残したのだ。私は自分の下した判決が正しかったのかどうか分からない。けれどもそなたの言葉には一抹の真理があった。確かに、身をもって知らないものさしを使って人を推し量ることは、何人《なんぴと》にも許されないことだ。私は何も分かっていなかった。いまこそ知りたいのだ。私は、何百という人間をこの闇夜へ送り込んできた。多くの人間に対して多くのことをなしてきたというのに、いったい何をしてきたのやら自分でよく分かっていない。いまから私はそれをこの身で経験し、そして学びたいのだ、正しくあるために。罪なく輪廻《りんね》の世界へ入っていくために」

囚人の表情は依然としてこわばっていたが、鎖がかすかに音を立てた。

「知りたいのだ、私が口先ひとつでそなたに与えたものは一体何だったのか。鞭の痛みを身をもって知り、鎖に繋がれた時間をこの魂で感じとりたいのだ。ひと月の間、私はそなたの身代わりとなる。どれほどのものをそなたに贖罪として課したのかを知るために。そのあと私はいま一度あの階《きざはし》に立ち、判決を改めようと思う。その時には判決の持つ重みも心得ているだろう。その間そなたは、自由の身となる。必ず帰ってくると約束するならば、明るい戸外に通じる鍵を渡し、ひと月の間、そなたの生命を自由にするつもりだ――そうすればこの暗闇の奥底から、私の知に光が差すことだろう」

石のように囚人は固まっていた。鎖はもはや音を立てなかった。

「万人《ばんにん》の上に立つ冷酷な復讐《ふくしゅう》の女神の名にかけて、今後ひと月誰にもこのことを話さないことをいますぐ私に誓いなさい。そうすればそなたに鍵を渡そう。私の衣服も渡そう。鍵を門番の部屋の前に置いたら、どこでも好きな所へ行きなさい。しかしそなたは、千の姿を持つ神の前で次の誓約に縛られている――つまり、月がひと回りしたとき、私が解き放たれていま一度正義に従って裁きを行えるように、この書状を王のもとに持っていくこと。千の姿を持つ神の名にかけて、そうすると誓えるか？」

「誓います」――地の底から響くような声が、震える男の唇から飛び出した。

ヴィラータは鎖を解き、肩から服を滑らせた。「さあ、この服を身につけて、そなたの衣服を渡しなさい。顔を隠しなさい、見張りの者に気づかれぬように。この剃刀《かみそり》を受けとって、私の髪と髭を切りなさい。私もまた見張りに気づかれてはならないのだ」

囚人は剃刀を取ったが、震えるその手はだらんと下ろされたままだった。一方のヴィラータは、彼を厳しく見つめ続けた。そこで囚人は、命じられた通りにした。囚人は長いこと何も言わなかった。それから突然、地面に身を投げ出した。その口から、叫ぶように言葉が溢れ出した。

「お上《かみ》、我慢なりません、俺のためにあなたが苦しむだなんて。俺は殺したんです、怒りに熱くなった手で、血を流したんです。あなたの判決は正しかったんだ」

「それはそなたには分からないし、私にも分からない。しかしそのうち私は啓示を受けるだろう。誓いの通りに、早く行きなさい、そしてまるひと月が過ぎたら王の御前へ参じ、王が私を解放してくださるよう取り次ぎなさい。そのときには、私は自分のなす行為のことをよく心得ているだろう。私の言葉は永遠に不正を免れることだろう。行きなさい！」

囚人はひれ伏し、地面に口づけをした……扉が暗闇の中で重々しく閉まった。最後にランプの明かりが飛び跳ねて壁を照らし、それっきり、夜がどっと音を立て、長い長い時間の上に流れ落ちた。

翌朝ヴィラータは誰にも気づかれないまま、郊外の野原に引き出され鞭で打たれた。最初の一撃が彼の剝《む》き出しの背中を打ちつけたとき、ヴィラータは叫び声をあげた。歯を嚙《か》み合わせて彼は耐えた。しかし、七十度めに入った鞭で、とうとうその意識は真っ暗になった。人々は死んだ獣を扱うようにして彼を運び去った。

ふたたび目を覚ました時、彼は独房に横たわっていた。まるで燃え盛る炎の上に寝そべっているかのようだった。しかし額のあたりは涼やかだった。息を吸い込むと、野草の香りがした。誰かの手が自分の髪を撫《な》でていて、そしてその手から、痛みを和らげるものがしたたり落ちているように感じた。かすかにまぶたを開き、様子をうかがってみると、門番の妻が傍にいて、心配そうな面持ちで額を拭ってくれているのだった。はっきり目を見開いて彼女の方を見やると、彼女は、溢れるような同情をこめてこちらをじっと見返した。

熱を帯びて痛む身体を抱えたまま、心のこもった介抱を受けたヴィラータは、あらゆる苦しみの意味を悟った。彼は彼女に向ってかすかに微笑みかけた。苦痛を感じることはもはやなかった。

二日目、早くもヴィラータは立ち上がって、四方を囲む冷たい壁を両手で触って確かめることができた。一歩踏み出してみるたびに、新しい世界がひとつ育ってゆくのを感じた。三日目、傷口がふさがった。感覚と力が戻ってきた。彼は静かに座って、水滴の音を聴くことでかすかに時間を感じとった。壁からしたたり落ちる水滴は、巨大な沈黙をたくさんの細かな時間に刻んでいった。細切れになった時間は、幾千の日を経たひとつの生命がおのずと壮年や老年へと育っていくのと同じように、静かに成長を遂げ、昼となり夜となった。彼に話しかける者は誰もおらず、その血液には頑として暗黒が居座っていた。しかしやがて内面から、色鮮やかな記憶が泉のように静かにわき上がってきた。記憶はゆっくりひとところに流れ込み、穏やかな静観の池を作った。池の中には、これまでの人生がすべて映し出されていた。彼が経験したばらばらの物事は、流れ流れてひとつにまとまった。漂う心の中の清められた像は、波ひとつ立たない冷たい清澄さを保っていた。静かに映し出された世界を、じっと眺めているような心地だった。これほど清浄な感覚は、いまだかつて味わったことがなかった。

日ごとにヴィラータは目が利くようになっていった。暗闇の中から次第に物体が立ち現れ、その形が分かるようになってきた。そして心の内側も、落ち着き払った静観を通してすみずみまで明るさを増していった。

連想に次ぐ連想の中で、観察の穏やかな喜びがだんだんと胸いっぱいに膨んできた。その喜びは、まるで捕らわれた者が手で地底に散らばる小石をもてあそぶように、変転する姿形をもてあそんだ。自分自身を消し去り、呪縛されたように身動きひとつせず、暗闇の中で自分の姿かたちさえよく分からなくなってきた。そんな中で彼は、ますます強く千の姿を持つ神の力を感じとった。さまざまな形象の中を一人で渡り歩きながら、どれにも執着することなく、意志に対する隷属からすっかり解き放たれていた。さながら生きる者の中で死に、死せる者の中で生きているかのようだった……つかの間の不安はすべて、身体からの解放という穏やかな喜びの中に消え去った。暗闇のただ中へ刻一刻と沈み込むうちに、まるでみずからが石や、新芽をはらんで地の底で眠る木の根に変わっていくかのような心地を味わった。あるいは土くれをぼんやり掘り進む虫に、あるいはすくすく育つ茎とともに伸びゆく植物に、さらには岩壁そのものに、みずからが変わっていくかのようだった。冷たい岩壁は、無心に存在するという至福に安らっているのだった。

十八度の夜を過ごす間、無我の境地に至ったヴィラータは、静観という神々しい秘密を味わい尽くした。みずからの意志から解き放たれて、生の衝動に煩わされることもなかった。贖罪としてのこの行いに、無上の喜びを感じた。知が絶え間なく冴えていたので、罪も不運もすべて自分にとっては夢幻《ゆめまぼろし》に過ぎないのだと感じ始めていた。ところが十九度目の夜が巡ってきたとき、彼は突然眠りから飛び起きた。世俗的な考えが頭をよぎったのだった。それは、熱を帯びた針のようにして脳髄に押し入ってきた。恐怖のあまり体ががたがた震えた。手の指先に至るまで、木の葉のように震えた。何とも恐ろしい思いつきだった。――あの囚人が誓いを守らず、自分のことを忘れてしまうかもしれない。すると自分は何千日も、何千日も、またさらに何千日も、ここに横たわっていなければならないのだ。そのうち肉が骨から剝がれ落ち、舌は物言わぬままに硬直するだろう。ここに至っていま一度、ヴィラータの身体の中で、生への意志が豹《ひょう》のように飛び上がって皮膜を破った。時間が魂の中に勢いよく流れ込み、そして不安と希望、つまり人間の迷妄もまた流れ込んできた。永遠の生である千の姿を持つ神のことなど、もはや考えられなくなってしまった。自分のことしか考えられなかった。その目は光を求めて飢え、固い石に触れてすりむけた両足は、遠い場所へ行きたがった。飛び跳ねて走りたがった。妻や息子たち、家や財産、俗世の熱い誘惑で、彼の頭はいっぱいになった。それを五感で味わい、目覚めた温かい血で感じとりたいと、彼は願った。

俗世のことを思い出したこの日から、それまでは足元で、凪《な》いだ沼のようにどす黒く沈黙し横たわっていた時間が、膨れ上がって思考の中に押し入ってきた。それは迸《ほとばし》る流れとなってこちらへ押し寄せてくるのだが、絶えずヴィラータに逆らい続けるのだった。ヴィラータは、時間の流れが自分を水中の木切れのように乱暴に引きさらって、釈放のあの決定的瞬間までいっそ押し流してくれることを望んでいた。けれども時間は、彼に真っ向から逆らう形で押し寄せてきた。必死の泳ぎ手ヴィラータは、息も絶え絶えになって、何とか時間をやり過ごそうとした。ところが、壁をしたたる水滴も急に落下をしぶりだしたように思われ始めた。

水滴の落ちる間隔は、それほどまでに膨れ上がったのである。もはや寝床にじっとしていることはできなかった。あの男は自分を忘れ去ってしまうのだ、自分はこの牢獄で物言わず腐りはてるのだという想像に駆り立てられて、彼は部屋中をコマのように動き回った。静けさに窒息させられそうだった。岩の壁に向かって罵りと嘆きの言葉を怒鳴り散らした。自分自身を呪い、神々を呪い、王のことを呪った。だんまりを決め込む岩壁を搔《か》きむしるうちに、爪には血が滲《にじ》んでいた。扉へ走り込んで頭突きを食らわせては、気絶し床に倒れ込んだ。ふたたび意識を取り戻して飛び起きるや、暴れる鼠《ねずみ》よろしく、四角い独房のあちこちを走り回るのだった。

外の世界から切り離されて十八日が経った日から、新たな月が巡り来《きた》るまで、ヴィラータは毎日恐怖の世界を体験した。食べ物も飲み物も受け付けられなかった。体の中が恐怖でいっぱいだったからだ。もはや思考をまとめることもできなくなり、ただ唇で水滴の音を数えるばかりになった。したたり落ちる水滴が、時間を、無限の時間を、一日一日と区切っていた。知らない間に、脈打つこめかみのあたりは白髪になっていた。

しかし三十日目が巡ってきたとき、扉の前にざわめきが起こり、ふたたび静まり返った。それから足音が鳴り響き、扉がぱっと開いて、光が差し込んだ。闇の中に埋もれた男の前に、王が立っていた。王はいとおしげにヴィラータを抱きしめ、こう言った。「そなたのなした行いについて聞かせてもらった。父祖たちの書物にこれまで書かれたどんな行いよりも偉大なものである。我々の生の卑しきもののはるか頭上に、そなたの行為は星のごとく燦然《さんぜん》と輝いている。神の炎がそなたを照らし、民の目が正しき者を見る僥倖《ぎょうこう》にあずかることができるように、外に出てくるがよい」

ヴィラータは手を目にかざした。光が、慣れない目にあまりに鋭く差し込んだからである。体の中で、血が深紅に波打っていた。地上に昇る彼の足取りは酔っ払いのように危なっかしいものだったので、しもべたちが支えてやらなければならなかった。門にたどり着く前に、彼は言った。

「王よ、あなた様は私めを正しき者とお呼びくださいましたね。しかしいま分かりました。判決を下す者はみな不正をなしており、みずからを罪で満たしているのです。私の言葉によって苦しめられている者はまだこの地の奥底にたくさんおります。ようやく私は、あの者たちの苦しみを知りました。そして分かったのです。何事かによって復讐されてもよいことなど、どこにもないのです。王よ、あの者たちを自由にしてやってください。そして、私の進む先に集まる民をどうか追い払ってください。みなが私をたたえるのが恥ずかしいのです」

王が一瞥《いちべつ》を送ると、しもべたちは民衆を追い払った。彼らのまわりをふたたび静寂が取り巻いた。それから王は言った。

「判決を下すため、宮殿の最も高い段にそなたは座っていた。いまやそなたは、苦悩に鍛えられてかつてのどんな判官より賢くなったのだから、今後は余のすぐ傍についていてくれ。そなたの言葉に耳を傾け、そなたの正義に触れて、余自身が知恵ある者となれるように」

しかしヴィラータは懇願のしるしに王の膝を摑《つか》んだ。

「どうか私めを職務から解き放ってください！　もはや正しきことを語ることなどできません。知ってしまったからです、誰かの裁き手になりうる者などいないということを。罰するのは神のなされる仕事であって、人間の業《わざ》ではありません。というのも運命に手を触れる者は罪に陥るからです。私はこの人生を、罪なく送りたいのです」

「それならば」、と王は答えた。「王国の判官にならずとも、余の行いに助言を与える者になるがよい。余に指示して、余の執り行う戦争と平和、税の徴収を、すべて正義へと導くようにするのだ。余が決定を下すとき、間違いを犯さないようにするのだ」

いま一度ヴィラータは王の膝を抱えた。

「王よ、私に権力を与えないでください。権力は行為のもとになります。我が王よ、どのような行為ならば正しく、そして運命に逆らわないのでしょうか？　私が戦争を進言しましたら、私は死の種を撒《ま》くことになります。私の話すことは行為に育ち、そしてあらゆる行為は、私のあずかり知らない意味を生みます。正しくあることができるのは、誰の運命にも仕事にも関わらない、孤独に生きる者だけです。人間の言葉を耳にも口にもせず、孤独であったあのときほどに、認識に近づいたことはありませんでした。あのときほど罪から自由であったこともありませんでした。どうか私を、家で平和に過ごさせてください。神にこの身を捧げる以外の勤めを、私に与えないでください。私は、あらゆる罪から解き放たれていたいのです」

「そなたを手放したくはない」と王は言った。「しかし誰が賢者に反論できようか、正しき者の意志を踏みにじったりできようか？　意志の通りに生きるがいい。罪なき者がこの領内に住まい働いているということは、我が王国の名誉である」

門の前まで出ると、王はヴィラータを解き放った。ヴィラータは一人で立ち去り、太陽の心地よい香りを吸い込んだ。あらゆる勤めから解放されたヴィラータは、家へ帰る道すがら、かつてないほど軽やかな気持ちを味わっていた。後ろから、おそるおそる裸足でついてくる小さな足音が聞こえた。振り向くと、そこにはあの受刑者がいた。かつてヴィラータがその苦しみを肩代わりした男だ。男は砂埃の立つ足跡に口づけし、おずおずと頭を下げ、立ち去った。そのときヴィラータは、兄のこわばった目を見たあの時以来はじめて微笑みを浮かべた。彼は晴れやかな気持ちで家へ帰っていった。

自宅でヴィラータは、光に包まれた日々を過ごした。その目覚めは、感謝の祈りを捧げることから始まった。暗闇の代わりに明るい空を見られることへの感謝、聖なる大地の色と香りを感じられることへの感謝、そして、朝方に奏でられる澄んだ音色を耳にできることへの感謝である。毎日大きな贈り物を受けとる気持ちで、呼吸ができる奇跡、手足を自由に動かせる魔法を味わった。自分の体、やわらかい妻の体、頑強な息子たちの体を敬虔に感じた。千の姿を持つ神の存在をいたるところに感じとってはこの上なく幸せな気持ちになった。自分の生命を越え出て他人の運命に触ってはいないという誇り、目に見えない神の千の姿のうち、ひとつたりとも手荒に扱ってはいないという穏やかな誇りに満ちて、その心は翼が生えたかのように躍動していた。朝から晩まで知恵の書物を読みふけり、種々の修行に精を出した。沈思黙考を重ねて精神における慈愛の心を深め、貧しい者に施しをし、そして身を削るようにして祈りにふけった。彼の性格は朗らかになり、最も身分の低いしもべに対するときさえその口調は穏やかだった。家の者たちは彼を、かつてよりもいっそう深く愛するようになった。貧しい者たちにとって彼は救い手であり、不幸な者たちにとっては慰めだった。彼が眠りに就くときには多くの人々の祈りが捧げられた。人々は彼をもはやかつてのように「刀剣の雷」だとか「正義の源泉」とは呼ばず、かわりに「助言の畑地《はたち》」と呼ぶようになった。というのも、町に住む隣近所の人たちばかりでなく遠方の知らない人たちまでもが、争い事を仲裁してもらおうとやってきたからである。ヴィラータがもはや国の判官ではないにもかかわらず、である。そしてみな、ためらうことなくその言葉に従った。ヴィラータはそのことが幸せだった。助言は命令よりも良いものだし、仲裁は裁断よりも良いと感じていたからだ。誰かに運命を強いることはせず、しかし大勢の人の運命に次々触れるようになってからというもの、彼は自分の生命を罪のないものと感じることができた。人生の盛りの時を、彼は快活な気持ちで愛した。

そのような暮らしぶりで三年の月日が流れ、さらにまた三年が、明るい一日のように過ぎ去った。ヴィラータの気持ちはますます穏やかになった。争い事が目の前に持ち込まれたときも、彼の心は、地上にこれほど多くの不満が渦巻いていることや、持ち物を巡る些細な嫉妬心で人々が小競り合いをしていることなど、もはや理解できないようになっていた。なにしろ人間というものは広大な人生を持ち、その存在の甘やかな香りを放っているのだから。ヴィラータは誰のことも妬まなかったし、ヴィラータのことを妬む者もいなかった。平和な島のような彼の家は、なだらかな暮らしの中に建っており、情熱の奔流にも欲望の激流にものまれることがなかった。

静寂に包まれてから六年の月日が経ったとある晩、ヴィラータがすでに眠りについていたときのことだった。突然、甲高い叫び声と人を打ちつける湿った物音が聞こえてきた。彼は寝床から飛び起きた。様子を見てみれば、息子たちが一人の奴隷を跪《ひざまず》かせ、河馬《かば》の皮の鞭でその背中を打ちつけ、あたりには血が飛び散っていた。そのとき、苦痛のあまり見開かれた奴隷の両目がヴィラータを凝視した。またもや彼は心のうちに、あの時の、殺された兄の目を見た。急いでその場に駆け寄り、息子たちの腕を摑んで止めると、事の次第を尋ねた。

答弁と抗弁から明らかになったのは次のことである。この奴隷の仕事は岩場の泉から水を汲み、木の桶に入れて家に持ち帰ることなのだが、気温の上がる日中、疲労を理由に何度も遅刻をしては、くりかえし懲罰を受けていた。そして昨日、とりわけ厳しい折檻《せっかん》があった後、ついに奴隷は逃げ出した。ヴィラータの息子たちは馬に乗って奴隷を追いかけ、川向かいの村でこれを捕らえると、縄でもって馬の鞍《くら》にくくりつけた。奴隷は半ば引きずられるような格好で、両足を傷だらけにしながらふたたび家へ戻らなければならなかった。そしてこの奴隷への戒め、さらに他の奴隷たちへの戒めの意味も込めて（みんな恐れおののいて、がくがく足を震わせながら、ぐったり伸びた奴隷を見守っていた）いっそう苛酷な懲罰を加えていたまさにそのときにヴィラータがやってきて、暴行まがいの鞭打ちをやめさせたのであった。

ヴィラータはこの奴隷を見下ろした。足元の砂は血で濡れていた。怯えた男は殺されるのを待つ家畜のように目を見開いていた。暗くこわばったその目の奥底に、ヴィラータは、かつて闇に閉じ込められていたとき抱いた恐怖を見出した。「放してやりなさい」と彼は息子たちに言った。「その過《あやま》ちはもう償われただろう」

奴隷はヴィラータの履物の前の土埃に口づけした。息子たちは生まれてはじめて、腹を立てて父親の傍から立ち去った。ヴィラータは部屋に戻った。何をしているかよく分からないまま、額と両手を洗った。水に触れたとき、目覚めた感覚が忘れていたことに気がついて驚愕《きょうがく》した。いま自分は、またもや裁き手となって、ひとつの運命に対し判決を言い渡したのだった。その夜、またしても彼は眠りにつくことができなくなったが、それはこの六年ではじめてのことだった。

暗闇の中、眠れず横たわっていると、怯えた奴隷の両目が（あるいは殺された兄の目だったのだろうか？）、そして息子たちの怒り狂った目が、こちらへ迫ってきた。ヴィラータは自問に自問を重ねた。我が子から奴隷に対して、正義に反することがあったのではないだろうか？　大したことのない怠け癖が理由で、家の庭が血にまみれた。取るに足らない怠慢のために、鞭が生きた体を目がけて振り下ろされた。そしてこの罪の意識は、かつて背中の上を毒蛇が飛び跳ねるかに感じられたあのときの鞭打ちよりも激しく心のうちに燃え盛り、彼を責め苛《さいな》んだ。もちろん今回の折檻は自由の身分の者ではなく奴隷に対してなされたのであり、その身体は、王の法律に従えば、母胎にいるときからヴィラータの所有物である。そうはいっても、この王の法律というものは、千の姿を持つ神の前でも正しい法律と言えるのだろうか？　ある人間の身体が、他人の意志に委ねられみずからの意志を奪われており、そしてこの者に対してはその生命をいくら引き裂き破壊しつくそうとも誰も罪を負わない、といった法律が？

ヴィラータは寝床から立ち上がって明かりをともすと、賢人の教えが記された書物に導きの言葉を探した。あちこちを読んでみたが、カーストと身分の制度のほかに、人間を分け隔てる掟は見つからなかった。一方で千の姿を持つ神の前では、愛を要求することにおいて差別や隔たりは存在しないのだった。彼はますます貪欲に知識を求め飲み干した。この問いを前にして、その魂はかつてないほどの緊張を覚えていたのである。あたりを照らすおがくずの炎がいまひとたび高く燃え上がり、そして消えた。

四方を囲む壁から闇が倒れ込んできたまさにこのとき、ヴィラータは神秘的な気持ちに襲われた。光を失った彼の目が見渡しているのは、もはや自室の様子ではなく、あのかつての牢獄だった。あの牢獄でヴィラータは、自由を求めることは人間の持つ最も奥深い権利であり、誰かのことを一生涯、いや一年の間でさえ閉じ込めてもいい人間などどこにもいないということを、戦慄とともに悟ったのだった。それだというのに自分は――とヴィラータは気づいた――この奴隷を、ヴィラータの意志という目に見えない輪の中に閉じ込めて、その気まぐれな決断に縛り付けていたのだ。そのせいで奴隷は、自身の人生を一歩たりとも自由に歩むことができないでいたのだ。黙したまま座り、ただ思念がその胸中を押し広げ、やがて目に見えないほどの高みから内面に光が差し込んでくるのを感じとっているうちに、彼の中に澄み切った境地が生じた。彼は悟った。誰かを自分の意志の中に閉じ込めた上、千の姿を持つ永遠の神の法則ではなく人の作ったむなしい法則に従って誰かのことを奴隷と呼びならわすならば、この家にいたところで自分の中には罪があるのである。

彼は頭を垂れて祈った。「感謝いたします、千の姿を持つお方よ、あなたはあらゆるお姿に身を変えて私に知らせを送ってくださった。私を罪業《ざいごう》から追い出し、そしてあなたのご意志である目に見えない道を通ってますますあなたに近づけるようにしてくださった！　この生涯を清らかに送り、罪なく生きていけるように、どうか私がその知らせを、いつまでも私を非難するあの永遠の兄の目の中に認識できるようにしてください！兄はいたるところで私に出くわし、私の目を通してまなざし、そしてその苦しみを私は共有しているのです」

ヴィラータの面持ちはふたたび朗らかになった。明るいまなざしで闇夜に繰り出し、星々の白く輝く挨拶を飲み込み、早朝の木々の次第に大きくなっていくざわめきを深く吸い込みながら、庭を通って川のほとりに出た。太陽が東から昇ると、聖なる大河に浸かり、朝の祈りのために集まる家の者たちのもとへと帰っていった。

ヴィラータはみなの輪に入っていくと、心地よい微笑みを浮かべて挨拶し、女性たちに部屋へ戻るように合図した。それから息子らにこう言った。「お前たちも知っての通り、年来我が魂が気にかけてきたのはただひとつのことである。正しき者として、罪なくこの地上で生きることだ。しかるに昨日、我が家の土に血が、生きた人間の血が流された。私はこの血から解き放たれていたい。この屋根の下で起こった過失のために贖罪をしたい。些細な怠慢のために重すぎる罰を受けたあの奴隷に、いまこの瞬間から自由を与え、行きたいところに行かせてやろうと思う。あの者がいつの日か最後の裁き手の前で、お前たちや私のことを責め立てることのないように」

息子たちは黙って立ち尽くしていた。ヴィラータはその沈黙から敵意を感じとった。

「私の言葉に異論があるから黙っているようだな。お前たちの意見に耳を貸さずその意に反することをなすのも、私の望むところではない」

「罪を犯した者に、父上は自由を与えるのですか。罰するのではなく、褒美をとらそうというのですか」と、長男が口火を切った。「私たちは多くの召使をこの家に雇っております。あの者一人がいなくなろうとどうでもよいことです。しかしあらゆる行為は、そのものを越え出て影響力を持つものです。行為は鎖に繋がれているのです。もしあの奴隷を解き放つなら、父上の所有物である他の奴隷までも出て行きたいと言い出したとき、何と言って引き留めるおつもりですか？」

「もし他の者も私の暮らしから離れてどこかに行きたいと願うのなら、私は彼らも解き放たねばならない。生きている者の運命を引き留めようとは思わない。運命を意のままに形作ろうとする者は、罪に陥るからだ」

「しかしそれでは父上は、正しい権利のしるしを捨て去ることになります」と、次男が話し始めた。「あの奴隷たちは、この土地やこの土地に植わった木、その木になる果実同様、我々の所有物なのです。奴隷たちが父上に仕える以上、奴隷たちは父上に結び付けられていますし、父上もまた奴隷たちに結び付けられているのです。父上は、何千年もかけてでき上がった序列にお手を触れようとなさっている。奴隷とはそもそも、みずからの人生の主人ではありません。あくまで主人のしもべなのです」

「この世には、神から与えられた権利しか存在しない。そしてその権利とは、口が呼吸を始めるその瞬間からあらゆる人に吹き込まれる生命そのものだ。私は愚かにも自分は罪から免れていると思い込んでいたが、お前は良いことを教えてくれた。つまり何年もの間私は、他人の人生を奪ってきていたのだ。いまやはっきりと分かったぞ。正しき者は、人間を動物に仕立ててはいけないのだ。この地上で彼らに罪を犯さずに生きていけるように、私はすべての者を自由にしようと思う」

息子たちははっきり反抗の表情を浮かべた。長男が、厳しい口調で言った。「米の稲穂が枯れぬように、田畑に水を撒くのは誰です？　誰が牛を引いて田畑を耕すのです？　父上の身勝手極まりない思いつきのために、まさか我々に奴隷になれと命じるおつもりですか？　父上はお生まれになってこのかた、労働で両の手を煩わしたことなどいっぺんもないのでしょう。ご自身の暮らしが他人の奉仕の上に成り立っていることなど、気に留められたこともなかったのでしょう。本当は、父上が使う筵は誰かが汗水たらして編んだものですし、父上がお休みの時には召使の誰かが父上を扇ぎつつ寝ずの番をしているのです。それなのにいま突然、召使を追い払おうとおっしゃるのですか？　よりによって父上の血を継ぐこの我々に、骨を折らせるおつもりですか？　もしかしたら、牛たちも鋤から解いてやって、牛の代わりに我々が綱を引いて頑張ったほうがお気に召すのでしょうかね、そうしたら牛は鞭で打たれなくて済みますからね。だって牛にだって、千の姿を持つ神の息吹が口から流れ込んでおりますものね。父上、どうか、すでに決まった物事を動かそうとするのはおやめください。それだって神のお造りになったもののはずです。土地というのは、ひとりでには芽吹かないのですよ。果実がなるには、土地に力が加えられないといけないのです。力は星々のもとの法則そのものです。それなしに我々はやっていけないのです」

「しかし私は力なしでやっていきたいのだ。正しさの中に力があることなど稀だからだ。私は不正を犯さずに、この地上で生きていたいのだ」

「人間だろうと動物だろうと、忍耐強い土地だろうと、何かを所有するならそこに力はつきものです。主人であろうとするなら、支配者でなければなりません。所有する者は、どうしたって他人の運命に縛り付けられているのです」

「しかし私は、私を罪へと導くものすべてから離れていたい。だからお前たちに命じる、家にいる奴隷たちを解放しなさい。自分のことは自分でやりなさい」

息子たちの目に怒りが溢れた。彼らは堪《こら》え切れずぶつぶつ悪態をついた。それから長男がこう言った。

「誰かの意志を捻《ね》じ曲げるようなことはしたくないと、そうおっしゃいましたね。ご自身が罪に陥りたくがないがために、奴隷に命じるのはお嫌なのでしたね。それなのに我々には命令をなさって、我々の人生を邪魔立てしようとしておられる。お尋ねしますが、この場合、神と人間を前にしていったいどこにそのような権利があるのでしょう？」

ヴィラータは長いこと黙っていた。顔をあげると、息子たちの目に強欲の炎が燃えているのが見えた。ヴィラータの魂は恐怖に震えた。やがて彼は小さな声で言った。

「お前たちは正しいことを教えてくれた。お前たちに対して力で何かを強いることはしたくない。家を譲る。

好きなように財産を分けるがよい。私はこれ以上、所有に関わらないようにする。確かにお前の言う通り、支配する者は誰でも他人を不自由にする。罪にも関わらないようにする。しかし最も不自由になるのは自分の魂だと思う。罪なく生きようとする者は、家や他人の運命に手を触れてはならないのだ。誰かの苦しみによって物を食べてはならないし、誰かの流した汗によって物を飲んではならないのだ。女色にも満ち足りた倦怠にも溺れてはならないのだ。一人で生きる者だけが、神のために生きていると言えるのだ。働く者だけが神を感じ、貧困にあってはじめて神を十全に感じとれるのだ。私は自分の土地などよりも目に見えないものに近づいていたい。私は罪なく生きていきたい。お前たちで家財を受けとって、仲良くそれを分けなさい」

ヴィラータは背を向けてその場を去った。息子たちは呆気に取られて立ちすくんでいた。満たされた強欲が体の中で甘く燃え広がったが、それでも内心恥じていた。

一方のヴィラータは部屋に閉じこもり、呼びかけにも催促にも一切応じなかった。影が夜の闇に消える頃合いになってはじめて、彼は出発の支度を整えた。杖《つえ》、施しを受けるための鉢、作業用の斧、食料としてわずかばかりの果物、そして瞑想のときに使う、叡智《えいち》の文言を刻んだシュロの葉を手に取った。衣服を膝のところまでたくしあげると、妻や子ども、その他これまで暮らしをともにしてきた所有物を一度も振り返ることなく、無言で家を立ち去った。一晩中歩き通して、かつて覚醒の苦い瞬間に剣を沈めたあの川辺まで行き着いた。浅瀬を通って向こう岸に渡ると、上流の方へ歩いて行った。そこはいまだ建物が建てられたことがなく、大地もかつて耕されたことのない場所だった。

空が朝焼けに染まる頃ヴィラータは、ある場所にたどり着いた。マンゴーの老木に雷が落ちて炎上し、森の茂みの中にぽっかり空き地が作り出されているのだった。すぐ傍には川がゆるやかに弧を描いて流れ、鳥の群れが浅瀬に集まって無邪気に水を飲んでいた。川に面した方は開《ひら》けて明るく、後方には木々がうっそうと茂っていた。雷に打たれた木と折れた灌木《かんぼく》の枝が、まだあちらこちらに散らばっていた。ヴィラータは森の真ん中に位置する、光の差し込むこの孤独な場所をよく検分した。そしてここに小屋を建て、人間から離れて、罪なく、一生を観察に捧げて生きることに決めた。

彼の手は労働に慣れていなかったので、小屋を建てるのに五日もかかった。小屋が建ったあとの日々の仕事も苦労の連続だった。まず食事のために果物を探し回らなければならなかったし、次々と成長しては押し寄せてくる茂みから小屋を守らなければならなかった。それに、空腹に唸り声をあげる虎たちが闇夜にまぎれてやってくることのないように、あたりにとがった杭を打たなければならなかった。しかし人間の立てる物音が彼の暮らしに押し入ってくることはなく、その心をかき乱すこともなかった。日々は大河の流れのように穏やかに過ぎてゆき、尽きることのない源からまた新しい一日が、ゆったりと始まるのだった。

やってくるのはいつも鳥たちばかりだった。心安らかなこの男は鳥を怖がらせないようにしていたので、まもなく鳥はその小屋に巣をつくった。大きな花の種や固い果実を撒けば、鳥は喜んで飛んできて、もはやその手に怯えることもなくなった。彼が呼び寄せると鳥はシュロの木から舞い降りてきた。彼は鳥たちと戯れ、鳥たちも、安心しきった様子で彼に触れさせた。ある日森の中で、足を折って子どものように泣き叫びながら地面に倒れているサルを見つけた。彼はサルを連れ帰って育ててあげた。サルは聞き分けがよくなり、面白がって召使の真似をするようになった。そのように穏やかに命あるものに囲まれて暮らしながらも、一方で彼は、人間同様動物の中にも暴力や邪悪が巣くっていることを忘れてはいなかった。怒り狂ったワニが互いに噛みつき互いを追い回すのを、鳥たちが鋭い嘴で水中から魚をかっさらうのを、そして今度は蛇が突然鳥たちに巻き付いて締めあげる様子を、彼は見ていた。かの争いの女神が世界に巻き付けた恐るべき殺戮《さつりく》の鎖は、どうしようもない世の掟であることが分かってきた。その掟を前にすれば、知恵などはひたすら無力なのだった。しかし、殺戮と解放のはてしない連環から生じる個々の罪に関わり合いをもたずに、こうした争い事をただただ静観して生きてゆくことは、まったく気持ちのいいものだった。

一年と数か月の間、彼は一人の人間にも会わなかった。しかしあるとき、事は起こった。象を狩りにきた男が飲み水を求めて歩いていると、向こう岸に世にも奇妙な光景を見つけたのである。そこには夕焼けの金色の光に照らされて、みすぼらしい小屋の前に白髭をたくわえた男が座っていた。鳥たちは楽しげに彼の頭髪で遊び、一匹のサルが、足元でカンカン音を立てて木の実を割っていた。木の梢ではオウムたちが色とりどりの色をきらめかせ、ゆらゆら体を揺すっていた。それを見上げていた白髭の男は、何の前触れもなく手を挙げた。するとオウムたちは黄金の雲のようにざわめいて、その手の中に舞い降りた。狩人は、言い伝えにある聖人を見ているのではないかと思った。その言い伝えによれば、「動物たちはその者に人の言葉で話しかけ、歩くたびに足元で花が咲く。唇を動かせば星を摘みとることができるし、一息吹きかけるだけで月をも吹き払うことができる」という。男は狩りをとりやめて、見てきたことを話すため家路を急いだ。

その翌日には早くも知りたがり屋たちが押しかけてきて、対岸の奇跡的な光景をうかがった。そのうちの一人が、この男が家と土地を大いなる正義のために手放し、故郷で消息を絶ったあのヴィラータであると気づくと、驚きはいっそう大きくなった。噂は広がり、やがて忠臣を失い心を痛めていた王の耳にも届いた。王は舟を用意させ、七を四倍した数の漕ぎ手を乗せた。召使たちがせっせと櫂《かい》を動かして、舟はヴィラータの小屋のある上流にたどりついた。足元に絨毯が広げられると、王は賢者の方へ歩いて行った。しかしそのときすでに、ヴィラータが人間の声に触れないようになってから一年と六か月の歳月が経っていた。そのためヴィラータはおずおずと、ためらいがちに客人の前に姿を現し、目上の者に従者が行うべきお辞儀すら忘れたまま、ようやくこれだけ口にした。「王よ、よくぞ、お越しくださいました」

王はヴィラータを抱きしめた。

「何年もの間余は、そなたの道が完成に向かうのを見てきた。正しき者の生き様という稀有《けう》なものを見て、その者から学びを得たいと思い、余はここへやってきたのだ」

ヴィラータは頭を垂れた。

「罪から逃れるために、人と一緒にいる術《すべ》を忘れたこと、これが唯一の私の知恵です。孤独な者は、自分自身しか教える相手がおりません。私のなしていることが賢明なのかどうか分かりませんし、私の感じていることが幸福なのかどうかも分かりません――誰かに助言することも、誰かに教えを垂れることも、私にはできません。孤独な者の知恵は、世俗の知恵とは違うものです。観察の掟は、行為の掟とは違うものです」

「しかし、正しき者の生き様を見るだけでも、学ぶところは多い」と王は答えた。「そなたの目を見たときから、余は罪なき喜びを感じている。それ以上を望みはせぬ」

ヴィラータはいま一度頭を垂れた。王はふたたび彼を抱擁した。

「我が王国の中で望むところがあれば、余がそれをかなえてやろう。あるいは、そなたの家の者たちに、何か言付《ことづ》けすることはないか？」

「王よ、もはや何物も私のものではありません。あるいは、この世のすべてのものが私のものなのです。かつて他の人々が家を持つ中で家を持ち、他の人々が子を持つ中で子を持っていたこともありましたが、もうよく覚えておりません。故郷なき者こそが世界を手にし、桎梏《しっこく》から解き放たれた者こそが人生のすべてを手にし、罪なき者こそが平和を手にするのです。この地上で罪なく生きてゆくことのほか、私に望みはありません」

「それでは達者に暮らすがよい。瞑想の折には余のことを思い出してくれ」

「私は神のことを思います。ですからあなた様の事も、この地上にあるすべてのもののことも思います。それらはみな神の一部であり、神の息吹なのですから」

ヴィラータはお辞儀をした。王の乗った小舟はふたたび滑るように川の流れを下って行った。そして孤独の人は幾月もの間、もはや人の声を耳にしなかった。


ふたたび翼を広げたヴィラータの名声は、白い鷹《たか》のように国中に飛んでいった。遠く離れた寒村にも海沿いのあばら家にも、瞑想にふけり真実の生を生きるために家と財産を手放した男の話は伝わってきた。人々は神を敬うこの男を、その徳をたたえて第四の名で呼んだ。すなわち「孤独の星」である。神官たちは神殿で、王は家臣たちの前で、ヴィラータの諦念を褒めたたえた。一方で国のとある判官は、判決を下すときに次の文言を添えるようになった。「我が言葉が、神のために生きあらゆる知恵を知るかのヴィラータの言葉のように、正しきものでありますように」

ところが時たま、そして年月が経つにつれより頻繁に、次の事が起こるようになった。行為の不正と人生の意味のはかなさに気づいた者が、家と故郷を去り、財産を投げ出し、森の中へ分け入って、ヴィラータのように自分で小屋を建てて神のために生き始めたのである。というのも模範例というものは、人々を結び付ける地上で最も強い絆《きずな》であるからだ。そもそも行為というものはすべて、他者の中に正しいことをなそうとする意志を呼び起こすものなのだ。その者は夢うつつから飛び起きて、行為によって時間を満たすようになる。目覚めた者たちは生のむなしさに気づき、血に濡れた両手と魂にひそむ罪業を認めた。彼らは立ち上がり、人里を離れ、かの者のように小屋を建て、必要最小限のものだけで暮らし、えんえんと瞑想にふけった。果物を探しに出た道すがら他の人に出くわすことがあっても、言葉は交わさなかった。新しい共同体を作ることを避けたのである。しかし互いに幸せな微笑みを交わし合えば、その心は安らぎに満たされるのだった。一方で民衆は、その森を聖者の住処と名づけた。狩人も、殺戮によって神聖さをかき乱すことのないよう、その森に立ち入るのを控えた。

ある朝森を歩いていたヴィラータは、一人の隠遁者《いんとん》が身動きひとつせず大地に横たわっているのを目にした。倒れた男を助け起こそうと身をかがめたヴィラータは、その体にもはや生命が宿っていないことに気づいた。彼は死者の目を閉じ、祈りの言葉を捧げ、魂の抜けた亡骸を茂みの外へ運びだそうとした。薪の山を作って同胞の遺体を生まれ変わりへと送りだそうとしたのだ。しかしわずかばかりの果物を糧《かて》とするうちすっかり力の衰えたヴィラータの腕に、それはあまりにも重すぎた。それで彼は助力を請うため、川の浅瀬を渡って隣の村へと赴いた。

崇高な者が通りを歩いてくるのを見るや、村の住人たちは集まってきて、うやうやしくその望みを聴いた。彼らはただちに、木々を切り倒し死者を埋葬しようと森へ向かった。ヴィラータの行くところではどこでも、女たちはお辞儀をしたし、子どもたちは立ち尽くし、無言で歩くヴィラータを驚いた様子で見送った。多くの男が家から出てきて、崇高な客人の衣服に口づけし、聖なる者の祝福を受けとろうとした。一方でヴィラータは微笑みを浮かべながら、やみくもに押し寄せる人波の間を縫って歩いた。人と繋がることがなくなってからというもの、いかに強く、そしてしらがみもなくふたたび人を愛せるようになっているか、彼は心の内で感じとっていた。

いたるところでヴィラータは近寄ってくる人々の好意的な挨拶を受け、晴れやかな態度でそれに応じた。しかし村の端の一軒のあばら家の前を通りかかったとき、一人の女の憎しみに満ちた両目がこちらに向けられているのを見た――彼は驚きたじろいだ。というのも、何年も忘れ去っていた殺した兄のこわばったあの目を、またしても見たように感じたからである。思わず彼は飛びすさった。それほどまでに彼の魂は、隠遁生活を続けるうちに敵意への耐性を失っていたのである。そしていまのはおそらく見間違いだと自分に言い聞かせた。しかしやはりそのまなざしは、暗く、頑なにこちらを見据えていた。どうにか落ち着きを取り戻し、女のいる家へ向かおうと歩を進めるや、女は憎悪を露わにして戸口の奥に消えた。しかしヴィラータはその家の暗がりから、依然として怒りに燃えたまなざしが自分に向けられているのを感じとっていた。ちょうど、茂みから物音ひとつ立てずこちらを見据える虎のように。

ヴィラータは何とか気を取り直そうとした。「あの者に会ったこともないというのに、どうして罪が犯せるだろう。彼女の憎しみはこちらにとびかからんばかりだが」、と彼はひとりごちた。「きっと何か思い違いをしているのだ。誤解を解きにゆこう」彼は静かにその家へ歩み寄り、指で扉を叩いた。反響がむなしく跳ね返ってくるばかりだった。しかし、あの見知らぬ女が憎しみに満ちて扉のすぐ傍にいる気配は確かにあった。辛抱強く扉をこんこん叩き、返事を待ち、物乞いのようにさらに叩いた。ついに、嫌々ながら女は姿を現した。敵意を帯びた暗いまなざしをヴィラータに向けながら。

「この上私から、何を奪おうって言うんだい?」と彼女は荒々しく怒鳴った[007]。ヴィラータは、彼女が家の柱に摑まってようやく立っていることに気がついた。それほどまでに彼女は怒りに震えていたのである。

しかしその顔をじっと見たヴィラータは、それだけで気持ちが軽くなっていた。一度も会ったことがない相手だと確信したからだ。というのも彼女はまだ若く、彼はといえば、何年もの間人間から離れて暮らしていたのである。自分の道がこの人の道と交差したことなどあろうはずがなく、ましてやその人生に何か害を及ぼしたなどありえないことだ。

「見知らぬご婦人よ、私は親睦《しんぼく》の挨拶をしに参ったのです」とヴィラータは答えた。「そして、どうして怒って私のことを睨みつけておられるのか、尋ねに参ったのです。私があなたに何かしら敵意のあるふるまいをしたでしょうか？　あなたに害をなしたでしょうか？」

「あんたが私に何をしたかって？」――怒気を含んだ笑いが彼女の口元に浮かんだ――「あんたが私に何をしたかって？　取るに足らない、本当に取るに足らないことをしてくれたんだよ。あんたは満ち足りた私の家を、空っぽにしたのさ。最愛の人を奪って、私の人生を死んだも同然にしてくれたのさ。帰りな、もうあんたの顔なんて見ちゃいられない。これ以上怒りを堪えられそうにない」

ヴィラータは彼女をじっと見た。この見知らぬ人は気が狂っているのかもしれない、と思った。それほどまでに彼女の目は混乱していた。立ち去ろうと背を向けながら、彼は言った。「人違いです。私は人から離れて暮らしていたし、誰かの運命に関わって背負った罪もありません。あなたの見間違いです」

するど、憎悪に満ちた声が背後から飛んできた。

「誰もが知ってるあんたのことを、私だってよく知ってるさ！　あんたはヴィラータだ。孤独の星と呼ばれて、四つの徳の名で持ちあげられている。だけども私は、あんたをたたえたりはしない。生者を裁く最後の裁き手の耳にも入るまで、私はあんたを訴え、叫び続けてやる。こっちに来な。聞いてきたのはあんたの方だ。見るがいい。あんたが私に何をしたのか」

彼女は驚くヴィラータの腕を掴むと家の中に引っ張り込み、狭くて暗い部屋に通じる扉を押し開けた。そして彼を部屋の隅まで連れて行った。その床には、何かが筵の上で身動きひとつせず横たわっていた。かがんで覗き込んだヴィラータは、恐怖のあまりのけぞった。小さな男の子が死んでいた。その両目は永遠に訴え続ける兄の目のように、彼をじっと見据えていた。傍で女が、悲痛のあまり体を震わせ叫んでいた。「私のお腹から出てきた三番目の子、最後の子どもだよ。この子を殺したのもあんただ。聖人だとか神々に仕える者だとか呼ばれてる、あんたが殺したんだ」

ヴィラータが事情を呑み込めないまま抗弁のために口を開こうとするや、彼女は彼をふたたび引っ張った。

「ほら、この織機《おりき》を見てみな、空っぽだろう！　ここには私の夫のパラティィカが昼間ずっと座っていて、真っ白の亜麻布を織ってたんだ。この国のどこを探してもあの人よりいい職工はいなかった。はるばる遠くからお客がやってきて仕事をくれた。私たちは、それで生きていけた。私らは毎日幸せだったんだ、パラティィカは優しい人で、休みなく働いてたからね。悪い付き合いは避けていたし、おかしな通りに行くこともなかった。子どもを三人授けてくれて、夫婦でパラティィカそっくりの優しく正しい大人になるように育ててきたんだ。そんなとき、パラティィカはある狩人から聞いたのさ――ああ、あんな狩人が来なきゃよかったのに――この国に、現身《うつしみ》のまま神に仕えるために家も持ち物もみんな捨て、自分で家を建てて暮らしてる人物がいるってね。それからパラティィカはみるみる様子がおかしくなって、日が沈むとやたらと考え込んで、あんまり喋らなくなった。それである夜、目を覚ましてみると、あの人は、私の傍を離れて森へ行ってしまっていた。みんなが聖者の森だとか呼んでるあの森、あんたが神のことを思うために住んでいるあの森へとね。あの人は神のことを思っていたから、私らのことを忘れたし、自分がいないと私らが生きていけないことも忘れてしまったんだ。我が家はすっかり貧しくなって、子どもたちにやるパンもなくなった。一人死んだらまた一人死んで、それで今日、この最後の子も、あんたのおかげで死んじまった。あんたがあの人をそそのかしたからだ。あんたが神の真の姿に近づこうとしたばっかりに、この体から生まれた三人とも、固い地面の下に行ってしまったんだ。あの子たちは死ぬ前あんまり苦しいものだから、小さな体をよじらせていたんだ。死者と生者の裁き手の面前でそのことを私が訴え出たとしたら、あんた、どうやって償うつもりだい。この思い上がりめが。あんたときたらその間、のほほんと小鳥にパンくずを撒いてはこの世の苦しみから遠ざかっていたんだ。あんたは正しい人間をそそのかして、自分や無垢《むく》な子どもを養っていた仕事を捨てさせたんだ。世捨て人になりゃ全《まっと》うに生きているよりも神に近づけるだなんて馬鹿げた妄想を吹き込んで。あんた、どうやって償うつもりだい？」

ヴィラータは真っ青になって唇を震わせた。

「知らなかった。誰か他の人にそんな影響を与えていたなんて。私は、一人きりで動いているつもりだった」

「なんでもご存じの賢者さん、あんたの知恵というのはいったいどこにあるんだい？　どんな行いも神によってなされるものなんだ。意志の力で行いから離れたり罪の掟から逃げることができたりする人間はいないんだ。そんなことも知らないのかい。小さな子どもでも知っているっていうのに。自分を自分の行いの支配者だと思い込んで、他人に教えを垂れようとするだなんて、あんたほど思い上がった人間はどこにもいないよ。あんたの幸せは私の苦しみで、あんたの生はこの子の死だ」

ヴィラータはしばらく考え込んだ。それから頭を垂れた。

「あなたは真実を教えてくれました。いまやっと分かりました。どんな賢者の冷静さよりも、たったひとつの痛みの中にこそ、真実の知恵が含まれているものですから。私がいま知ったことは、不幸に遭った人から学びとったもので、私がいま見えるようになったものは、苦しみに満ちた者の目、永遠の兄の目を通して見たものです。私は、自分の思っていたような、謙虚に神に仕える人間ではなかった。それどころかまったく思い上がった人間でした。あなたの苦しみを通してそのことを知り、あなたの苦しみをいま私も味わっています。こう白状することをお許しください、私はあなたに罪を負っているし、私の思いもよらないような、他の大勢の人の運命にもきっと罪を負っています。というのも、どんなに無為を貫こうとする者でも、この地上で罪を負う行為をなしているのだし、どれほど孤独に生きている者でも、やはり同胞とともに生きているからです。ご婦人よ、どうかお許しください。私は森から出るつもりです。そうすることで、パラティカさんも森から帰ってきて、亡くなった命の代わりに新しい生をあなたに宿しますように」

彼はふたたび頭を垂れて、女性の衣服の裾に唇を触れた。するとあらゆる怒りは彼女から消え去った。彼女は、立ち去るヴィラータを呆然と見送った。

ヴィラータは自分の小屋で一晩過ごした。星々が天空の奥底から白く輝き出てきて、朝になるとふたたび消えてゆくのをじっと眺めていた。そしていま一度鳥たちを呼び集めて餌をやり、撫でてやった。それから、何年も前にここにきたときと同じように杖と鉢とを手に持って、町の中へと帰っていった。

聖人が孤独を離れてふたたび城壁内に留まるという知らせが広がるやいなや、路地から人が溢れ出て、めったに人目に触れないその男を幸福な気持ちで眺めた。しかし、ヴィラータが神のもとを離れ俗世に近づいてきたことが何か不幸のお告げではないのかと、ひそかに怯える者も多かった。畏敬の念を送る人垣をかきわけるようにして、ヴィラータは進んだ。どうにか、いつものように口元にやわらかい微笑みを浮かべ、人々に挨拶しようとした。しかし生まれてはじめてそれができなかった。そのまなざしは険しく、口は閉ざされたままだった。

そのようにして彼は、宮殿の中庭までやってきた。評定の時間は過ぎ去り、王は一人だった。ヴィラータが王のもとへ歩み寄ると、王は立ち上がって彼を抱きしめた。しかしヴィラータは地面にひれ伏し、懇願のしるしに王の衣服の裾を握った。

「そなたが願いを口にする前から、それはかなえられている」、と王は言った。「聖者に仕え、賢者の助けとなる力を与えられているのは、光栄なことである」

「どうか私を賢者などと呼ばないでください」、とヴィラータは答えた。「私の道は正しい道ではなかったのですから。私は一巡《ひとめぐ》りして参りました。そして王に嘆願申しあげる者として、いまふたたび御前にいるのでございます。私はかつてこの場所で、あなた様への勤めから解いてくださるようお願い申しあげました。これまで私は罪から自由であることを望み、あらゆる行為を避けて暮らして参りました。しかしこの私もまた、神々が地上の人々に張り巡らした網の目に、からめとられていたのです」

「そなたの言うことは、信じがたいことである」と王は答えた。「人々を避けて暮らしてきたそなたが、どうして人々に不正をなしたりできようか？　神のうちに生きているそなたが、どうして罪に落ちたりできようか？」

「私めも、そうと知りつつ不正を犯したわけではございません。私は罪から逃れようとしました。しかし我々の足はこの大地に縛られていますし、我々の行為は永遠の掟に縛られているのです。無為もまたひとつの行為であり、私は永遠の兄の目から逃れることができませんでした。誰しもがこの目のもとで、みずからの意志に反して、永遠に善をなし悪をなし続けるものなのです。けれども私は、他の人々より七倍も重い罪を負っています。というのも私は神の御前から逃げ出し、我が身に奉仕をさせなかったからです。私は役立たずでした。我が身に栄養を与えるばかりで誰にも仕えなかったからです。いま一度私は奉仕をしたいのです」

「そなたの話は分からぬ、ヴィラータ、何を言っているのか理解できぬ。ともあれそなたの望みを言いなさい。余がかなえて進ぜよう」

「私はもう、自分の意志から自由であろうとは思いません。というのも自由を謳歌する者は自由ではなく、行為を行わない者も罪を免れられないからです。自由であるのはただ、奉仕する者のみです。その意志を他者に、その力を仕事に注ぎ込み、疑うことなく行為する者のみが自由なのです。ただ行為の中にのみ、我々の仕事はあるのです――そしてその行為の始点と終点、原因と結果について云々できるのは神々だけです。どうか私を、私の意志から解き放ってください――というのも、意志することはすべて混乱であり、奉仕することはすべて知恵そのものだからです――王よ、そのようにしていただければ感謝いたします」

「そなたの言う意味が分からぬ。そなたを自由にするように余に求めながら、しかし同時に奉仕を請うとは。すると、他人への奉仕を引き受ける者のみが自由で、奉仕を命じる者は自由ではないというのか。これは訳が分からぬ」

「王よ、その御心《みこころ》がこれを理解できなさらないというのは、幸いなことでございます。なぜなら、もしあなた様が我が言葉の意味を悟っておしまいになったら、どうしてあなた様はまだ王位に就いて、誰かに命令を下したりできましょう」

王の顔は怒りに曇った。

「しからばそなたは、神の御前では命令する者は奴隷よりも卑小だとでも申すのか？」

「神の御前では卑小な者も偉大な者もございませぬ。疑うことなく奉仕し、意志を放棄する者だけが、みずから行なった罪を神のもとへと返すのでございます。それとは逆に、知恵をもって悪《あ》しき事柄を遠ざけられるなどと思い上がり、またそうしようと意志する者は、誘惑に陥り、罪に陥っているのでございます」

王の表情は曇ったままだった。

「しからば、ある奉仕は他の奉仕と同等であり、神の御前や人間の前に並べたとき、そこに貴賤《きせん》はないということか？」

「王よ、ひょっとすると人間の目には、いくつかの奉仕がより偉大なものに映るかもしれません。しかし神の御前では、あらゆる奉仕はすべて同じ奉仕でございます」

王は長い間暗い面持ちでヴィラータを見つめていた。心の中で、陰気な自尊心がざわめいていた。しかし、ヴィラータの顔がやつれはて、しわの寄った額の上で髪が真っ白になっていることに気づくと、王はこの老人が早くも幼児返りを起こしてしまったのだと考え直した。彼はヴィラータを試すため、あざけるように言い放った。

「我が王宮の犬の世話係になるのはどうだ？」

ヴィラータは頭を垂れ、感謝のしるしに階《きざはし》に口づけをした。

その日からというもの、かつて国中が四つの徳の名で褒めたたえた老人は、宮殿前の納屋《なや》にいる犬たちの番人になった。そして奴隷たちと一緒に、下の小部屋で暮らすようになった。息子たちは父を恥に思い、こそこそと父の住むところを避けて通るようになった。父のことを思い出したくもなかったし、血のつながりを誰かに知られるのも恐ろしかったのである。神官たちはこの面汚しの男から目を背けた。民衆だけが、数日の間立ち止まって驚いていた。なにしろかつて王国の最高位に君臨していた男が、いまや年老いたしもべとなって、革紐《かわひも》でつないだ犬たちを連れ歩いているのである。しかし男は人々を気に留めなかった。そのためじきに人波は引き、もはや誰も男のことを考えなくなった。

朝焼けから夕焼けまでの間、ヴィラータはみずからの奉仕を忠実に行なった。動物たちの唇を洗い、毛皮から疥癬《かいせん》を掻き落とし、食事を運んできて、そして寝床をしつらえ、汚れが出ると掃除した。やがて犬たちは、ヴィラータを宮殿にいる誰よりも愛するようになり、ヴィラータにはそれが嬉しかった。年を重ねてしわの寄ったその口は、人間に向けて言葉を放つことはめっきりなくなってしまったが、犬が喜んでいるときには微笑みが浮かぶのだった。彼は、大きな出来事もなく過ぎてゆく長い年月を愛した。王は彼より先に死に、新しい者が即位した。この新王はヴィラータのことを気にかけず、一度は、自分が通りすぎるとき犬が唸り声をあげたからという理由で彼を杖で殴りつけた。そして他の人々もまた、ヴィラータが生きていることをやがて忘れていった。

彼の年月にもついに終わりがやってきた。ヴィラータが死に、奴隷たちのごみ捨て場にいい加減に埋められたとき、もはや王国の誰一人としてこの男、かつては国を挙げて四つの徳の名で褒めたたえたヴィラータのことを思い出さなかった。息子たちは身を隠したし、どの神官も、ヴィラータの息絶えた肉体に死者の歌を唱えようとはしなかった。ただ犬たちだけが、二日と二晩にわたって遠吠えを続けた。それから犬もまたヴィラータのことを忘れた。その名は君主の史書に記されることはなく、賢者の書にも刻まれていない。

埋められた燭台

西暦四五五年のある晴れた六月の日のこと、皇帝マクシムス[001]の名を冠したローマの闘技場《コロシアム》で、巨漢のヘルーリー[002]二人がヒュルカニア[003]の猪《いのしし》の群れを相手に繰り広げた血みどろの戦いが幕を下ろした。時刻は午後三時頃。不穏な騒ぎが何千人もの観客たちの間に広がりはじめたのは、まさにそのときのことだった。最初に気づいたのは、周囲の者たちだけだった。数多《あまた》の立像と絨毯で豪華に飾りたてられた特別観覧席には、皇帝マクシムスが臣下に囲まれて座っていたが、そこにひとりの使者が荒ぶる馬にまたがり埃を巻きあげながらやってきて、衆人環視のなか馬上から飛び降りた。皇帝はその報告を聞くやいなや、あらゆる慣例を無視して白熱した戦いの最中に席をたち、その場にいた廷臣たちはみな人目もはばからずに急いでその後につづいた。そして瞬《またた》く間に貴賓席はもぬけの殻になった。こんな急転直下の退席劇が、大した理由もなしに起こるはずはない。新たな動物闘技の開始を告げるファンファーレが高らかに鳴り響き、黒いたてがみをなびかせたヌミディア[004]のライオンが喉を鳴らし唸り声をあげながら檻《おり》から出てきて、剣闘士の振りかざす短刀を突きつけられても、焼け石に水だった。戸惑う顔、不安でパニックになった顔が青白い泡のように溢れかえり、恐慌の黒い波の高まりはもはや抑える術《すべ》もなく、列から列へと広がっていった。人々は飛び上がり、無人の貴賓席を指して何が起こったのかと口々に問いかけ、喚き、叫び、口笛を鳴らした。そのとき突然、誰がそれを言い出したのかは分からなかったが、不確かな噂が広がりはじめた。ヴァンダル人005――あの恐ろしい地中海の海賊が、大船団を引き連れて港に上陸したらしい。そしてそうとは知らずに呑気《のんき》にかまえているこの街に向けて、すでに進軍中であるという。ヴァンダル人！　最初その言葉は口伝いにひそひそと囁《ささや》かれていたにすぎなかったが、突然「蛮族《バルバロイ》！　蛮族《バルバロイ》！」というけたたましい叫び声に変わった。何百何千もの声が石造りの闘技場の全体に轟き、ものすごい数の群衆がまるで雷雨をともなった突風に吹き飛ばされたかのようにパニックになって暴走し、出口に向かって殺到した。あらゆる秩序が崩壊した。門番も歩哨《ほしょう》も、持ち場を捨てて一緒になって逃げ出した。人々はこぶしをつきあげ、剣を振りかざし、われ先に道を切りひらこうとして、泣き叫ぶ女子どもを足蹴にし、数か所の出口にはぎゅうぎゅう詰めになった群衆が阿鼻叫喚の蠢《うごめ》く人間漏斗をつくりあげた。この広大な闘技場はついさっきまで、騒がしい暗い箱のなかに八千人を収容していたのだが、ものの数分のうちに誰もいなくなった。楕円《だえん》の建物は大理石のように沈黙し、寂れた石切り場のように無人の状態で、夏の日差しを浴びていた。舞台にいるのは置き去りにされたライオンだけで――剣闘士たちはとっくに群衆の後につづいて逃げ出していた――、ライオンは黒いたてがみを揺すりながら、急に誰もいなくなった広場に向かって、挑みかかるように咆哮《ほうこう》した。

ヴァンダル人がやってきた。使者が慌ただしく次から次へと知らせを持ち込み、その内容は悪くなるばかりだった。何百艘《そう》もの帆船とガレー船を繰り出して、疾風怒濤の勢いで、ヴァンダル人が上陸した。港の街道にはすでに主力部隊に先だって、首の長い駿馬にまたがり白いマントを羽織ったベルベル人[006]とヌミディア人の騎兵隊が走り出していた。この盗賊団は明日か明後日のうちには、市門の前に来ているに違いない。そしてそれを防ぐ手立てはなかった。守りの要である傭兵部隊はローマから遠く離れたラヴェンナの地で戦っていたし、アラリック一世[007]がローマの町を壊して以来、防壁は崩れたままだった。金持ちや貴族連中は自分たちの命とともに少しでも財産を持ち出そうとして、われ先に荷馬と車の用意をはじめた。だが時すでに遅し。貴族たちが旗色の良いときには自分たちをこきつかい、旗色が悪くなると卑怯にも見捨てていく、そんなことを民衆が許そうはずがない。かくして皇帝マクシムスがお供をつれてこっそり宮殿を抜け出そうとしたときには街中が騒然となり、罵詈雑言につづけて石礫《いしつぶて》が投げつけられた。そしてついには怒り心頭の暴徒たちがこの卑怯者たちに襲いかかり、棍棒と斧を手にして哀れな皇帝を路上で撲殺した。人々はそれからいつものように夜には市門をしっかりと閉ざしたのだが、しかしまさにそのせいで不安が蓋をされて街中に充満することになった。これから起こる恐るべき事態への予感が、明かりを消して静まりかえった家々の上に、沼地の腐臭のように重くたちこめて、戦慄と恐怖に沈む人気《ひとけ》のない街の上を覆った。上空には永遠に人事を超越した星々がきらきらと冷淡に瞬き、月はいつもの夜と変わらず天の蒼穹《そうきゅう》に銀の角笛を掛けていた。ローマの街は眠ることなく、神経を昂《たかぶ》らせたまま、死刑を待つ被告のように、蛮族《バルバロイ》の到来を待っていた。その頭はすでに断頭台に押しつけられ、迫りくる避けようのない一撃を待つのみだった。

　ヴァンダル人はその間にも、港からつづく無人のローマ街道を、ゆっくりと着実に、一定の速度で、勝利の勝鬨をあげながら近づいてきた。ブロンドの髪をのばしたゲルマン人の戦士たちが、一糸乱れぬ鍛えあげられた軍隊行進で、数百の隊列を組んでやってきた。それに先行して、鎧《よろい》をつけずに純血種の美しい馬にまたがり周囲に目を配りながら騒々しくポルトゥエンセ街道[008]を駆けていくのは、漆黒の肌を持つヌミディア人、砂漠の民で編成された予備部隊である。その行進の真ん中を、ヴァンダル人の王のゲンゼリッヒ[009]が馬にまたがって進んでいく。自軍の行進を馬上から見下ろして、王は満足げに笑みをこぼした。この百戦錬磨の老戦士は事前に偵察から報告を受けていた。大きな反撃の心配はなく、今回は大規模な野戦に備える必要もない。備えるべきはただひとつ、武器を持たないさる要人との接触だけ。実際、敵の兵士はひとりも姿を見せなかった。美しく整備された港湾街道がローマの市街区と接するポルトゥエンセ門にまで来てようやく、教皇レオ[010]その人が王の前に現れた。ありとあらゆる勲章で身を包み、全聖職者を仰々しく従えた教皇レオ。王と同じ白髭の老人であるが、この人物はほんの数年前にもあの恐るべきアッティラ[011]に対して誇り高き説得を試みてローマを略奪から守り、その懇願には当時異教徒のフン族もおとなしく従ったのだった。その威厳ある白鬚が見えてくると、ゲンゼリッヒもすぐさま馬から降りた。そして片足を引きずりながら（彼は右足が短かった）、うやうやしく教皇と向き合った。しかしゲンゼリッヒは漁夫の指輪[012]をはめた教皇の手に口づけをすることもなければ、敬虔に膝をつくこともなかった。なぜなら彼はアリウス派[013]を信仰する異端者であり、教皇のことを、キリストの真の教えの簒奪者《さんだつしゃ》としか思っていなかったからだ。――王よ、よもやこの聖都ローマを傷つけるつもりはありますまい。教皇のこのラテン語の懇願を、ゲンゼリッヒは冷たく尊大な態度で聞いていた。否、心配には及ばぬ。彼は通訳にそう答えさせた。非道な仕打ちを心配せずともよい。余はみずからが軍人であると同時にキリスト教徒である。ローマは支配欲にかられて幾千もの街を破壊し蹂躙《じゅうりん》してきたが、余は違う。ローマに火を放ちはしないし、破壊もしない。余は寛大である。ゆえに教会の財も女たちも奪いはしない。ただひとつ、強者であり勝者である者の当然の権利として、「火も矛も使わずに」いただくものはいただいていく。ゲンゼリッヒはしかしその時――付き添いの馬の世話人の手を借りて鐙《あぶみ》に足をかけながら脅しを込めて――こう忠告した。もはや一刻の猶予もない、いますぐローマの門を開け放て、と。

ゲンゼリッヒの言葉通りになった。槍がふるわれることも、剣が抜かれることもなく、一時間後にはローマ全域がヴァンダル人に降伏した。しかし勝利に酔いしれた海賊の群れが、めいめい好き勝手に無防備な街になだれ込んだわけではなかった。剛腕ゲンゼリッヒの指揮のもと、筋骨たくましい亜麻色の髪の戦士たちが、凱旋門を通って、整然と隊列を組んで入場した。戦士たちは時折ちらりともの珍しげに、林立する数千の白眼の彫像に目を向けた。それらの彫像は物言わぬ口で戦利品の山を約束しているように見えた。ゲンゼリッヒ自身もその後すぐに皇帝が放棄した王宮への入城を果たした。彼はしかし、不安な面持ちで並んで待っていた評議員たちの挨拶には耳を貸さず、宴《うたげ》の用意を指示することもなかった。金持ち連中が取り入ろうとして用意した贈り物の数々にも、ほとんど目をくれなかった。すぐさま屈強な兵士が地図を広げて、この都市をできる限り迅速に、くまなく査定するための計画をたてはじめた。各地区が百人部隊の管理下に置かれ、その部隊の長《おさ》がそれぞれ人民を統率する責任を負うことになった。そう、そのときはじまったのは野蛮で無法な強奪ではなく、計画と方法を練りあげた収奪だった。まずはゲンゼリッヒの命令で市門が閉ざされ、見張りが置かれた。それはこの巨大な都市のなかにある金銀財宝が外に持ち出されないようにするための措置だった。つづいて兵士たちが船や荷車や駄獣を差し押さえ、数千人の奴隷を酷使してローマ中の金目のものをひとつ残らず、できるだけ速く、アフリカにある盗賊団の本拠地に運び入れる手筈《てはず》を整えた。それからようやく、はじまった。周到に練られた、冷酷無比な、無音の略奪が。刃《やいば》が仕留めた動物を切り分けるように、ゆっくりと、巧みに、十三日の時間をかけて、かすかに痙攣《けいれん》している都市の生身の体から、肉の塊がひとつまたひとつとそぎ落とされていった。個々の部隊はヴァンダル人の貴族に導かれるまま、記録係を連れて、家から家へ、神殿から神殿へと探索をつづけ、持ち運びのできる金目のものをひとつ残らず順番に運び出していった。金銀の器を、ブローチを、硬貨を、宝石を、北方産の琥珀《こはく》の首飾りを、トランシルヴァニア[014]産の毛皮を、ポントゥス[015]産の孔雀《くじゃく》石を、そしてペルシア製の刀剣を。彼らは職人に命じて神殿の壁を飾るモザイクをきれいに剝ぎとり、列柱廊を壊して斑岩のタイルを取り出した。すべての作業は計画通りに、熟練の手つきで、正確無比に行われた。職人たちは凱旋門を飾る二頭立ての馬のブロンズ像を、巻きあげ機を使って傷つけないように取り外し、さらに奴隷を使ってジュピター・カピトリヌス[016]の黄金をあしらった屋根瓦を次々に運び下ろした。ただひとつ、ブロンズの柱だけは急ぎの作業で運び出すには大きすぎたので、ゲンゼリッヒの命令で、金属材としてハンマーで砕かれて細断された。道という道が、家という家が、きれいさっぱり浚《さら》われていった。そして生者の住処が空《から》になると、彼らは今度は死者の住処である霊廟《れいびょう》をこじ開けた。その手は欲望のままに石棺の蓋を開け、死の眠りについている貴婦人の色褪《あ》せた頭髪から宝石でつくられた櫛《くし》を抜きとり、肉のこけ落ちた遺骸から金のブローチを引きちぎり、銅鏡を奪い、印璽《いんじ》の刻まれた指輪を死者の手から盗み、それどころか死者が彼岸に渡るときに渡し守に払えるようにと墓所に納められたわずかな金品の類でさえ、ことごとく盗み出した。このような個々の収奪品はその後一か所に集められて、いくつかの山に分けられた。そのなかには金の翼を持った女神ニケの像があり、その隣には宝石をあしらった、聖人の遺骨を納めた棺《ひつぎ》があり、貴婦人の遊び道具であるサイコロがあった。真紅の衣装の隣には銀の延べ棒が山と積まれ、鉱石の隣には趣向を凝らしたガラスの鋳物が置かれた。記録係は略奪が正当に行われたように見せるために、そうした品のひとつひとつを、北方風の力強い書体で手元の羊皮紙に書き留めていった。ゲンゼリッヒ自身も片足を引きながら従者を連れて雑踏のなかを歩き、杖で戦利品をつつき、宝石の質を確かめては、笑みを浮かべて品々を褒めたたえた。車という車、船という船が荷をうず高く積みあげて街を後にしていく様を、彼は満足げに見つめた。だが、家に火が放たれることも、血が流されることもなかった。荷車の列は十三日間、港と海の間を往復し、鉱山のトロッコが上下に行き交うように粛々と規則的に荷揚げと荷積みをくりかえし、荷をいっぱいにして出て行っては空にして帰ってきた。牛とロバは重荷に耐えかねてすでに虫の息だった。それもそのはずで、歴史を振り返ってみても、このヴァンダル人の略奪における ほど多くのものが十三日の間に奪われたということは、絶えてないことだった。

十三日の間、数千の家屋のひしめくこの街のなかではもはや人の声は聞こえなかった。誰も声をあげる者はなかった。笑う者もいなかった。家のなかに弦の音が響くことはなく、教会で賛歌が歌われることもなかった。聞こえてくるのはただ固い物を引き剝がそうとするハンマーの音、角石がゴロゴロと転がる音、荷を山積みにした車のギイギイと軋《きし》む音、それに見張り番に何度も鞭打たれながら荷を引く動物たちの疲弊した呻《うめ》き声だけだった。時折、主人が我が身を案じて餌をやるのを忘れた犬たちの遠吠えが聞こえてきた。時折、見張りが交替の時に吹くラッパの音が、砦《とりで》の上に暗く低く鳴り響いた。だがこの街の人々は、家のなかでじっと息を押し殺していた。世界に冠たるこの街は、地に伏したまま身動きひとつしなかった。そして夜になり、人気のない路地を風が吹き抜けると、その音はまるで体内から血の最後の一滴が流れ出るのを感じた手負いが洩らす、疲れはてた呻き声のように聞こえるのだった。

略奪がはじまってから十三日目の晩、テヴェレ川[017]の左岸の、ちょうど黄色く濁った川の流れが獲物を丸のみにした蛇のように膨らんで曲がっているあたりで、ローマの教区に住むユダヤ人たちがモーセ・アプタリオンの家に集まっていた。この人物は仲間内の長《おさ》というわけではなく、聖典に詳しいわけでもなく、ただ体の丈夫だけが取り柄の老いた職人だった。しかし人々は彼の家を集会所にしていた。なぜなら、この家の一階の工房が、他の家の狭くて間取りの悪い部屋よりも広かったからだ。彼らは十三日間、毎日全員が集まって、白い経帷子《きょうかたびら》に身を包み、くたびれた灰色の表情を浮かべて、閉めた店の裏手で、吊り滑車や漆喰《しっくい》を塗った布、大きな桶がひしめき合うなかに陣取って、くぐもった声で、ほとんど朦朧《もうろう》としながらくりかえし祈りの言葉を唱えていた。これまでのところ、ヴァンダル人の略奪の手はまだ彼らには及んでいなかった。二三度、見回り部隊が貴族と記録係を連れて低地にある狭いユダヤ人街の路地にやってきたことはあった。度重なる川の氾濫で、この地区には湿気が家々のタイルのなかに茸《きのこ》のように沁《し》み込んでいて、それが冷たい水滴となって石灰を固めた壁から滴っていた。手練れの盗賊団は一瞥《いちべつ》しただけで察知した。この貧民街から得られるものは何もない。ここには大理石でできたきらびやかな列柱廊も、黄金色に輝く豪華な食卓《トリクリニウム》[018]も、ブロンズの像も壺もなかった。そのため盗賊の一味はあっさりと素通りし、免焼金を要求したり略奪の脅しをかけたりすることはなかった。だがそれでも、ローマのユダヤ人たちの心は潰れそうだった。彼らは不安な予感を抱いて身を寄せ合った。というのは、ユダヤ人の住む国や街で起こった不幸は――このことはすでに何世代も前から知られていた――、結局いつも彼らの不幸に変わるのだ。人々は幸福を謳歌しているときにはユダヤ人の存在を忘れていて、気にすることもない。領主は豪華な衣装に身を包み、館を建て、豪華絢爛《けんらん》な暮らしを追い求める。そして貧しい者たちは欲望のおもむくままに、猟や狩や遊びに熱をあげる。だが、非常事態になるといつも罪を着せられるのはユダヤ人だった。敵が攻め入ってきたり、街が略奪されたり、ペストや病が土地に入ってきたりすると、いつもひどいことが起こった。ユダヤの民は知っていた。この世のすべての厄災が、必然的に、彼らにとっての厄災であるということを。そしてこの運命に抗う術《すべ》はないことも、彼らはずっと前から知っていた。なぜなら彼らはどこにいても、どんな場所でも、少数派だったからだ。どこにいても、どんな場所でも、彼らは無力だった。彼らの武器はただひとつ、祈ることだけだった。

だからこそ、危険に満ちた暗い略奪の日々の間ずっと、ローマのユダヤ人たちは毎晩遅くまで祈りをつづけた。くりかえし暴力が勝利を収めるこの正義なき野蛮な世界のなかで、神の正義を信じる者が、この世の出来事に背を向けて、神に祈りを捧げる以外にいったい何ができただろう。彼らは長い間ずっとそうしてきた。南から、東から、西から、侵略者は絶えず押し寄せ、ブロンドの民や褐色の民、異郷の民がやってきては強奪をくりかえし、ひとつの集団が勝利を収めるやいなや、もう別の集団が勝者に襲いかかるという有様だった。神を信じない者たちが地上のいたるところで戦争を繰り広げ、神を信じる者たちから平和を奪った。神を信じない者たちはそのようにしてエルサレムを、バビロンを、アレキサンドリアを奪った。そして今回辛酸をなめるのはローマの番だった。休息を求めるところには騒乱があり、平和を望むところには戦争があり、誰もその運命から逃れることはできなかった。唯一祈りのなかにのみ、この揺れ動く地上の逃げ場があった。安らぎと慰めがあった。なぜなら、祈りには驚くべき力があったからだ。祈りは偉大な約束によって不安に麻酔をかけ、歌を口ずさむことによっておののく魂を眠りへと誘い、囁く祈禱《きとう》の翼に乗せて、心の重荷を神のもとへと送り届ける。だからこそ、苦しい時に祈りを捧げることは良いことだった。みなで一緒に祈りを捧げることはなおさら良いことだった。どんな重荷も、みなで担えば軽くなる。そしてどんな善行もみなで一緒に行えば、神の御前ではさらなる善となるのである。

そういうわけで、ローマのユダヤ人たちはみなで集まって祈りを捧げた。神をたたえる祈りの声が、かすかに、絶え間なく、口髭の間から流れ出した。それはさながら窓から聞こえてくる水音、テヴェレ川が静かに執拗に洗い場の厚板を磨き、ゆるやかに蛇行しながら岸辺を洗う、その水音のようだった。誰も示し合わせたりしなくても、老いて萎《しな》びた彼らの肩は同じ調子で揺れた。歌うように、語るように、彼らはこれまで何百回何千回と唱えてきた詩篇を、彼らの父とその父たち、またその父たちが唱えてきたものと同じ詩篇を声に出して唱えた。その唇は自分が口にしていることをほとんど知らず、その感覚は自分が感じていることをほとんど知らなかった。このためらいと嘆きの響きは、まるで朦朧とした暗い夢のなかから流れ出てくるようだった。

突然、彼らは驚いて飛び上がった。衝撃が走り、曲がった背筋がさっと伸びた。どんどんと激しく扉を叩く音がしたのだ。彼らユダヤ人は、とりわけ突然の出来事やよそ者の来訪にはいつも驚いた。その習性は彼らの骨のずいまでしみついていた。いったい、夜中に扉を叩く者がいて良いことがあった試しがあるだろうか？　鋏《はさみ》で断ち切られたように、祈禱が止んだ。静寂のなかを、先ほどと変わらない調子で流れつづける水の音が、いっそうはっきりと聞こえてきた。みなが息をのんで耳をそばだてた。するともう一度、急《せ》かすように、どんどんとこぶしで外の扉を叩く音がした。「私が出よう」、アプタリオンは独り言のように言って、足を引きずりながら部屋を出た。扉が開き、隙間風が吹き込んでくると、卓に貼りつけた蠟燭の明かりが身をよじるように揺らめいた。まるでその場にいる人々の心の内を代弁するように、炎が急に激しく震えた。

入ってきた人の顔をみて、一同は驚きから解放されてほっと一息ついた。ヒュルカノス・ベン・ヒレル。皇帝の金庫番を任された会計係であり、宮殿に入ることを許されたただひとりのユダヤ人、教区の誇りである人だった。宮廷から特別に目をかけてもらっている彼は、教区のあるトラステヴェレ区[019]の外に住むことが許されていて、高貴な色の衣服を身につけることもできた。だが、いま彼の上着はずたずたに破れ、顔は汚れていた。

　みなが彼のまわりを取り囲み、早く話すようにと迫った。彼が知らせを持ってきたと思ったのだ。だが、そのただならぬ様子を見た一座の人々は、何か悪いことが起きたことを察知して、話が始まる前からすでに動揺していた。

　ヒュルカノス・ベン・ヒレルは深く息を吸った。言葉が喉の奥に詰まり、出てこない様子がありありと見てとれた。彼はついに、絞り出すように言った。

「もうだめだ。奴らがあれを――、あれを見つけてしまった」

「何が見つかった？　誰が見つかった？」

「燭台《しょくだい》だ。メノラー[020]だ。連中がきたときに、わたしは隠した。調理場のゴミ入れのなかに。宝物庫のなかの他の聖祭具は、あえてそのままにしておいた。種なしパンを載せる台も、銀のトランペットも、アロンの杖[021]も、煙を焚《た》くための香炉も。全部を隠そうにも、ユダヤの宝のことを知っている使用人の数が多すぎた。だから数ある神殿の道具のなかでも、ひとつのものだけを、モーセの燭台、ソロモンの神殿の燭台であるメノラーだけを救うことにしたんだ。宝は全部奪われて、もう部屋は空っぽになって、連中も探すのを止めて、わたしはほっとした。少なくとも、われらの聖なるしるしであるこのひとつのものだけは守り通したと、そう思ったんだ。だが奴隷のひとりが――魂の枯れた奴が――燭台を隠すところを覗いていた。そいつは自由になることとひきかえに、盗賊どもに密告した。隠し場所がばれて、奴らが掘り起こした。もう、すべてが奪われてしまった。かつて聖なる場所にあったもののすべてが。ソロモンの神殿にあった机が、香炉が、司祭の占星表が、そしてメノラーが。今夜のことだ。まだ今日の話だ。ヴァンダル人が燭台を、港の船まで運んでしまった」

一瞬、誰もが言葉を失った。と、次の瞬間、青ざめた口から次々に嘆きの声が千々に入り乱れて飛び出した。

「燭台が……ああ、またか……メノラーが……神の燭台が……ああなんということだ……主の食卓を飾る燭台が……メノラーが！」

ユダヤ人たちは誰もかれもが酔いしれたようによろめいて、自分の胸をこぶしで叩き、まるで痛みの火に焼かれるように嘆きの声をあげながら腰に手をあてた。それはさながら思慮深い老人たちが突如めまいに襲われたような有様だった。

「静かに！」不意に鶴の一声が上がり、一座はすぐにしんとなった。というのも、声の主は教区の長《おさ》にして最年長者、賢者にして聖典の偉大な解釈者である導師《ラビ》[022]のエリーザー、清く明るい人を意味するカーヴ・ヴェ・ナーケの名で呼ばれる人であったからだ。齢《よわい》はおよそ八十で、その顔は豊かな純白の髭で覆われていた。その額には、厳しい思索の鋭い鍬《くわ》の刃によって深いしわが刻まれていたが、豊かな眉の下から覗くその眼《まなこ》はまるで星のようであり、年をとっても相変わらず柔和で清らかであった。彼は手をあげて、いつも彼が物書きに使う羊皮紙を何枚も重ねたような黄色味がかった瘦せたその手で、水平に空を切った。まるで不快な煙を払うように騒ぎを払い、落ち着いて話をする清らかな場所をつくろうとするような仕草だった。

「静かに！」と彼はくりかえした。「子どもたちが怯えて泣き出すことを考えなさい。めいめい腰を下ろして、知恵を出し合うことにしよう。体の興奮がおさまれば、頭も冴《さ》えてくる」

一座の人々は恥じて床几《しょうぎ》や長椅子に腰を下ろした。ラビ・エリーザーは小さな声で、独り言のように語り出した。まるで自分自身と相談しているかのようだった。

「不幸なことが起こった。とても不幸なことだ。もう長いこと、聖祭具はわれらの手元にはなかった。皇帝の宝物庫のなかにしまわれたそれを、かつては誰も目にすることはできなかった。ひとりこのヒュルカノス・ベン・ヒレルを除いては、な。だがわれらは知っていた。聖祭具がティトゥス[023]の世からこれまでずっと守られていたことを。聖祭具はまだこのローマに、われらの近くにあったのだ。考えてみれば、ローマの異人はわれらにとってはずいぶん好ましい人々だったように思える。聖祭具はもとはエルサレムにあったものがバベルに行き、何度も何度ももとの場所に戻されては、何千年もの間各地を転々とさまよっていたのだが、ローマの時代になってようやく一所《ひとところ》に落ち着いて、奪われた聖祭具はわれらとともに同じ町で安らぎを得ることになった。われらは聖なる食卓にパンを供えることはできなかったが、それでもパンを運ぶときにはいつも聖なる食卓のことを思っていた。聖なる食卓に明かりをともすことはできなかったが、それでも明かりをつけるときにはいつも、異人の家で明かりをともされることなく孤独に耐えているメノラーに思いを馳《は》せた。聖祭具はわれらの持ち物ではなかったが、それでもそれが安全に守られていることをわれらは知っていた。そしていまこの時、またしても燭台の放浪がはじまろうとしている。われらが思い描いていたような故郷への帰還ではない。彼方への旅だ。そしてその行方は誰にも分からない。だが、嘆いてはいけない。嘆くだけでは良い考えは浮かばない。万事をじっくりと考えてみることにしよう」

人々は黙って聞き入り、頭を垂れた。老人の手は依然として髭を上下にさすっていた。そのまま自分自身と対話しているような口調で、老人はつづけた。

「燭台は純金でできている。わしはよく思ったものだ。なぜ神は、供物としてかくも高価なものを所望されたのだろうか？　なぜ神はモーセに、燭台がまさにその重さであるように、七つの蕚《がく》を持ち、飾りや花輪や花弁の彫刻をあしらってあるようにと言いつけたのだろうか？　まさにそれが燭台を危険にさらすことになったのではないかと、わしはよく思ったものだ。富は悪を呼ぶからだ。いままさに、高価なものが盗賊を惹きつけているように。だがよくよく考えてみると、この考えがいかに浅はかなものであるかが分かる。神が命じたことには、われらの想像と理解をはるかに超える意味があるのだ。というのも、いま私は理解したのだが、盗賊たちがわれらの聖祭具を長きにわたって保管してきたのは、ただそれが高価なものであったからなのだ。もしそれらが粗悪な金属でできていて、装飾もあしらわれていなかったら、奴らは見向きもせずに壊してしまうか、あるいは溶かして剣なり首飾りなりにつくり変えていただろう。だが、実際は違った。だからこそ、連中は宝物を高価なものとして、それが神聖なものとは気づかないままに保管したのだ。だから、盗賊同士で奪い合いが起こることはあっても、誰もそれを壊そうとはしなかった。聖祭具はどれだけ移動しても、いずれは神のもとに帰るのだ。

さあ、よく考えてみよう。蛮族《バルバロイ》の連中は、それが聖なるものだと知っているのだろうか？　彼らが見ているのはただそれが、われらの燭台が、黄金でできているということだけだ。彼らの物欲をくすぐれば、つまり黄金の目方の二倍か三倍の対価を積めば、燭台を買い戻すことができるのではないだろうか。われらユダヤの民は、闘うことはできない。われらはただ犠牲になることによってのみ、力を揮《ふる》う。各地に散った者たちに、使者を送らなければならない。みなに助力を請い、力を合わせて聖なるものを買い戻すのだ。今年は教会の寄付金に二倍か三倍の額を出してもらう必要がある。身にまとう衣服や指輪も出してもらわなければ。たとえ黄金の目方の七倍の対価が必要になろうと、聖祭具を買い戻さなければならない」

ため息が話を遮った。ヒュルカノス・ベン・ヒレルが悲しげに目をあげた。

「無理です。それはもうやってみました」彼は静かに口を開いた。「わたしも最初はそう考えたのです。金庫番と書記官にあたりましたが、けんもほろろにあしらわれました。そこでゲンゼリッヒに直談判して、高値で買いとる交渉をしました。王は不機嫌に話を聞きながら、がりがりと足で地面を掻いていました。私はそれを見てかっとなって王に詰め寄り、燭台をたたえて、それがもとはソロモンの神殿にあったもので、ティトゥスが至高の戦利品としてエルサレムから密かに持ち帰ったものだということを、言ってしまったのです。蛮族《バルバロイ》の長《おさ》はそのときはじめて自分が何を得たのか理解して、薄ら笑いを浮かべてこう言いました。『金は要らん。この町ではもうたんまりいただいた。我が愛馬の厩舎《きゆうしや》を舗装して、蹄《ひづめ》に宝石を詰められるほどにな。だがこの燭台が本当にソロモンの燭台だとすると、金に換えられる代物《しろもの》ではない。戦《いくさ》に勝利したティトゥスが己《おの》が手でそれをローマに運んだのなら、ローマに勝利した余の手でそれが運び出されるのも道理だろう。燭台がお前たちの神に仕えているのなら、今度は真の神[024]に仕えるまでだ。去れ！』――そしてわたしを叩き出したのです」

「そこで退いてはいけなかったのだ！」

「わたしがおめおめ逃げ帰ったと思いますか？　わたしは王の前に身を投げ出して、膝にすがりました。でも、王の気持ちは硬かった。王の履く靴の鉄ベルトよりも、はるかに硬かった。わたしは王に石ころみたいに蹴りつけられて、家来たちに袋叩きにされて追い出されました。ほとんど半殺しの目にあったのです」

いまになってようやく、人々はヒュルカノス・ベン・ヒレルの服がなぜぼろぼろになっているのかが分かった。いまになってようやく、その額にこびりついた血の跡に気がついた。場は水を打ったように静かになった。静かになると、遠くの方から、夜じゅうずっと動きつづけている荷車のぎしぎしと軋む音が聞こえてきた。すると今度はまた別の、変わった音が聞こえてきた。それは町の端から端に向けて呼びかけと応答をくりかえす、ヴァンダル人のくぐもった角笛の音だった。それからすべての音が消えた。全員が同じことを思った。――大いなる略奪の時は終わった。燭台は失われてしまった！

ラビ・エリーザーは重だるく目をあげた。「今晩と言ったね？　燭台が持ち去られてしまうのは」

「今晩です。連中は荷車のひとつに燭台を積んで、船を目指してポルトゥエンセ街道を進んでいます。いまこう話している間にも、もう先に行っているでしょう。この角笛は、後衛の部隊を呼び寄せるためのものです。連中は明日の朝早くには燭台を船に積んでいるでしょう」

ラビ・エリーザーは頭をさらに深く机に沈めた。まるで話に聞き入りながら寝入ってしまったかのようだった。心ここにあらずといった様子で、他の者たちの不安な視線にも無反応だった。と、不意に彼は面《おもて》をあげて、静かに口を開いた。

「今晩と言ったな。よし。ならばともに行くしかない」

みなが驚いた。だが老人はかまわずに力を込めてくりかえした。

「ともに行くしかない。それがわれらの義務だ。聖典の言葉と掟を想い起こすのだ。祭具を納めた櫃《ひつ》がさまようときには、われらも発つ。櫃が安らいでいるときのみ、われらは休息を得ることができる。神のしるしがさまようときには、われらもともに行かねばならん」

「ですがどうやって海を渡るのです？　船はありませんよ」

「ならば海まで。一夜の旅だ」

そのときヒュルカノスが立ち上がった。「ラビ・エリーザーがいつものように正しい道を教えてくださった。われらはともに行かねばならない。それはわれらが歩む永遠の道の一部なのだ。櫃がさまよい、燭台がさまようときには、民はともに行かねばならない。教区の者たちみなで行こう」

そのとき片隅から、おずおずと小さな声が上がった。声の主はジムヒェで、背中の曲がったこの箱大工の男は、おどおどしながらこう訴えた。

「でも、奴らが俺らを捕まえたら？　奴らはもう何百人もしょっ引いて奴隷にしちまった。殴り殺されんのがオチだ！　子どもらは売り飛ばされて、手に入るものは何もない。やるだけ無駄だ」

「黙れ！」誰かが遮った。「泣き言を言うな。捕まったら捕まったままでだ。誰かが犠牲になるとしたら、それは聖なるもののための犠牲だ。みなで行かねば。みなで行こうではないか」

「その通りだ！」「全員で！」「みなで行こう！」叫びが千々に入り乱れた。

だがエリーザーは、導師《ラビ》は鎮まるようにと合図をした。彼はもう一度目を閉じた。それは彼が深く物事を考えるときの習慣だった。そして決断を下した。

「ジムヒェは正しい。彼のことを臆病者、小心者と侮ってはいけない。彼の言う通りだ。みなが命を賭けて、やみくもに夜中に出かけて、盗賊たちのもとに向かうというのではだめだ。なぜなら、命以上に神聖なものはないのだから。神はひとつたりとも、命が無駄に失われることを望んではおられない。彼の、ジムヒェの言う通りだ。連中は若者を捕まえて町の奴隷にするだろう。だから体格のいい男衆とか子どもたちは、夜の外出は許可できない。だがわしらは違う。わしらは老人だ。老人は誰の役にもたたないし、自分の世話すら覚束《おぼつか》ない。ガレー船も漕げないし、自分の墓を掘る力もないに等しい。死神がわしらを迎えにきても、もう得るものは多くあるまい。わしらにできることといえば、祭具のお供をすることだけだ。ならば七十を過ぎた老人だけが、集まって出発の準備をすることにしてはどうだろう」

人垣のなかから老人たちが歩み出た。彼らはみな銀色の口髭をたくわえていた。それで十人。そこにラビ・エリーザー、清く明るい人が加わって十一人になった。若い衆は、前時代の最後の生き残りの人々が居並ぶその姿を見て、民族の祖先のことを思い出し、重々しい、厳粛な気持ちになった。導師《ラビ》はもう一度老人たちの輪を抜けて、その場に残る人々の輪に戻った。

「われわれ年寄りが、老いた者たちが行くとしよう。残るお前たちはわしらの運命を案じることはない！とはいえ、やはり子どもにもひとり、一緒に来てもらわなければなるまい。その子には、これから先の世代にこの出来事を伝える証人になってもらおう。わしらはじきに死ぬ。わしらの命はもう風前の灯《ともしび》で、もうすぐ口も利けなくなる。だが主の食卓を飾る燭台を目にやきつけた少年は、これからまだ何年も何十年も生きつづけるだろう。そうなれば、われらにとってこの上なく神聖なものが、いまだ失われることなく、ただ永遠につづく旅の途上にあるだけなのだという確信が、部族から部族へ、世代から世代へと引き継がれて生きつづけることになる。出来事の意味が分からなくてもかまわない、幼い少年にひとり、証人になるために一緒に来てもらわなければ」

一座は静まり返った。わが子を夜中に危険な場所に送り出すことを考えると、誰もが不安で胸がいっぱいになった。けれども、すぐに染物師のアプタリオンが立ち上がった。

「わしが行って孫のベンヤミンを連れてこよう。孫はようやく七つになったばかりで、これはちょうど燭台の腕と同じ数だ。これも何かのしるしだと思う。みなは出かける支度をして、この家にあるものを適当に見繕《つくろ》って腹ごしらえをしてくれ。わしは子どもを連れてこよう」

老人たちは机のまわりに車座になり、若い衆がワインと食事を運んできた。だがパンをちぎる前に、導師《ラビ》が祈りの言葉を唱えはじめた。それは祖先代々、一日に三度唱えられてきた祈りの言葉だった。老人たちはかすれた声でとぎれとぎれに、胸を熱く焦がすその文言を三回くりかえした。「慈悲深き神よ、汝の慈悲において、汝の栄光をシオンの地へと還《かえ》らせたまえ。そして殉教者の奉仕を、エルサレムの地へと還らせたまえ」

三度の祈りを終えると、老人たちは旅仕度に入った。彼らはミサを執り行うように静かに物思いに沈みつつ、経帷子を脱いで一束にまとめ、祈禱用の装束と革紐を合わせた。若い衆はその間に、道中で食べるパンと果物、体を支える丈夫な杖を持ってきた。老人たちはそれから各自、自分たちが戻らなかった場合の財産分与の遺言を羊皮紙に認《したた》め、他の者たちがその証人となった。

染物師のアプタリオンはその間に、木の階段を上がっていった。あらかじめ靴は脱いでいたが、太った巨漢の男だったので、足元では古くなった木がぎしぎしと音を立てて軋んだ。彼はそっと扉をあけて居間に入った。部屋のなかでは家族みんなが一塊になって、妻に息子の嫁、娘たち、それに孫たちが、折り重なるようにして眠っていた（彼らの暮らしは貧しかった）。閉めきった天窓の隙間からは月の光がうっすらと差し込み、その光は靄のような湿り気と青味を帯びていた。アプタリオンは音を立てないように気をつけて忍び足で近寄った。だがそのとき、ベッドのなかで、はっと見開いた目がこちらを見上げていることに気がついた。妻と息子の嫁が起きて自分を見つめていた。

「どうしたの？」ひとつの声が、驚いて囁いた。

アプタリオンはそれには答えず、孫のベンヤミンが寝ている左隅に手を伸ばした。アプタリオンはそっと敷き藁の上に身をかがめた。少年はぐっすりと深い眠りに落ちていて、怒っているようにこぶしを胸の上でぎゅっと握りしめていた。きっとひどく荒んだ夢を見ているに違いない。アプタリオンは少年を起こそうとして、その乱れた髪をそっと撫でた。少年はすぐには起きなかった。だが彼の感覚は、眠りの黒いヴェール越しに、その愛撫《あいぶ》から何かを感じとったのだろう。こぶしの力がゆるみ、張りつめていた唇が開き、無意識のうちに微笑んで、気持ちよさそうにしなやかに腕を伸ばした。アプタリオンはこのあどけない子どもを穏やかな夢から連れ出さなくてはならないことに胸が痛んだ。それでも彼は眠っている子を摑んで、力を込めて揺さぶった。子どもはすぐにはっと目を覚まして、怯えた目であたりを見回した。たかだか七歳の子どもではあったが、異人たちに囲まれて暮らすユダヤの子は、予期せぬ出来事に飛び起きることには慣れていた。父親は家の戸が叩かれるたびに驚きの声をあげ、老人も賢人もみな路地で新たに御布令《おふれ》が読みあげられるたびに驚愕し、皇帝が亡くなり新皇帝が即位しようものなら、彼らは恐怖で身震いした。なぜなら、トラステヴェレ区のユダヤ人街にとって、新しい出来事はすべてが悪しきもの、危険なものであったからだ。この少年のささやかな暮らしが営まれているのは、そういう場所だった。少年はまだ文字の綴りを習っていなかったが、すでにひとつのことは知っていた。それは、この世のすべての物事、すべての人間に対して恐れを抱くということだった。

少年は目を泳がせながら上を見た。アプタリオンは少年が驚いて叫び声をあげないように、すぐに口を塞いだ。だが少年は祖父の姿を認めるとすぐにほっと胸をなでおろした。アプタリオンは少年の上に身をかがめて、耳元に口を寄せて囁いた。「服と靴を持っておいで！　ただし物音を立てないように、そっとだ」少年はすぐに起き上がった。彼は秘密の気配を感じとり、祖父がこの秘密のなかに自分を引き入れてくれたことに誇りを感じた。少年は何も言わず、目で問いかけることもせず、服と靴を手で探った。

彼らはすぐに忍び足で扉に向かった。そのとき母親が寝床から身を起こして、不安にすすり泣きながらこう尋ねた。「その子をどこに連れて行くの？」

「聞くな」アプタリオンの答えはにべもなかった。「お前たち女の出る幕ではない」

彼は扉を閉めた。部屋のなかの女たちは、今度はみなが目を覚ましたに違いない。薄い木の扉の向こうから、取り乱した話し声やむせび泣く声が聞こえてきた。そして十一人の老人が子どもを挟んで出発しようと戸口から姿を見せたときには、路地中の人々がすでに彼らの危険な旅路について知っていた。まるで特別な知らせが壁を抜けて漏れてしまったかのようだった。どの家からも、不安と嘆きの呻き声が上がった。だが老人たちは目をあげず、周囲を見回すこともなかった。静かに、重々しく、断固とした足取りで、彼らは歩きはじめた。真夜中に近い時刻だった。

驚いたことに、市門は開いたままで見張りは誰もいなかった。そのため、深夜に出歩く彼らを咎《とが》めて引き留める者はいなかった。彼らが聞いたあの角笛の音は、最後に残ったヴァンダル人の見張りの兵士を呼び寄せるためのものだった。しかしローマの人々は逆に不安を感じて家に引きこもり、試煉の時が終わったと信じる気にはまだなれなかった。そのため、港に通じる道は閑散としていた。荷車もなく、乗物もなく、人影もなかった。目につくものといえば、おぼろげな月の光に照らされた里程標ばかり。夜の巡礼者たちは誰にも邪魔されることなく、開いたままの門を抜けた。

「遅かったか」ヒュルカノス・ベン・ヒレルが言った。「宝物を積んだ荷車は、ずっと前を行っているはずだ。おそらく角笛が吹かれたときには、もう運び出しがはじまっていたんだろう。急がなければ」

一同は足を速めた。先頭を歩くのは丈夫な杖をついたアプタリオンで、その右側にはラビ・エリーザーがいて、七十代と八十代の二人の老人に挟まれて、七歳の子どもがまだ少し眠たそうな顔で、はにかみながらちょこちょこと駆けていった。その後ろには老人たちが、それぞれ左手に包みを抱え右手に杖をつき、三人一組になってつづいた。頭を下げて歩くその姿は、さながら目に見えない棺を頭上にかついでいるようだった。あたりにはカンパニュア[025]の闇夜がじっとりと重苦しくたちこめていて、野原には腐った土の匂いがする濃密な靄がねっとりと重だるく漂い、それを吹き払う風はそよとも流れてこなかった。そして息詰まるほど間近に迫った空には、病み疲れた緑色の月が瞬いていた。こんな蒸し暑い夜に危険な場所に出かけていくのは、なんとも不吉で不気味だった。歩きながら脇を見ると、こんもりと盛り上がった墓が、動物の死骸のようにじっと道端に横たわっていた。略奪を受けた家の窓は盲人の目のように抉《えぐ》れていて、その空っぽの目で、道ゆく老人たちの驚きの表情をじっと見つめていた。だが、それでもこれまでのところは危険はなく、無人の街道はまるで霧に包まれた氷河のように乳白色に染まったまま、まどろんでいた。盗賊団の痕跡は、それ以外には見つからなかった。ただ一度、道の左側でローマ人の夏の別荘が燃えていて、行きずりの略奪があったことを思わせた。別荘の屋根はもう焼け落ちていたが、奥では熾火《おきび》がくすぶっていて、螺旋《らせん》状に渦を巻いてたちのぼる煙を赤々と照らしていた。十一人の老人たちはそれを見たとき、誰もが同じ思いにとらわれた。彼らがいま大事な祭具の後を追いかけているように、祖先の人たちも櫃の後を追いかけてさまよった時代があったわけだが、その時代に幕舎のまわりにたちのぼった煙と火柱を、自分たちがいま見ているような気になったのだ。

祖父アプタリオンとラビ・エリーザーの二人の老人に挟まれて、少年は息を切らしながら、遅れをとるまいと必死に大股で歩いた。まわりが誰も喋らなかったので、少年は一言も喋らなかった。少年の胸は不安でいっぱいだった。小さな心臓は歩くたびにどきどきと肋骨《ろっこつ》を打った。少年は不安だった。言葉にできない、複雑な不安を彼は感じていた。なぜなら少年は、どうして老人たちが自分を夜中にベッドから連れ出したのか、自分がどこに連れていかれるのか、何も知らなかったからだ。彼は野原で頭上いっぱいに広がる夜空をそれまで見たことがなかった。とりわけそれが不安だった。少年は夜空というものを、あのユダヤ人街のなかでしか見たことがなかった。それは手のひらに収まるほどの小さく狭い暗闇で、天窓越しに屋根と屋根の間に輝く星が、かろうじて三つか四つ見えるくらいのものだった。夜があれほど親しみ深い音に溢れていなかったら、夜は恐ろしいものであったに違いない。男たちの祈る声が、病人の咳込む音が、床を擦《こす》る音が、猫の叫び声が、炉のはぜる音が、眠りに落ちるまで聞こえてきた。右手には母親が、左手には妹が眠っていた。温もりと吐息に包まれて、少年はひとりぼっちではなかった。守られていた。しかしいまここでは夜は脅威であり、得体の知れない虚無だった。ヴェールがかかったこのアーチ状の丸天井の下で、少年は自分のことを以前よりもちっぽけなものに感じていた。守ってくれる大人たちが一緒でなかったら、泣いていたかもしれない。あるいは四方八方から音もなくずっしりと押し寄せてくる巨大なものから逃げようとして、どこかに身を隠そうとしたかもしれない。だが幸いにも、彼の小さな心臓は、不安だけで占められていたわけではなかった。心中では誇りが燃え上がり、どきどきと脈打っていた。なぜなら、母親でさえ口をつぐみ、若い衆が畏《かしこ》まって震える老人たち――この偉大な賢人たちが、みなのなかから一番年若いこの自分を選んでくれたということに、彼は誇りを感じてもいたからだ。老人たちがどこに向かっているのか、どうして自分を連れて行くのか、彼は知らなかった。だが幼心にもひしひしと、この夜の旅には何かとてつもなく大きな意味があるに違いないということを予感していた。だからこそ、彼はそれにふさわしい者であることを見せようとして、必死になって細く短い脚を伸ばして何度も大またで歩き、心臓が喉元でばくばく鼓動しても、それを顔に出すまいと我慢した。しかし道のりはあまりにも遠かった。もうずいぶん前から少年は疲れはてていた。おぼろ月が自分の影を不意に路上に引き延ばし、それがまたすっと消えるたびに、少年は不安に襲われた。聞こえてくるのは、きれいに舗装された石畳に響く自分たちの足音だけだった。そのとき、不意にキイッという鳴き声がして何かが眼前をよぎり、蝙蝠《こうもり》の黒い影がさっとまた闇夜に消えた。少年は思わず叫び声をあげて祖父の手を握った。「おじいさん、おじいさん！　僕らどこに行くの？」

老人は振り返らなかった。ただ一言怒りを滲ませて厳しく言い含めた。「黙って歩きなさい！　聞いてはならん」少年はげんこつをくらったようにうつむいた。不安をこらえきれなかったことが恥ずかしかった。聞かなければよかったと、少年は打ちひしがれた。

だがラビ・エリーザー、清く明るい人は、厳しい顔でアプタリオンに向き直り、泣いている少年に目をやった。

「愚かな。なぜこの子が聞いてはならんのだ？　子どもが寝床から連れ出されて慣れない夜道を歩かされて、不思議に思わないとでも言うのかね？　わしらが教区を出て夜道を歩いている理由を、どうしてこの子が知ってはならんのだ？　この子はユダヤの血を引いている以上、わしらの運命に関わっているのではないか？　この子はわしらよりもずっと長く、わしらの背負うこの終わりなき苦しみを背負うことになるのではないか？　わしらの目が光を失ってもこの子はずっと生きつづけて、次の世代に出来事を伝える証人に、主の食卓を飾る燭台をローマで見た最後の人になるだろう。それなのに、この夜の出来事を知って、それを伝える者になって欲しいとわしらが思っているこの少年に、どうして何も知らせんと言うのだ?」

アプタリオンは恥ずかしくなって黙り込んだ。一方で、ラビ・エリーザーは少年のほうに優しく身をかがめて、励ますように髪を撫でた。

「聞きなさい、坊や。勇気を出して、自分が知りたいと思うことを聞きなさい。わしが答えてあげよう。人間にとっては、質問するよりも知らない方が良くないことだ。たくさん質問をした人だけが、たくさんのことを理解できる。そしてたくさんのことを理解する人だけが、正しい人になるのだ」

少年は誇らしさのあまり身を震わせた。みなが尊敬している賢人が、真剣に話しかけてくれたのだ。少年はできることなら導師《ラビ》の手をとって感謝の口づけをしたかった。だが尻込みする気持ちの方が勝《まさ》って、熱を帯びた唇をぽかんと開けたまま、何も言えずに震えていた。けれども生涯にわたり多くの書物を読み込んできたラビ・エリーザーは、心に記された文字を、たとえそれが沈黙の暗闇のなかに沈んでいようとも、読みとる術《すべ》を心得ていた。この少年は自分の身に何が起こっているのか、みながどこに向かっているのかを知りたくて、うずうずして震えているのだ。導師《ラビ》はそう感じた。彼はそっと子どもの手をとって引き寄せた。その手はまるで蝶のように軽く小刻みに震えながら、老人の冷たい手のなかでじっとしていた。

「われらがどこに向かっているのか、包み隠さずお前に言おう。なぜなら、われらがしていることは、何も正義に反することではないのだから。今日のわれらの旅がたとえ他の人たちの目には秘密の旅であったとしても、神様はやはりそれを見守っていて、われらの思いをご存知なのだ。われらが何を始めたのか、神様は知っている。だがね、それがいつ終わるのかを知っているのもまた神様だけなのだ」

ラビ・エリーザーは少年に話しかけながらも、足を止めることはなかった。それは他の老人たちも同じだった。老人たちはそのとき少しだけ二人の方に身を寄せて、賢者が無知な子どもに何を語り聞かせるのかを一緒に聴こうとした。

「坊や、われらが歩いているのは古い道なのだ。われらの父もそのまた父も、すでに歩いた道なのだ。なぜかというと、われらは流浪の民なのだ。はてしなく長い間そうだった。そして流浪の民は、いまふたたび流浪の民になった。それどころか、ひょっとしたら——誰がそれを知ろうか——永遠に流浪の民でありつづけるということが、われらの定《さだ》めなのかもしれない。われわれは、他の民のように安眠できる自分の土地をもたない。自分たちの田畑で種が芽吹き、実りをつけることもない。われわれは、ただ　さまよえる足で国々を巡り、異郷の地に墓を掘るしかない。だがね——いまのわれらがそうであるように——散り散りになって、大地の畝間《うねま》に朝から晩まで放り出されて、それでもわれらが民は神様を通じて、そして神様を信じる心によって、他の民族のなかにあって唯一無二の孤独な民族でありつづけたのだ。われらを結びつけているのは、目に見えないものだ。われらを支え、まとめあげているものは、目に見えないものだ。そしてこの目に見えないものが、神様なのだ。坊や、それを理解することがお前にとってどんなに難しいか、それは分かっている。

なぜなら、感覚で簡単にとらえられるのは、目に見えるものだけだからだ。土や木や石や青銅のように、実体があるものは手に取ったり、摑んだりすることができる。だからこそ他の民族は、彼らの信じる神様も、目に見える素材を使って、木や石や精錬した青銅を使ってこしらえている。しかしわれらだけは、目に見えないものにこだわって、感覚ではとらえることのできない意味を探し求めている。われらは手で摑めるものに頼ることなく、目に見えないものを探してきたし、いまでもそれを探しつづけている。これぞまさしく、すべての苦労の原因なのだ。でもね、目に見えないものと結びついている人は、手で摑めるものにこだわる人よりも強い。なぜなら、手で摑めるものははかなく消えてしまうけれども、目に見えないものはずっと消えることはないのだから。そして長い目で見れば、精神は暴力よりも強い。だからこそ、ただその理由だけで、われらは時代を超えて生きながらえてきたのだ。坊や、神様がわれらの時間を守ってくださったのは、われらが時を超えたものに身を奉げ、目に見えないものである神様に忠誠を誓ったという、ただそれだけの理由なのだ。坊や、これを理解することがお前にとってどんなに難しいか、それは分かっている。なぜなら、わしら大人でさえも、苦境に立つと、しばしば自分たちの信じている神様と正義が、どうしてこの世で目に見えるものにならないのか、納得できなくなるからだ。だが坊や、いまはわしの言っていることが分からなくても、あわてずに先まで聞いておくれ」

「聞きます」少年はためらいがちに息を吸い、恍惚《こうこつ》として答えた。

「ご祖先様たちは、この目に見えないものへの信仰を胸に秘めて、世界中を旅した。そしてこの目に見えない神様、決して姿を見せることのない神様、いまだかつて絵に描かれたためしのない神様を信じているのは、われらだけなのだ。それを自身の手で証明するために、ご祖先様はしるしをつくり出した。なぜなら、われらの五感には限界があって、目に見えない無限のものをとらえることはできない。われらの生活のなかには、神様の影が時折よぎり、そのささやかな光が日常に差し込んでくるだけだ。だがね、正義であり持続であり恩寵である神様、この目に見えない神様に仕える義務を忘れないように、われらは祭具をつくり出した。絶えず目覚めているようにと命じる祭具、それがメノラーと呼ばれる燭台で、その蠟燭の火は消えることがなかった。もうひとつは祭壇で、そこにはいつも新たにパンが見えるようにお供えされた。われらが聖なるものと呼ぶこれらの祭具は――このことをよく覚えておきなさい――他の民族が冒瀆《ぼうとく》的にもこしらえているような、神の存在をかたどった模型ではない。これらの祭具は、永遠に途絶えることのないわれらの信仰の証にすぎない。そしてわれらが世界を旅するときには、祭具もともに旅をした。ご先祖様はそれをお櫃に入れてテントに隠して、肩に担いで、いまのわれらと同じように故郷を持たずに旅をした。テントが聖祭具とともに休むときには、われらも休むことができた。テントが旅をするときには、われらもともに旅をした。われらユダヤの民は何千年もの間昼夜を問わず、休息と移動をくりかえしながら、いつもこの聖なるもののまわりに集った。そしてこの聖なるものへの想いを胸に秘めている限り、われらは異郷の民のなかにあろうとも、ひとつの民でありつづけるのだ。

でもいまはお聞き。そのお櫃のなかに入っていた聖祭具というのは、大地の恵みである果物とパンをお供えするための祭壇、神様のためにお香を立てる香炉、それに神様がわれらに約束した掟を記した板だった。だがね、これらの祭具のうちで最も映えるものはやはり燭台だった。燭台の光は、絶えることなく至聖の空間にある祭壇を照らした。なぜなら、神様はみずからがともした光を愛しているからだ。神様はわれらの視力と感覚に光を与えてくださった。そのことへの感謝のしるしとして、この燭台はつくられたのだ。それは純金を巧みに彫琢してつくられ、太い幹からは七つの聖杯が上に伸び、そこには花輪の飾り模様があしらわれた。その七つの先端に七つの蠟燭がともされると、光は七つの花の形となって燃え上がり、それを見ていると心がきれいに洗われた。安息日にその光がともるたびに、われらの魂は祈りの神殿になった。だからこの世には、われらにとって信仰のしるしであるこの燭台の形以上に価値のあるものはひとつとしてない。だから、ユダヤ人が聖なるものを信仰しているところでは、どこであれ、家のなかではそうしたメノラーの模型が祈りのために七つの腕を掲げているのだ」

「どうして七つなの？」おずおずと少年が聞いた。

「聞きなさい、どんどん聞きなさい、坊や！　尋ねるということは知ることだ。七という数は、数字のなかでも特別貴《とうと》い数だ。なぜなら神様は七日をかけて、世界と人間を創造したのだから。われらはこの世で世界を感じ、世界を愛し、世界を創られたお方のことを知っている。これ以上の奇蹟はない。神様は光を通して、感覚に見ることを教え、魂に知ることを教えてくださった。だから燭台はその七つの腕で光を――外面の光と内面の光を――褒めたたえているのだ。どういうことかというと、神様は内面の光もまた、聖典を通じてわれらに与えてくださった。われらは物事の外面を観察によって知るが、それと同じように内面を認識によって知る。感覚にとっての炎にあたるもの、それが魂にとっての聖典だ。そこにはすべてが記されている。つまり神様の行為が、ご先祖様の行為が、ひとつひとつの行為の基準が、して良いことと悪いことが、創造の精神が、そして具体的な掟が記されている。われらは神の恩寵によって、光のおかげで、世界を二度にわたって知るわけだ。一度は感覚を使って外側から知り、そして再度、精神を使って内側から知るのだ。そしてわれらは神様の啓示によって、神様自身の本性さえもとらえることができる。言っていることが分かるかい？坊や」

「いいえ」少年は小さな声で囁いた。

「ならば、これだけは覚えておきなさい。他のことは、時が経てばおのずと分かるようになるだろう。これから言うことだけ、よく覚えておきなさい。われらが流浪の旅のしるしとして持っていたこの上なく神聖なもの、そして太古の日々からわれらに残された唯一のもの、それが聖典であり、光であった。それが律法《トーラー》[026]と燭台《メノラー》なのだ」

「トーラーとメノラー」畏敬に満ちた声で少年はくりかえした。そしてこの言葉を放すまいと、ぎゅっと両手を握り合わせた。

「ではもっと先まで聞きなさい！　あるとき——遠い遠い昔のお話だが——われらが旅に疲れてしまったときがきた。なぜなら、大地が人間を求めるように、人間は大地を求めるものだ。われらは異郷の土地で長く過ごした後、モーセが予言した土地に来て、その地を正当に自分たちのものにした。種を撒き、土を耕し、葡萄《ぶどう》の苗を植えて、家畜を育て、豊かな農地をつくりあげ、まわりに垣と柵を巡らせた。他民族からの迫害に永遠に耐えつづける日々が終わり、われらは永遠の異郷の客人ではなくなった——それは幸せなことだった。そして早くもわれらの旅は永久に終わったのだと思って、傲慢にもこの土地は自分たちのものだと宣言した。すべてのものは人間にただ貸し与えられているだけなのに、まるで大地がかつて人間のものであったかのように思ってしまったのだ。だが、いつの世も人は忘れてしまう。何かを持つことはそれを持ちつづけることではないし、何かを所有することはそれを保管することではない、ということを。人間は足もとに大地を感じる場所に家を建てる。そして木々を植え、その根で土を固定する。そのようにして、われらもはじめて家を建てて、町をつくった。誰もが住まいを持ったものだから、感謝の気持ちでいてもたってもいられなくなって、自分たちの神様であり庇護者であるお方にも住まいを建ててあげたいと思った。どの家よりも高く聳《そび》える豪華な家を、つまり神殿を、町の中心に建てようと思ったのだ。そしてかの幸福な休息の時代に、われらの国にひとりの王が生まれた。富と叡智に恵まれた者、その名をソロモン[027]と言う……」

「その名のたたえられんことを」アプタリオンが言葉を挟んだ。

「その名のたたえられんことを」他の老人たちも歩きながら復唱した。

「……王はモリアの山上に家を建てた。われらの祖であるヤコブは、かつてその地でうたたねをして天の梯《はし》子《ご》を夢に見て、目覚めてからこう語ったと言われている。『ここが聖地だ。ここは地上のすべての民にとっての聖地となるだろう』。ソロモンはその地にわれらの神殿を建てた。精錬した青銅に石と松を使ったその神殿は、見るも荘厳なものだった。その壁面を見上げたとき、われらの父たちは確信した。まるで神様がわれらの中心にお住まいになり、われらの運命に永遠の安らぎをもたらそうとしているかのように思われたのだ。われらが自宅で休むように、テントはこの神殿のなかで休息し、そのテントのなかでは長く運ばれてきた櫃が休らっていた。メノラーは昼も夜も祭壇の前で炎をあげ、われらの聖祭具はすべて主の家であるこの至高の聖所で、安全に守られて休みについた。たとえ目には見えなくても、主は過去も未来も永遠に変わらぬ姿でそこにありつづける。こうして神様は心安らかに、われらの祖先の土地に、エルサレムの神殿に留まられたのだ」

「わが眼《まなこ》がふたたびその姿を拝めますように」歩いている人々が、祈るようにつぶやいた。

「でも坊や、まだつづきがあるからお聞き。人間が持っているものは、すべてが借り物にすぎない。そして幸せな時間は、坂を下る車のように過ぎていくものだ。われらの平和は永遠につづくかに思われたが、そうではなかった。なぜなら、東方から蛮族がやってきてわれらの町に襲いかかったのだ。ちょうど、お前が見た盗賊たちが、いまわれらの住む異郷の町ローマになだれ込んだようにね。奴らは持てるものを持ち去り、運べるものを運び去り、破壊できるものを破壊した。だがね、目に見えないものだけは、つまり神様の言葉と存在だけは、奪うことはできなかった。だが聖なる燭台、メノラーは奪われて、遠くに持ち去られてしまった。燭台が聖なるものであったからではない——なぜなら悪者たちはそのことを知らなかったのだから——、それが黄金でできていたからだ。盗人《ぬすっと》というのはいつも黄金が大好きだからな。そして連中はユダヤの民もろとも、燭台と祭壇とすべての祭具を引きずって、自分たちの住む遠いバベルの地へと運んでいった……」

「バベル？」ためらいがちに少年が言葉を挟んだ。

「どんどん聞きなさい、聞きなさい、坊や。そうすれば、神様はいつもお前に答えをくれるだろう。バベルというのは、いまわれらが住むこのローマと同じくらい大きくて力を持っていた町の名前だ。その町はわれらの故郷のエルサレムからは遠く離れたところにあった。どれくらい遠いかというと、頭上に見える星が違うくらいだ。そのときわれらの聖祭具がどのくらい遠い旅をしたのか、お前が計算できるように一緒に数えてみるとしよう。いいかい、われわれが旅をしたのは、たかだか三時間にすぎない。それでも手足は疲れて痛みが出ている。でもね、バベルは三千時間、あるいはもっと遠く離れたところにあった。これで分かったろう。燭台が、そのときどれくらい遠くまで攫《さら》われてしまったのか。でもこのことも覚えておきなさい。神様の御心を前にしては、距離は問題ではないのだ。故郷を追われたわれらのもとから、神様の言葉が消えることはなかった。それは聖なるものとして残りつづけた。そして――おそらくこれが地上でわれらが永遠に追われつづけていることの意味なのだろうが――聖なるものは、遠く離れていることによってさらに聖なるものとなり、われらの心は耐えがたいほどの苦しみのなかにあってさらにつつましくなるのだ。神様はそれをご覧になった。われらが試煉に耐えたことをご覧になった神様は、ある異郷の王のなかに、良心を呼び起こした。王はみずからの過ちを認め、われらの父たちが祝福された土地へ還ることを許し、神殿の燭台と祭具一式を返してくれたのだ。そしてふたたび、父たちはカルデア[028]の地から故郷エルサレムへと帰ってきた。われらの思いがこれまでいつもともにあった場所に、そしてこれからもそうありつづける場所に、野を越え山を越え砂漠を越えて、地の果てから、ふたたび生きて戻ってきたのだ。われらはふたたびモリアの山上に神殿を建て、故郷に戻った燭台は、神の祭壇の前でふたたび七つの火をともし、その光とともにわれらの心は輝いた。だがね、今日の旅路の意味を理解するために、このことも覚えておきなさい。この世の中で、七《なな》腕《うで》の燭台に並ぶものは何もない。これほど神聖なものはなく、これほど古いものはなく、これほど長く遠く地上を旅したものはない。それは、ひとつの純粋な民族であることのしるしとして、われらが持ちうるもののなかで、最も貴重な証《あかし》なのだ。そしてその光が霞んだり消えたりするときには、いつもわれらの運命は翳《かげ》りを見せるのだ」

ラビ・エリーザーは口をつぐんだ。声が尽きはてたように見えた。少年は頭をあげた。その目はまるでそれ自体が小さな燃えたぎる炎のようであり、つづきが気になるけれどももう話は終わってしまったのだろうか、という心配の色を帯びていた。ラビ・エリーザーは少年のやきもきした様子に気づいて微笑んだ。導師《ラビ》は優しく少年の髪を撫でながら、宥《なだ》めるようにこう言った。

「坊や、お前の目はなんとまあ赤々と内側から燃えているんだろう！　でも心配することはない。われらの運命が終わることは決してない。わしが何年かかって話したところで、お前はわれらが歩む定めの道の、ほとんど千分の一も知ることはないだろう。でもいまは聞いておくれ。お前はよく耳を傾けているし、お話を聞きたいと思っているようだから、われらの故郷で何が起こり、それからどうなったのかを話してみよう！この神殿は永遠に安泰だと、われらも一度はそう思った。しかし新たな敵が大軍を率いて、海を越えて、われらがいまよそ者として暮らしているこのローマの地からやってきたのだ。王であり戦士であったその大将の名を、ティトゥスと言う……」

「その名に呪いあれ」人々が歩きながらつぶやいた。

「……ティトゥスはわれらの城壁を打ち壊し、われらの神殿を破壊した。神を恐れぬこの男は、土足で聖所に上がり込み、祭壇の前に置かれた燭台を奪いとった。ソロモンがすばらしくも神様をたたえんとしてつくりあげたものを、神に仇《あだ》なす者が奪ったのだ。そしてわれらの王に鎖をつけて連れ去り、凱歌《がいか》をあげて聖祭具を運んだ。凱旋行進が行われると、愚かな民たちは高らかに歓声をあげた。まるで自分たちの王が神様を征服し、鎖をつけて引っぱってきたかのようだった。非道なる王ティトゥスにはこの冒瀆がいかにもすばらしく、ユダヤの民の屈服の様がいかにも愉快に思えたので、記念に大急ぎで巨大な凱旋門をつくらせて、その大理石の壁面に、神様から奪いとった品々をこれ見よがしに彫りこませたのだ」

少年はじっと耳を澄ませながら顔をあげた。「それってあの石の人たちがたくさんいるアーチのこと？大広場前にあるあのアーチの門。あの門、お父さんが絶対に通っちゃだめだって言ってた」

「その通りだ、坊や。そこはいつも立ち止まらずに通りすぎるようにしなさい。凱旋門の扉を見てはいけない。なぜならそれは、われらの最も痛ましい日のことをローマ人に思い出させるためのものなのだ。ユダヤ人はそのアーチをくぐってはいけない。それはわれらにとっていまも昔も変わらず神聖であるものを、ローマ人が笑いものにした様を描いたものなのだ。いつもそのことを思い出しなさい……」

老人は話の最中に言葉を切った。というのも、ヒュルカノス・ベン・ヒレルがだしぬけに後ろから老人に飛びかかり、その口を手でふさいだのだ。その一瞬の動きに、全員が度肝を抜かれた。ヒュルカノス・ベン・ヒレルはしかし次の瞬間、黙って前を指さした。靄に包まれたおぼろげな月あかりの下に何かがいるのが見てとれた。白い道を、まるで芋虫が蠢くようにゆっくりと黒い影が這《は》っていた。老人たちが息を殺して立ち止まると、静寂のなか、その方向から重荷を積んだ車がぎいぎいと動く音が聞こえてきた。しかし、苦しげに前進するこの黒い隊列の上で、まるで朝露に光る小さな茎のように、きらりと何かが閃《ひらめ》いた。それは略奪品を載せた荷車の見張りをしているヌミディア人の夜警の槍のきらめきだった。

だがこの隊列の目ざとい見張りは、後をつけてくる者たちをすでに見つけていたに違いない。というのも、彼らはすぐさま馬の向きを変えて、一個小隊が槍を構えて甲高い叫び声をあげながら、もうこちらに向かって駆け出していたからだ。ヌミディアの戦士たちは鐙《あぶみ》に足をかけて身を立てて馬にまたがり、その外套が白くはためく様は、まるで馬が翼を得たようだった。十一人の老人たちは思わず身を寄せ、子どもをなかに引き寄せた。騎兵隊は荒々しく馬を駆りたて、金切り声をあげて突っ込んできた。そして後をつけてくる不審な一団を近くで確かめようと、驚いて固まっている者たちの鼻先で馬の手綱を引いたので、馬はやにわに後ろ足で立ち上がった。だが、すでに翳《かげ》りつつあるぼんやりとした月あかりのなかで相手をよくよく見てみると、この者たちが獲物を取り返そうとして追ってきた軍人ではなく、夜道をおとなしく歩くただの老人であることが分かった。白髭をたくわえたよぼよぼの老人たちは、それぞれ手に包みと杖を持っていた。ヌミディア人の国でも同じように信者たちが各地を巡礼する習わしがあったので、彼らは親しげに老人たちに笑いかけ、その粗野な黒い顔からはきらりと白い歯がのぞいた。ひとりが素早く甲高い音でピィッと口笛を吹くと、彼らはふたたび馬の向きを変え、鳥の群れが軽やかに羽ばたくように、自分たちの獲物の方へと舞い戻っていった。老人たちは、しかし驚きのあまりまだ身動きがとれなかった。まるで雷に打たれたようだった。助かった、見逃されたとは、まったく思いもしなかった。

最初に我にかえったのは、清く明るい人、ラビ・エリーザーだった。彼は優しく少年の頰を撫でた。「よく耐えた」そう言って、彼は少年の方に身をかがめた。「お前の手を握っていたが、震えていなかったな。さて、もっと話をしようか？　われらがどこに行くのか、なぜ夜道を歩いているのか、お前はまだ知らないわけだが」

「お話しして！」ほっと一息をついて、少年はせがんだ。

「これまで話したことを思い出してみようか。ティトゥス、あの呪わしき者は、われらの聖祭具をローマに持ち去り、街中を引き回して戦利品のお披露目をした。だがその後でローマの王はわれらのメノラーを、ソロモンの他の聖祭具と一緒に、平和の神殿という名の館のなかにしまい込んだ。平和の神殿とはばかげた名前だ。まるで争いの絶えないこの世界で、平和がかつて長くつづき、くつろげる家を持っていたかのようではないか。だが神様は、シオンの地にあったご自身の装身具が、異郷の神殿に納まることを良しとはしなかった。だから神様はすぐに火を遣わして、屋根や彫像や財宝もろとも、かの神殿を焼いてしまった。ただひとつ、われらの燭台だけが燃えさかる炎のなかから救い出された。火も、距離も、略奪者の手も、燭台を意のままにできないということが、これであらためて明らかになったのだ。これは神様の警告のしるしだったのだろう。お前たち人間は聖なるものを聖地に戻しなさい、聖具をしかるべき場所に戻して、黄金の見た目ではなく、その神聖さを崇《あが》めなさいという、警告のしるしだったのだ。愚かな人間は、しかしいつになったらそのしるしを理解するのだろうか。人間の性根《しょうね》は、いつになったら理《ことわり》におとなしく従うのだろうか？」

ラビ・エリーザーはため息をついて、さらに話をつづけた。

「こうしてローマ人は、われらの聖祭具をとりあげて、それをまた王家の別の神殿のなかに納めた。祭具はその密室のなかで、何十年もの間忍耐の日々を送ることになった。そのため人々はまたもや、祭具は今度こそ永遠に自分たちのものだと思ったのだ。だが、盗賊の後ろにはいつも別の盗賊がいるものだ。誰かが暴力で奪ったものは、また暴力によって奪われる。ローマがエルサレムを襲ったように、今度はカルタゴがローマを襲った。奪う側だった者が、今度は奪われる側になった。われらの聖具が辱めを受けたように、彼らの聖具もまた辱めを受けたのだ。だが今度の盗人《ぬすっと》はわれらの持ち物であるメノラーを、神様の祭具までをも奪っていった。そこの闇のなかを進む荷車がそれだ。連中は、われらの信仰心にとって何よりも大切なものを運んでいるのだ。奴らは明日には燭台を船に積んで、われらの憧れの目も届かない、はるか彼方の異郷の地へと運んでしまう。燭台の火がわしら老人の目にともることは、もう二度とあるまい！　愛する人の亡骸を追って墓まで見送りをするのは、その人の最後の道に寄り添い、愛を証明するためだ。われらが今日、異郷に旅立つメノラーのお供をしているのは、それと同じことなのだ。われらが失ったものは、この上なく神聖なものだ。さあ、これでわれらのつらい旅の悲しみが分かったかね？」

少年は頭を下げたまま黙々と歩いた。物思いに沈んでいるように見えた。

「だがね、これは心に留めておきなさい。わしらはお前を証人として連れてきた。わしらが死んで土に還っても、お前がいつの日か、わしらが聖なるものに忠実であったということを証言してくれるように。そうすれば、この忠義の心を守りつづけるようにと、お前が他の者たちに教えてくれる。わしらは信じているのだ。燭台は暗闇のなかをさまよいながらも、きっと帰ってくる。そしていつかふたたび主の祭壇を七つの栄光の光で照らすだろうとね。みなにそう信じてもらう手助けを、お前に頼みたいのだ。わしらがお前を眠りから起こしたのは、お前の心が目覚めて、いつかこの夜のことを後の世の人々に伝えてくれるだろうと思ったからだ。燭台をその目で直に見たと、燭台は何千年もの間地上をさまよいながら、異郷にいるわれらユダヤの民と同じく無傷であったと、くりかえし思い出して語ることで、人々を慰めてほしいのだ。われらが滅びぬ限り、燭台が滅びることはない。わしはそう固く信じている」

少年は黙ったままだった。清く明るい人、ラビ・エリーザーは、この固い沈黙のなかに抵抗の気配を感じとった。そこで彼は身をかがめて聞いた。「わしの話が分かったかね？」

少年の首筋は固くこわばったままだった。「いいえ」少年は固い声で言った。「分かりません。だってもし……もし燭台がそんなに大切で神聖なものなら、どうしてそれをとられたままにしておくの?」

老人はため息をついた。「もっともな質問だ、坊や。どうしてわれらは燭台をとられたままにしておくのか? どうしてわれらは抵抗しないのか? だがね、お前にも後々分かるだろう。この世の中では、正義は強い者の味方であって、正しき者の味方ではないのだ。地上でわがままを通すのはいつも暴力であって、信仰に身を捧げる者には現実的な力はない。不正には耐えるしかない、そして自分の正しさをこぶしで押しつけてはいけないということを、われらは神様から教わったのだ」

ラビ・エリーザーは頭を垂れて、歩きながらそう言った。だが、少年は突然老人の手をぐいと振りほどいて足を止めた。少年は興奮して仁王立ちになり、威圧的とも言える口調で、老人に質問をぶつけた。

「でも神様はどうなの? どうして神様はこんな泥棒を許してるの? どうしてぼくらを助けないの? 神様は正しくて全能なんだって言ったよね? どうして神様は泥棒の味方をして、正義の味方をしてくれないの?」

みな驚いて足を止めた。同時に心臓も体のなかで動きを止めた。恐れを知らない子どもの問いが、ファンファーレのように鋭く闇夜に響いた。まるでこの小さなひとりの少年が、神に宣戦布告をしたかのようだった。するとアプタリオンが怒りをあらわに——血縁であることが恥ずかしかったのだ——孫を叱りつけた。

「黙れ、この罰当たりが!」

だがラビ・エリーザーがその言葉を打ち消した。

「あんたがまず黙りなさい！　この無垢な子どもに何をとやかく言うことがある？　この子が何も知らずに問いかけたことは、ほかでもない、わしらが毎日毎時間問いかけていることではないか。これは、あんたもわしも、わしらみんなが、われらの民の賢者と大賢者が、最初の最初からずっと問いつづけていることだ。この子の問いは、ほかならぬわれらユダヤの古い問いだ。われらは他の誰よりも神に奉仕しているのに、どうして神は民族のなかでもよりによってわれらに厳しくあたるのか？　われらは神を見出し、神を触れることのできない存在として崇め奉っている最初の民族なのに、そのわれらが他の民族に踏みつけにされ、足蹴にされるのをどうして神は止めないのか？　どうして神はわれらが建てたものを壊すのか？　どうしてわれらの希望を打ち砕くのか？　われらが休んでいるというのに、どうして安住の地をとりあげるのか？　どうして他の民族をけしかけて、われらへの憎悪をくりかえし新たに植えつけるのか？　われらは神が最初に選んだ民であり、神の秘密を知る民なのに、どうしていつもわれらだけに、こうも厳しい試煉を与えるのか？いや、子どもの前では嘘はつくまい。そうだ、この子の問いが神への冒瀆であるとすれば、わし自身が神の冒瀆者なのだ。それも生涯ずっと、毎日がそうだったのだ。見るがいい、お前たちみなに白状しよう。わしもそうなのだ。どんなにやめようとしても、わしもまた、神とのはてしない論争を重ね、八十歳の老人になってもまだ、この無垢な子どもの口にした問いを、毎日くりかえし問いつづけているのだ。どうして神は、よりによってわれらをこれほど深い苦しみのなかに突き落とすのか？　どうして神は、われらの権利が奪われることには目をつぶり、あろうことか盗みを働く盗賊連中の手助けをするのか？　そう問いかけた後、わしは自分が恥ずかしくなって、胸をこぶしで何千回も叩くのだ。だがこの問いの叫びは、こらえることも抑えることもできない。わしがもしユダヤの民でなかったら、人間でなかったら、この問いに毎日苦しめられることもなかっただろう。死んではじめて、この問いはわしの口元から消えるだろう」

他の老人たちは身震いした。カーブ・ヴェ・ナーケ、清く明るい人、常に正道を歩む人が、このように取り乱す姿を誰も見たことがなかった。この訴えは、いつもは人に見せることのない、老人の心の奥底から出てきたものに違いない。老人は苦痛のあまり手足を震わせ、恥ずかしさのあまり、不思議そうに自分の方を窺う少年から目を逸らした。それはいままで誰も見たことのない、異様な姿だった。しかしラビ・エリーザーはすぐに気持ちを落ち着けて、もう一度少年の方に身をかがめて、宥めるように語りかけた。

「すまない。わしはお前に答える代わりに、われらすべての上に立つお方に話しかけていたようだ。坊や、お前は思うがままに質問をしてくれた。どうして神様はわれらに対する冒瀆を、神様に対する冒瀆を許すのかとね。だからわしも思うがまま、できるだけ正直に答えよう。――わしには、分からないのだ。なぜならわれらは神様の計画を知らないし、神様の御心に気づくこともない。だがわし自身、自分の心の痛みに耐えかねて、愚かにも神様を非難することがある。自分たちが背負う苦しみの重さに耐えかねて、神様を非難することがある。そんなとき、わしはいつも自分にこう言い聞かせて、気を紛らわせることにしている。おそらくこの苦しみのなかにこそ、神様がこの身に与えた意味があるのだと。そしておそらくわれらは誰もがひとつの罪を背負っているのだと。誰が罪を犯したのかは、誰にも言えない。ひょっとすると、賢者ソロモンは賢者ではなかったのかもしれない。なぜならソロモンは、まるで神様がひとりの人間であるかのように、神様がただひとつの民族に囲まれて、ただ一か所に留まりたいと願っているかのように考えて、エルサレムに神殿を建てたのだから。まるで黄金は信仰よりも大切で、大理石は心の財産よりも大切だと言わんばかりの豪華絢爛な館を建てたことは、ひょっとしたら、彼の罪だったのかもしれない。ユダヤの民が他の民のように故郷や家を持ちたいと思ったことは、ひょっとしたら神様の意に反することだったのかもしれない。これが自分の手、これが自分の髪と言うように、これがわれらの土地、われらの神殿、われらの神様なのだと言ったことも、あるいは罪だったのかもしれない。もしかしたら、だからこそ神様は神殿を打ち壊し、われらを故郷から追放したのかもしれない。われらが自分たちの意味を目に見えるものにつなぎとめることをやめて、ただ内なる心の働きによって、手の届かないものに、目に見えないものに忠実でありつづけるようにと思って、神様はそうしたのかもしれない。もしかしたら、悲しみの心で後ろを振り返りながら、憧れとともに前を向き、絶えず安らぎを追い求めながらそれを得ることもなく、いつも道の途上にいることこそが、われらの真の道なのかもしれない。なぜなら、今夜われらが暗闇と危険のなかを出口も知らずに歩いているように、行き先を知らなくても諦めずに歩いて行ける、そんな道だけが、いつも聖なる道なのだから」

少年は耳を澄ました。だがラビ・エリーザーの話はそれで終わりだった。

「さあ、もうこれ以上は尋ねないでおくれ。お前の質問は、わしの知識を超えているのだから。いまはこらえて、待ちなさい。おそらくいつか神様が、お前自身の心のなかから答えを与えてくれるだろう」

老人は黙り込み、他の者たちも沈黙した。彼らは道端にたたずみ、夜が音もなく彼らを包んだ。彼らはみな、まるで自分たちが時の流れから外れて、世界の暗闇のなかにぽつんとたっているように感じた。

突然、ひとりが震えながら手をあげた。彼は不安を感じてみなに耳を澄ますように促した。すると果たせるかな、静けさのなかを何かが横切り、ざわざわと音を立てながら近づいてきた。はじめは誰かが軽くハープをかき鳴らしたような、鈍く膨らみのある音でしかなかった。しかし次第に音の振幅は大きくなり、暗闇のなかから風鳴りか海鳴りのような音が近づいてきた。そして突如、雷雨とともにものすごい突風が吹き抜けて、蒸し暑い空気を一掃した。それはあっという間の、一瞬の出来事だった。道端の木々はまるで虚空《こくう》のなかで体を支えようとするかのように腕をあげ、茂みはさらさらと音を立て、路上を塵《ちり》が舞った。まるで星々が一瞬ぐらりと揺らめいたかのようだった。興奮した老人たちは自分たちの運命について話し合い、神が近くにおられるのではないかと期待して、自分たちに突然答えが与えられるのではないかと身を震わせた。というのも、聖典のなかでは、神は突風となって近づき、その声は柔らかいざわめきとなって語り始めると書かれていたからだ。誰もが大地に額を沈め、同時に頭上の音に耳を澄ませた。そしてこの驚異に力を合わせて立ち向かおうと、無意識のうちに互いの手を握った。握った相手のこぶしのなかに、小さく激しく打ちつけるハンマーのような脈動を感じた。

しかし、何も起こらなかった。吹き始めたときと同じように、急に風は止んだ。草原のざわめきも次第に消えていった。何も起こらなかった。誰も一言も発さなかった。驚いた人々の沈黙をなごませる物音もなかった。ひとりまたひとりと、おそるおそる地面から目をあげたとき、彼らはオパールのような柔らかい色の朝焼けが、東の空を覆い始めていることに気がついた。そのとき彼らは、これがいつも一日がはじまる前に吹く、ただの風であったことに気がついた。地上の夜が明けて朝になるという、日常の奇蹟が起こっただけだった。まだ彼らの心は落ち着かなかった。しかしその間にも、茜色《あかねいろ》に輝く彼方の空はどんどん明るさを増していき、土地の姿が青白い輪郭でヴェールのなかから現れた。彼らはいま、夜が終わったことを、自分たちの旅の夜が終わったことを知った。

「朝だ」アプタリオンが失望まじりに小さくつぶやいた。「祈りを捧げよう！」

十一人の老人は身を寄せあった。祈りの言葉をまだ教わっていない幼な子は、そのかたわらにたたずんで、胸を高鳴らせてその様子を見ていた。老人たちは腕に抱えていた包みを解《と》いて、祈禱用の衣《ころも》を取り出し、頭と肩にかけた。革紐を額と腕に――心臓に近い左腕に――巻きつけた。それから彼らはエルサレムがある東の方角を向き、世界を創造した神への感謝の言葉を述べて、十八の金言を唱えて神の十全さを褒めたたえた。彼らは朗誦のリズムに合わせて体を前後に揺らし、小声で歌と祈りをつぶやいた。少年はその言葉のすべてを理解できたわけではなかったが、十一人の老人たちが、さきほどの神風に吹かれた枝葉のように、心揺さぶる歌を口ずさみながら揺れている、その熱心な祈りの姿を見つめた。おごそかに「アーメン」と唱えた後、彼らはみな身をかがめて、ふたたび祈禱用の衣をたたみ、あらためて出発の準備をした。そのときの老人たちの姿は、ますます明るくなっていく朝日のなかで、一段と年をとったように見えた。朝日のなかで老人たちの額のしわは一段と深くなり、目と口のまわりの隈《くま》は一段と黒ずんで見えた。彼らはまるで黄泉《よみ》がえりをはたした者のようにくたびれていて、やっとの思いで体を引きずり、子どもを連れて、旅の一番苦しい最後の道のりに向かっていった。

テヴェレ川の黄色く淀んだ水が海に流れ込むポルトゥスの港に、十一人の老人が子どもを連れて到着したとき、イタリアの朝は明るく熱く燃えていた。停泊地にはヴァンダル人の船が、わずかではあったがまだ荷積みのために待機していて、船腹に獲物をたらふく詰め込んでは、マストに勝利の旗を掲げて次々に出航していった。最後に岸に残った船はもう一隻だけで、それが荷車に積まれたローマの最後の略奪品をがつがつと喰らっていた。荷車の後ろには次の荷車が控えていて、自分の番になるとおとなしく転がってきては積み荷を空にしていった。そしてそのたびに奴隷たちが重い荷物を肩や頭の上に掲げて、金貨の詰まった木箱や櫃、それにワインの入った壺を船に運びあげるのだった。しかしいくら作業を急いでも、せっかちな船主は満足しなかった。そのため、ヴァンダル人の監視役はもっと急げと鞭を打って奴隷たちを追いたてた。そしていま、最後の荷車が船の前に停まった。それは十一人の老人たちが子どもを連れて一晩かけて追ってきた、あの神殿の燭台を積んだ車だった。その荷台はまだ藁と布で覆われていたが、老人たちは燃えるような目で山積みになった荷車をじっと見上げて、身を震わせながら覆いがとりのぞかれる瞬間をいまかいまかと待っていた。いまこのときに奇蹟が起こらなければ、二度と起こるまい。いまが、まさにその決定的な瞬間だった。

　少年は、しかし老人たちとは別のものを見ていた。彼はとりつかれたように、海を見ていた。それは生まれてはじめて見るものだった。目の前には青色の鏡がはてしなく広がり、その鏡は空と水が接するところに鋭く引かれた水平線の限界まで、ゆるやかに弧を描いてせり上がり、輝きを放っていた。この巨大な空間は、少年の目には、はじめて満天の星空を見たときの夜のドームよりもさらに広く見えた。とりつかれたように、少年は見た。群れになって戯れる波の姿を。追いかけ合い、ぶつかり合い、相手の背にのしかかり、有頂天になってゴボゴボと小さな笑い声をあげながら泡になって逃げ惑い、何度も再生するその姿を。彼はこの幸福な遊戯を見て朗らかな気持ちになった。それは自分の住む貧民街の錆《さ》びついた影のなかでは、一度も夢のなかですら抱いたことのない気持ちだった。少年の痩せた胸はめいっぱい広がって、もっと大きくなりたい、成長してもっと強くなりたい、そして大気と世界を飲み込んで、この歓喜の息吹を、自分のなかを流れる萎縮したユダヤの血のすみずみにまで、深く深く吸い込みたいと願っていた。少年は恍惚のあまり、どうしても波打ち際まで行ってみたくなった。そして小さな腕を伸ばして、せめてこの無限の感覚を吸い込んで、体中に満たしたいと思った。この美しく明るい景色を見るうちに、内側にこれまで感じたことのない幸福感がわき上がってきた。ああ、すべてがなんて広いんだろう！　不安もなく、なんて自由なんだろう！　カモメたちが白い矢のように下降してきて、ふたたび舞い上がった。美しい船の帆が、風を受けて絹のようにしなやかに膨らんだ。少年は目を閉じて、冷たい潮風を深く吸い込もうとして小さな頭をのけぞらせた。そのとき不意に、彼が教わった最初の言葉が頭に浮かんだ。はじめに神は天と地をつくりたまえり。父たちが、老人たちが、昨日語っていた神の名は、このときはじめて、それと感じられる形あるものとして少年の心を満たしたのだった。

叫び声が上がり、少年は驚いて飛び上がった。十一の老人たち全員が、口をひとつにして叫び声をあげたのだ。少年はすぐに彼らのもとに向かった。最後の荷車を覆っていた布が、いままさにとられようとしていた。ベルベル人の奴隷たちが、銀づくりの女神ヘーラーの像——数百キロの重さの代物——をひきあげようとして身をかがめたそのとき、奴隷のひとりが荷台にあった邪魔な燭台を足で脇に蹴りとばし、メノラーはがらがらと音を立てて荷台から地面に転げ落ちた。ただ一声、あっと驚きの声が上がり、老人たちの胸は引き裂かれた。モーセがその目で見たものが、アロンが祝福を与え、ソロモンの神殿の主の卓上にあった象徴が、聖なるしるしが、惨めにも馬の糞尿のなかを転がり、汚物と埃にまみれて辱めを受けている様を、彼らは見た。黒人の奴隷たちは、不意にわいた叫び声に何事かと驚いて目をあげた。この愚かな白髭の老人たちは、誰かにいためつけられているわけでもないのに、どうしてそんなに激しく叫んでいるのか、互いの腕を摑んで一列になって痛みにわなわなと震えているのか、彼らには訳が分からなかった。だがすぐに監視役の鞭が飛んできて奴隷の剥き出しの肌を打った。奴隷たちはおとなしく作業に戻り、もう一度荷台の藁のなかに腕を入れて、うっすらと光沢を放つ、斑岩《はんがん》でできた剥き出しの墓標を取り出した。それから今度は巨大な立像の首と足に縄をかけ、それを屠殺《とさつ》した獣のようにタラップから船の甲板へと引きあげた。作業は素早く、急ピッチで行われ、いまや荷台はすっかり空になった。ただ燭台だけが、永遠の燭台だけが、誰にも気づかれずに、車輪の影に半分かくれるようにして転がっていた。老人たちは互いの身を支え合いながら、全員がひとつの希望を抱いてぶるぶると震えていた。盗賊たちは急ぐあまりに、もしかしたら燭台を忘れていくかもしれない！　もしかしたら、奴らは見逃すかもしれない！　もしかしたら、いまこの最後の瞬間に、まだ救済の奇蹟が起こるかもしれない！

だがそのとき、奴隷のひとりが燭台に気づいた。奴隷は身をかがめてそれを拾いあげ、肩に担いだ。高々と持ちあげられた燭台は光を浴びて、まるで昼間をもっと明るく照らし出そうとするかのように、ぎらぎらと燃えて輝いた。老人たちは生まれてはじめて、自分たちの民族の失われた聖具を見た。だが、なんということだろう。彼らが何よりも愛おしく大切に思っているこの象徴を目にしたまさにその瞬間に、それはまたもや異郷の地へと去ってしまうのだ！　この重い、あまりにも重い荷のバランスをとるために、屈強な黒人は両手を使って、右手と左手で金のメノラーを高々と持ちあげ、そのまま揺れるタラップへと急いだ。あと五歩、あと四歩で、聖具は永遠に姿を消してしまう！　秘密の力に引き寄せられるように、十一人の老人たちはわれ先にとタラップに殺到した。目は涙で霞み、口からは訳の分からない言葉とともに涎《よだれ》が流れ落ちた。彼らは酔ったように前のめりになってよろめいた。口は渇き、目は見開き、せめて敬虔なる口づけでもってこの聖なるしるしに触れようとした。ただひとり、ラビ・エリーザーだけが、心を痛めつつも正気を保っていた。彼は少年の手をがっしりと摑んだ。少年はそのあまりの強さに痛みを感じて、あやうく叫びそうになった。

「見なさい、見るんだ！　お前はわれらの聖具を見た最後の者になる！　聖具が奪われた、その証人になるんだ！」

その言葉の意味は少年には分からなかった。それでもラビの心の痛みが血のなか深くに沁み込んでくるのを感じて、少年はここで不当なことが起こっているのだと察知した。怒りが、子どもらしい怒りが、燃えるように体中をかけ巡った。何が起きているのか分からないまま、七歳の少年は身を振りほどき、いままさにタラップに足をかけて荷物の重さに苦しそうによろめいている黒人に向かって飛びかかった。だめだ！　このよそ者に燭台を取られてなるものか！　少年は奪われたものをもぎとろうと、屈強な男に向かって無我夢中でぶつかった。

重荷を担いでいた奴隷は、不意をつかれてよろめいた。腕にしがみついてきたのは、ただの子どもだった。だが、奴隷は揺れ動くタラップの細い板の上でバランスをとるので精いっぱいだったので、背後から不意の一撃をくらって、よろめいた拍子に足を踏み外し、子どもを巻き込んで転倒した。そのとき、奴隷の手から燭台がこぼれ落ちた。燭台はまっさかさまに落下して、その重さごと、巻き添えになった少年の右手にどしっとぶつかった。肉と骨がぐちゃぐちゃに押し潰されたような壮絶な痛みを感じて、少年は金切り声をあげた。だがその叫びは、他の者たちの声の波にかき消された。というのも、そのときその場にいた全員が同時に叫び声をあげたからだ。老人たちは聖なるメノラーがまたしても馬糞のなかに転がり落ちたのを見て神への冒瀆に身震いし、一方で船の方からはヴァンダル人の怒声が聞こえた。監視役が飛んできて、泣き喚く老人たちを鞭で追い払った。その間にも、奴隷は顔をしかめて立ち上がり、ふたたび燭台を肩に担いで、逃げるようにタラップを駆け上がり、船に乗り込んだ。

十一人の老人たちは少年のことが頭から抜けていた。誰も呻き声をあげながら体を丸めて横たわっている少年に気づいていなかった。なぜなら彼らの目は下を見ていなかったからだ。ただ燭台だけを、彼らは見つめていた。燭台はいままさに奴隷の肩に担がれてタラップをのぼっていくところであり、それは七つの聖杯を神への捧げもののように持ちあげていた。老人たちは、甲板でよそ者の手がぞんざいにそれを摑んで略奪品の山のなかに放り投げるのを、身を震わせながら見つめていた。だがそのときにはもうけたたましく笛が鳴り、碇の鎖が巻きあげられた。外からは見えない船底の部屋では、鎖で座席につながれたガレー船の囚人たちが四十本のオールを取り出し、一斉に前後に漕ぎはじめた。船はあっという間に岸を離れた。白い波しぶきが船の竜骨にかかり、ざぶざぶと音を立てて滑り落ちた。茶色の船体はまるで生きて呼吸をしているように、早くも波間を上下に泳ぎ出した。帆に風を受けたガレー船は舵を切って港を出ると、はてしなく広がる大海原を一直線に進んでいった。

十一人の老人たちは、消えゆく船影をじっと目で追った。もう一度、彼らは手をとり合い、みながひとつの鎖になって、恐怖と痛みに身を震わせた。互いに口にすることはなかったが、みなひそかに同じことを願っていた。まだ奇蹟は起こるだろう、いまこそ奇蹟が起こるだろうと！　だが船はそよ風に帆を膨らませて、大海原を滑るように進んでいった。船影が遠ざかり、その輪郭がどんどん小さくなっていくにつれて、彼らの胸に秘めた希望はあわれにも溶けていき、やがて巨大な悲しみの海の藻屑《もくず》となって消えた。船影はもうすでにカモメの翼よりも小さくなっていた。そしてついに——老人たちの目は涙で霞んだ——一面の青色の他には何も見えなくなった。あらゆる希望が消えた！　燭台はまたしても遠い異国をさまようのだ。燭台は永遠に安住の地を失い、永久《とわ》に失われてしまったのだ！

いまようやく、彼らは海から目をもどして少年のことに思い至った。燭台が落下した場所で、少年は腕を砕かれたまま横になって呻いていた。老人たちは血まみれの少年を抱えて担架に載せた。彼らはみな、ひどく恥ずかしかった。大人が誰もできなかったことを、この少年は、子どもじみたやり方ではあるがやってのけたのだ。アプタリオンは片腕を失った孫を連れて帰ることになったので、家で待つ女たち、母や娘のことを恐れた。ただひとり、ラビ・エリーザー、清く明るい人は、みなを慰めてこう言った。

「この子のことで嘆き悲しむことはない。聖典の言葉を思い出しなさい。祭具を納めた櫃を持とうとして手で触れた男を、神は打ち殺された。なぜなら神は、聖なるものに直に手を触れることを望んではいないからだ。神はこの子に情けをかけて、腕しか打たなかった。おそらくはこの痛みのなかに、神の祝福と思召《おぼしめ》しがあるのだろう」

それから彼は呻く少年の上にそっと身をかがめた。「この痛みを拒んではいけない。受け入れなさい。この痛みも遺産なのだ。なぜならわれらの民はただ苦しみのなかでのみ己を知り、ただ苦境のなかでのみ創造の力を手にするのだから。お前の身には、大きなことが起きた。なぜなら、お前は聖なるものに触れたのだから。だが、損なわれたのは体だけで、命は無事だ。おそらくこの痛みによって、お前は選ばれたのだ。そしてお前の運命には、おそらくひとつの意味が隠されている」
少年は揺るぎない信頼のまなざしで、老人を見上げた。燃えるような痛みよりも、賢者が自分をたたえてくれた誇りの方が、ずっと大きかった。そしてみなが腕を砕かれた少年を父親の家まで送っていく間、少年の口からは一言の呻きも漏れなかった。

ヴァンダル人が襲来したあの夜から、ローマ帝国では心休まらぬ時間がつづいた。七世代が経験するよりも多くのことが、一生涯の間に起こった。新しい皇帝がローマの支配者になり、それから次々に新しい皇帝が即位した。はじめはアヴィリウスという名で、マイオラヌス、リービウス・セヴェルヌ、アンテミウスが後につづいた。新しい皇帝は前の皇帝を殺害、あるいは追放した。ゲルマン人がまたもや都に侵入し、略奪を行なった。そして（これもまだ一世代の間に起こったことなのだが）またもや新しい皇帝が即位したかと思えば、すぐさま退位した。そしてとうとうローマの最後の皇帝たち、リキリウス、ユリウス・ネポス、ロムルス・アウグストゥルス、そして剛健な北方戦士のオドアケルとテオドリッヒが支配者になった。このゴート人の国は軍規が厳しく、鉄の武装を誇っていたので、王は数世代にわたり治世がつづくと思っていたわけだが、この国も一世代の間にあえなく衰退し、没落した。かたや北方では民族移動が起こり、諸民族が一丸となって海を渡り、ビザンツの地にもうひとつのローマ、東ローマ帝国をたちあげた。まるでメノラーがポルトゥス港から持ち去られた夜からこの方、千年つづいたテヴェレ川のほとりの都ローマには、もはや平和も休息もなくなってしまったかのようだった。

燭台の最後の旅についていった老人たちは、とうの昔に亡くなっていた。その子どもたちも墓場に眠り、孫たちは老人になっていた。――だが孫たちのひとり、あのアプタリオンの孫であるベンヤミン、あの夜の出来事の証人は、まだ生きていた。かつての少年は青年になり、青年から大人になり、大人から老人になった。ベンヤミンの七人の息子たちは親よりも先に亡くなっていて、孫のひとりはテオドリッヒの時代に、暴徒たちによるシナゴーグ[029]の焼き討ちの際にすでに殺されていた。しかしベンヤミンは、腕を砕かれても生きつづけた。嵐が森の木々を左右になぎ倒しても、一番丈夫な木はそのままぽつんと聳えているように、この老人は時代を生きのび、皇帝が亡くなり帝国が没落していく様を見てきた。死神もこの人だけは敬い畏れて避けて通った。地上のユダヤ人たちの間ではこの人の名は偉大なものであり、ほとんど聖なるものであった。人は彼のことを、その砕かれた腕にちなんで、ベンヤミン・マルネフェッシュと呼んだ。それは「神が苛酷な試煉を与えし人」を意味する名前だった。彼は誰よりも尊敬されていた。なぜなら彼は、モーセの燭台でありソロモンの燭台であるメノラーをその目で見た、最後の、そして唯一の人であったからだ。メノラーはいまでは明かりがともることなく、ヴァンダル人の暗い宝物庫にしまわれていた。リヴォルノ、ジェノヴァ、サレルノ、マインツ、トリアー、それに中東諸国からローマにやってきた商人たちは、モーセとソロモンの聖具をその目で見た人を見るために、まずはじめにベンヤミンの家を訪ねた。彼らは聖人画に対するように、老人に敬意をこめてお辞儀をし、感動に震えながらその萎えた腕を見つめ、かつて主の燭台に触れたその手に指で触れた。あの夜にベンヤミン・マルネフェッシュの身に起きた出来事を誰もが知っていたが――なぜならこの時代、人の噂はいまの時代の文字のように活発に世界中をかけ巡っていたからだ――、それでも人々は何度もくりかえし、あの夜の旅についての話を彼にせがんだ。そして老人はそのたびに、いつも変わらぬ忍耐強さで、燭台の旅立ちの話をするのだった。ラビ・エリーザー、あの清く明るい人が――その身はもうずいぶん前に墓所に入っていた――当時ベンヤミンに予言したことを告げる段になると、豊かに茂る彼の口髭からは一筋の光が流れた。そして彼はこう注意を与えた。怖気《おじけ》づいてはいけない。なぜなら聖なるしるしの旅はまだ終わっていないからだ。燭台はやがてエルサレムに帰還し、その亡命の日々は終わるだろう。そして民はふたたびこの救済されたしるしのまわりに集うだろう。――人々はみなこのように慰めを得て彼の家を去り、祈りのなかで彼の名を唱え、この慰めの人、神殿の聖具を目にした最後の人が、末永くユダヤの民とともにあるようにと祈るのだった。

苛酷な試煉を受けた人、燭台が奪われたあの夜の少年ベンヤミンは、こうして七十歳になり、八十歳になり、八十五歳になり、八十七歳になった。その肩は年とともにだんだんと下がり、目は霞み、日中でもときどき疲れて眠ることがあった。しかしローマのユダヤ人たちは死が彼をとらえるかもしれないとは思いたくなかった。ベンヤミンの存在は彼らにとって、大いなる出来事の証であったからだ。現世で主の燭台を見たその眼《まなこ》が、メノラーの帰還を見ることなく消えてしまうかもしれないということは、想像もできないように思われた。そして人々は神の御心の象徴として、ベンヤミンの暮らしを大切に守った。彼のいない祝祭はなく、彼の名の唱えられない祈禱はなかった。彼が歩けば長老たちはこの古老にうやうやしくお辞儀をし、彼の歩く後からは祝福の言葉がかけられ、冠婚葬祭の席ではいつも彼のために上座が用意された。そのため、ローマのユダヤ人たちは今回の例祭で、一年で最も悲しい日に慣例にならって墓地に集まったときにも、ベンヤミン・マルネフェッシュを教区の最古老として、主賓として、丁重にもてなした。それは祭日《アブ》の九日目[030]、つまり神殿が破壊された日、暗い記憶に満ち溢れた日、父たちが故郷を失い迫害を受け、塩が撒かれるように各地に散っていった日のことであった。彼らが集まったのは、最近暴徒たちの襲撃を受けた礼拝所ではなく、この民族の命日に死者たちの傍にいたいという願いから選ばれた場所だった。彼らは父たちが異郷の土に眠る街はずれの墓所に集い、異郷に住む自分たちの暮らしを口々に嘆いた。彼らは墓の間に腰を下ろした。朽ちてすでにぼろぼろになった墓石の上に座る者もいた。彼らは自分たちが父たちの傍にいることを知っていた。父たちの悲哀の息子でもある彼らは、墓標に記された先祖の名と、その名に捧げられた頌詞《しょうし》を読みあげた。多くの墓石には、名前の上にしるしが彫り込まれていた。両手を交差させた聖職者のしるしがあり、水瓶をかたどった司祭のしるしがあり、他にも獅子やダビデの星をかたどったものがあった。まっすぐに聳える墓標のひとつには、七つの腕を持つ燭台、メノラーが描かれていた。それは、ここで安らかに永遠の眠りにつく人が賢者であり、その人がイスラエルの光であったことを知らせるしるしだった。ベンヤミン・マルネフェッシュはこの墓石の前で、この墓石を見つめながら、人々の輪のなかに腰を下ろしていた。その頭には灰が撒かれ[031]、衣は破れていた。他の人たちも同様に、彼らの黒い苦しみの沼の上に、柳のように腰をまげて身をかがめていた。

午後ももう遅い時間だった。夕日が傘松と糸杉の間を斜めに横切り、沈んでいった。鮮やかな色の蝶たちが、朽ちた樹のまわりを舞うように、腰を下ろしたユダヤ人たちのまわりを色とりどりに舞っていた。人々のうつむいた肩の上には虹色の翅《はね》を持つ蜻蛉《とんぼ》が無心にとまり、生い茂る草むらのなかでは靴のまわりを天道《てんとう》虫《むし》が遊んでいた。黄金に輝く木の葉のなかを、風がさっと吹き抜けた。ビロードのようにやわらかい夕べが迫っていた。ユダヤ人たちは目をあげたが、気分は上がらなかった。一同はくりかえし新たな悲しみのなかに落ちていき、民族の敗北にくりかえし新たに思いを馳せては、嘆きを分かちあった。食事も水もとらず、明るい昼の日差しに目を向けることもなかった。彼らはただ互いに哀歌を口ずさむだけだった。それは神殿の破壊とエルサレムの没落を物語る歌であり、この悲しみに満ちた歌の一言一句は彼らの血潮のすみずみにいたるまで焼きつけられていたが、信者たちは悲しみを研ぎ澄まし肌で感じとるために、その歌をくりかえし口ずさむのだった。この一年で最も暗い日には、彼らは苦しみの他には何も感じたくはなかった。そのため彼らは、自分たちの亡命生活と虐げられた暮らしに、さらには死者たちの虐げられた暮らしとその苦しみに思いを馳せた。自分たちの民族が背負う重い運命のすべてを、そして過ぎ去った時代の苦しみを、彼らは次々に思い出しては口にした。世界中のあらゆる場所、あらゆる教区で、ユダヤ人たちは、このローマのユダヤ人たちのように墓場の近くに腰を下ろして座り込み、頭に灰をまぶし、破れた衣服を着て、世界の端々で、同じ時刻に同じ嘆きの歌を口ずさんでいた。それは神の娘の都市シオン[032]が陥落し民衆の嘲笑の的になったときの、エレミヤ[033]の嘆きの歌だった。みなが亡命のただなかにいる、この苦しみと嘆きが、地上で彼らを結びつける唯一のものであることを、彼らは知っていた。

　彼らは座ったまま口々に嘆きの声をあげ、追悼の痛みに心をすり減らした。その間にも日の光は次第に金色の輝きを増し、傘松と糸杉の黒々とした幹はあたかも内側から発光しているかのように赤々と輝きはじめたが、それに気づく人はいなかった。彼らは祭日《アブ》の九日目、大いなる悲しみの日がゆっくりと終わりに向かいつつあり、最後の祈りの時が近づいていることに気づいていなかった。そのとき外で、墓地の錆びついた扉が音を立てた。耳を澄ますと、見知らぬ男がひとり入ってきたのが分かった。しかし彼らは腰をあげず、見知らぬ男も祈りが終わるまでその場でじっと待っていた。そのあとでようやく教区長が客人の方を見て挨拶をした。「よくこられました、ユダヤの同胞よ、あなたに祝福と平和が与えられますように」

「みなさまにも神の祝福がありますように」見知らぬ男が答えた。あらためて教区長が質問をした。

「どこの教区の方ですか。出身は？」

「わたしのいた教区はもうありません。船に乗って、カルタゴから逃げてきたのです。大事件が起こりました。ユスティニアヌス帝[034]がヴァンダル人の国に軍隊を送り、司令官のベリサリウスが、海賊の根城があるカルタゴを強襲したのです。ヴァンダル人の王はとらえられ、国は滅びました。盗賊たちが長い年月に集めてきた品々はすべてベリサリウスに奪われて、いまはビザンツに向けて輸送中です。戦《いくさ》は終わりました」

ユダヤ人たちは立ち上がることもなく、どうでもいいという風に目を合わせて口をつぐんだ。彼らにとってビザンツが、カルタゴが何だというのか——。それらはみなエドム人[035]でありアマレク人[036]であり、永遠の敵だった。この異教徒たちは無意味な戦いを延々とくりかえし、一方が勝利するとすぐさま他方が勝利を収め、正義が勝ったためしは一度もなかった。そいつらが、彼らにとって何だというのか？　カルタゴが、ローマが、ビザンツが、彼らの心にとって何だというのか？　彼らの心が気にかけている町はただひとつ、エルサレムだけだった。

ただひとり、ベンヤミン・マルネフェッシュ、苛酷な試煉を受けた人が、そのとき鋭く目をあげた。

「それで燭台は？」

「無事です。ベリサリウスが奪いました。聞くところでは、他の財宝と一緒にビザンツに運んでいるそうです」

いまはじめて、人々は驚いて飛び上がった。いまはじめて、ベンヤミンの質問の意味が分かったのだ。聖なる燭台は、またもや異郷の地に移ることになった。この知らせは、油が燃え広がるように、暗がりに沈む彼らの悲しみの家のなかに広がった。彼らは地面から飛び上がり、墓を飛び越えてよそ者に殺到し、まわりを取り囲んですすり泣き、涙を流した。

「ああ！　ビザンツへ！　……またもや海を渡るのか！　……またもや異国へ……あの呪わしきティトゥスのように、連中は今度も勝利の証に持っていくのか……よその土地に行くばかりで、一度もエルサレムには戻らない……ああ、なんということだ！」

まるで灼熱の鋼で古傷をえぐられたかのような嘆きだった。というのも、みな不安と心配で先が真っ暗になったのだ。櫃のなかの聖祭具が旅に出たのなら、彼ら自身も土地を離れて異郷の地に向かわなければならない。またしても、またしても真の故郷ではない、仮の故郷を探さなければならない。神殿が破壊されてからはいつもそうだった。何度も何度も、暮らしは破壊された。過去の痛みと新たな痛みが、人々の胸のなかに渦巻いた。人々は泣き喚き、悲しみに打ちひしがれた。古びた墓石の上におとなしくとまっていた小鳥たちが飛びたち、人々の興奮した騒ぎから逃げ出した。

ひとり最年長のベンヤミンだけは、苔むした石の上に腰を下ろしたままじっとしていた。そして人々が取り乱して涙を流すなか、沈黙を守っていた。自分でも気づかないうちに、彼は両手を組み合わせた。まるで夢を見ているように、座ったまま、メノラーの絵が刻まれた墓標に向かってひとり静かに微笑んだ。白髭に覆われたしわだらけの老人の顔のなかに、突然、あの夜の少年の面影が閃いた。しわが消え、唇がかすかに緩んだ。自分自身の上にかがみ込み、内なる声に耳を澄ませていると、まるで微笑みは口元から全身に広がっていくかのようだった。

ようやく老人のひとりがそれに気づいて、取り乱した自分を恥じた。彼は神妙に立ちすくんだまま、そっと隣の人に触れた。ひとりまたひとりと黙り込み、いまや全員が息をつめてベンヤミンの方を見つめた。老人の微笑みは、人々の黒い痛みの上を、白い雲のように通りすぎていった。あたりは、まるで地中に眠る死者の傍にいるように静かになった。そして彼らはこの死者の墓のまわりで、暗い気持ちで立っていた。

あたりが静まり返ってようやく、ベンヤミンはみなが自分を見つめていることに気がついた。彼は腰かけていた壊れた墓石からやっとの思いで——手足にはもう力が入らなかった——身を起こした。立ち上がると、人々の目には、老人の体が急にかつてない力を得たように見えた。その顔は銀色の口髭に覆われ、小さな絹の帽子のまわりには髪が白い炎のように燃えていた。一同は、マルネフェッシュが、苛酷な試煉を受けた人が、神に遣わされた者でもあるということを、これほどひしひしと感じたことはなかった。ベンヤミンが話をはじめたが、その言葉には敬虔な祈りがこめられていた。

「どうして神がこれまでわたしを生かしてくださったのか、いま分かった。わたしはいつも自問していたのだ。どうしてわたしはいまだに無駄にパンをちぎって食べているのか。どうして死がわたしを、このくたびれた役たたずの老人を、もはや沈黙しか望んでいない老人を、残したままにしているのか。もうわたしには気力がない。民の苦しみをあまりにもたくさん見てきたせいだ。何かが起こるはずだという確信に、わたしは疲れてしまったのだ。だが、まだこの人生でやりのこしたことがひとつあることが分かった。わたしははじまりを見た。今度は終わりがわたしを呼んでいる」

一同は畏敬の念に打たれて、彼の謎めいた話に耳を澄ませた。ようやくひとり、教区長が小声で尋ねた。

「何をなさるおつもりですか？」

「わたしはこう思うのだ。神がこの命とこの目の光をここまで長くお守りになったのはただ、わたしがもう一度この目で燭台を見るためだったのだ。わたしはビザンツに行かねばならない。聖なるものを取り戻すことは子どもの時にはできなかったが、もしかしたらこの老人にはできるかもしれない」

みな興奮と焦燥のあまり身震いした。この老いさばらえた老人が、この世の最高権力者である皇帝から燭台を取り戻すことができるとは、たしかに誰も信じられなかった。しかし奇蹟を信じることには、抗いがたい魅力があった。ひとりだけ、心配そうに尋ねる者がいた。

「これほどの長旅にご自身の身が耐えられるとお思いですか？　お考えください、冬の船旅は三週間にもおよびます。お体がこのつらい旅には耐えられないのではないか、それが心配です」

「人は聖なるものに関わるときにはいつでも丈夫なものだ。あの日、祖父たちが幼いわたしを連れ出したときにも、その旅路は厳しすぎると祖父たちは思っていたが、それでもわたしは最後まで歩きとおした。ただ今回は、わたしの腕は使いものにならないから、誰かお供が要る。わたしの手助けができるような、力の強い者がいい。それから若者がいい。そうすれば、いつかその者が後の世代の証人になるだろう。わたしがあなたたちの証人になったように」

ベンヤミンは探るような目で、あたりを見回した。そして若者をひとりひとり、試すように見つめた。このなぞるような視線にさらされて、誰もが身震いした。その視線の切先《きっさき》は沈黙した心のなかにまで入ってくるように感じられた。誰もがこの任務に選ばれたいと思い、期待に胸を膨らませたが、気後れして立候補することはできなかった。一同はどきどきしながら、結果を待った。だが老人は自信なさげにうなだれて、ただ一言こう言った。「だめだ。わたしは決めたくない。選択はわたしのすることではない。くじを引きなさい。神が正しい者を選んでくださるだろう」

人々は集まって、墓地に生えた草の茎を抜き、それを長いものと短いものにちぎって一本ずつ分けた。くじにあたったのは、ヨヤキム・ベン・ガマリール、大柄のたくましい、鍛冶屋のしるしを持つ二十歳の若者だった。だが、彼は嫌われ者だった。なぜなら、彼は聖典を知らず、短気な性格だったからだ。彼の手は血に染まっていた。彼はシミュルナの町で喧嘩の最中にシリア人を殴り殺してしまい、追手につかまる前にローマに逃げてきた男だった。くじが選んだのが神を敬う者、信仰に篤《あつ》い者ではなく、よりにもよってこの荒くれ者であったことに、みな口には出さなかったが、驚きと怒りを感じていた。だが、ヨヤキムが当選者として前に進み出たとき、老人はちらりと目をあげて、一言こう命じただけだった。

「旅の仕度をしておきなさい。明晩には発つ」

この祭日の九日目の日《アブ》の後、ローマの教区は終日準備に大わらわだった。ユダヤ人の商人で店を開ける者はなく、ひとりひとりがお金をかき集めて持ち寄った。貧しい者は持ち物を質に出し、女性はブローチや宝石を手放した。かつてのキュロス[037]のように、選ばれし人がメノラーを新たな監禁から救い出し、皇帝を説得し、ユダヤの民を聖具とともに故郷の地に連れ帰ることができるのだという確信が、みなのなかでどんどん大きくなっていったのだ。彼らは昼も夜も、東方の教区の民にあてて手紙を書いた。シミュルナ、クレタ、サロニキ、タルソス、ニケア、トラペツントの民たちが、燭台の解放という聖なる偉業が成功するように、ビザンツに使者を送って、お金を集める手筈になっていた。ローマのユダヤ人はビザンツとガラタの同胞たちに対して、苛酷な試煉を受けし人、ベンヤミン・マルネフェッシュが大きな任務でそちらに向かっているので、旅の手筈をあらかじめ整えておくようにと要請した。同時に女たちは旅行のためのマントと枕、それに食べ物を用意して、旅の間に信者の口に不浄なものが触れないように気遣った。馬や車に乗ることはローマのユダヤ人たちには禁じられていたが、彼らは老人が船に乗る前に疲れてしまわないように、市門の外にひそかに乗り物を用意した。

だが驚いたことに、ベンヤミンは乗車を拒んだ。彼は街道を歩いてポルトゥスの港に行きたい、八十年以上前、ひ弱な少年であった自分があの夜に歩いたように行きたいのだ、と言ってきかなかった。いつもはひ弱な老人が歩いて海まで行くというのは、最初聞いたときには誰もがありえない、無謀な企てだと思った。だが、いま老人を見た人々は驚いた。というのも、あの知らせが届いてからというもの、老人はまるで人が変わったようになっていたのだ。まるで一夜にして四肢に力がもどり、古い血のなかに新しい血の温もりが通ったかのようだった。その声色はふだんはしゃがれた、弱々しいものだったが、みなの心配をはねつけるその声は、いまやほとんど怒りに震え、相手を圧倒する力に満ち溢れていた。そこで人々は恐れおののいて、彼の言う通りにした。

一晩中、ローマのユダヤ人の男衆は、ベンヤミン・マルネフェッシュ、彼らの教区の選ばれし人に付き添って、かつて主の燭台を見送るために先祖が歩いたのと同じ道を歩いた。彼らはしかし、老人が港に着く前に倒れてしまった場合に備えて、ひそかに老人を運ぶための担架も用意していた。だが老人は矍鑠《かくしゃく》とした足取りで、先頭を歩いた。彼は一言も口を利かなかった。その意識は完全に過去の時間にとらわれていた。あの夜以来、彼は一度もこの道を歩いたことはなかった。しかし道標《みちしるべ》の石のひとつひとつ、曲がり角のひとつひとつに出くわすたびに、少年の頃に体験した偉大な時間がどんどん鮮明になってきた。あの夜の出来事のすべてを思い出した。穏やかな風にまじって、死者たちの声が聞こえてきた。ひとりひとりが語った言葉の、ひとつひとつが蘇《よみがえ》ってきた。この右手の場所で家が燃えていて、火柱が上がっていた。この里程標があった場所では、ヌミディアの騎兵隊に襲われてみなが肝をつぶして震え上がった。彼は自分が聞いた質問のひとつひとつを、返答のひとつひとつを思い出した。そしてあの日の朝、老人たちが道端で祈りを唱えた場所に着いたとき、彼はかつて老人たちがしたように、祈禱用の上着と革紐を身につけて、東方を向いて祈りを捧げた。それは先祖代々が朝になると唱えてきた言葉であり、世代を超えて人知れず受け継がれ、血のなかに保存されてきた言葉であり、彼の子どもや孫たちが、はるか先の時代の子どもたちが口にするであろう言葉であった。

他の人々は老人の後ろで驚きと困惑を隠せなかった。彼らにはこの常軌を逸したふるまいが理解できなかった。なぜなら、いまの季節は前回に彼が旅をしたときよりも秋に近く、空には朝焼けの光は見えず、日が昇るにはまだずいぶん間があったからだ。夜明けの前に、信者が朝の祈りを唱えてよいのだろうか？　このふるまいはあらゆる慣例に反したものであり、伝承と聖典に対する重大な違反を含んでいた。しかし人々は祈りを捧げる人を敬い、まわりに集まって静かに待った。この選ばれし人の行いに間違いがあるはずはない。このお方には今回すべてのことが許されている。このお方がまだ光が差す前に、神が創られた光に対する感謝の辞を捧げるのであれば、それは正しいことなのだ。――そう人々は感じていたからだ。

祈りを終えると、老人はふたたび上着をたたみ、力強い足取りで歩き出した。まるで祈りが彼に活力を与えたようだった。ついに港に着いたとき、彼は眼前に広がる海を長い間見ていた。彼の魂のなかに眠っていた少年が、とっくの昔に彼のなかから消え去り行方知れずになっていた少年が、あの日はじめて波と遠い水平線を目にした少年が、目を覚ましたのだ。八十年前と同じ海がそこにはあった。それは神の御心のように奥深く、底知れないものだと、彼は敬虔な思いに満たされた。彼の目はあの日と同じように、空の明るい光を受けて輝いた。老人は見送りにきたすべての人々に永遠の別れを告げ、彼らに祝福を与えた。それからヨヤキムとともに船に乗った。あの日の祖父たちと同じように、人々は感情の昂りに震えながら岸辺からその光景を見つめていた。ガレー船が動き出し、帆を膨らませて岸を離れた。彼らには、苛酷な試煉を受けた人を目にするのはこれが最後だということが分かっていた。そして船の帆が水平線の彼方に消えたとき、彼らは自分たちが哀れにも、何かを奪われてしまったように感じたのだった。

その間にも、船は速度を緩めず力強く大海原を進んだ。激しい波しぶきが上がり、やがて西から暗雲がたちこめてきた。嵐が、命の危険が迫っているのではないかと、舵を握る水夫たちは心配そうに雲行きを見つめた。だが、荒天に見舞われ、二度にわたり進路を押し戻されながらも、船は苦難に耐えて無事にビザンツに到着した。ベリサリウスがアフリカから略奪品を持ち帰った、三日後のことだった。

ローマが覇権を失って以来、ビザンツはローマ帝国の継承者にして世界の覇者であり、老人たちの到着したその日の朝は、どこもかしこも人でいっぱいだった。神と正義よりも祭りと遊興を好むこの町にとって、今回のような豪華な見世物はここ数年来絶えてないことだった。ヴァンダル人を打ち倒したベリサリウスが、世界の支配者たるユスティニアヌス帝に、円形闘技場で、戦《いくさ》に勝利した軍隊をお宝の山ともどもお披露目するのだという。吹き流しのはためく街道には無数の群衆がつめかけ、ひとかたまりになった人だかりが楕円の巨大な闘技場をまっ黒に埋めつくしていた。それはまるで荒れ狂う波のようであり、一か所に集まった開幕への期待が、まだはじまらないのか、いいかげんにしろと、唸り声をあげてどよめいた。というのは、カティスマ、つまり柱が立ち並び豪華に飾りたてられた皇帝専用の観覧席、この巨大な楕円建築のちょうど殻をむいた卵の底にあたる位置に用意されたその席には、まだ誰もいなかったからだ。宮殿から地下通路を通ってこの祝祭の間にやってくるはずの皇帝ユスティニアヌスは、まだ民衆の前に姿を見せてはいなかった。

ようやく鋭いファンファーレの音が鳴り響き、祭りの開始を告げた。まず入場してきたのは近衛兵で、赤い衣服を身にまとい、刀剣をきらめかせ、光り輝く壁のように隊列を組み、その後ろからはさらさらと音を立てて、艶《つや》やかな絹の衣装に身をつつんだ長官や司祭、宦官《かんがん》たちがつづいた。そして最後に天蓋つきの二つの輿《こし》に乗って登場したのが、光背のような金の王冠を戴《いただ》いた専制君主ユスティニアヌス帝、それに光輝く宝石を身につけたテオドラ妃だった。二人が皇帝の専用席につくと、会場全体からわれんばかりの歓声が一斉に雨あられのように降ってきた。ほんの数年前[038]にはこの同じ場所で、同じ群衆がユスティニアヌス帝のいるこの観覧席を襲撃し、その後三千人がこの場で粛清されたことなど、すっかり忘れられていた。忘れっぽい民衆の間では、いつだって罪は勝利で洗い流される。豪華な出し物に酔いしれて、熱狂にわれを忘れて、数千人の口がありとあらゆる言語で叫び、騒ぎ、喚き、歓声をあげた。大音響に包まれて、石造りの壁が震えた。いや、震えているのは町全体であり、世界全体だった。マケドニアの農家の息子ユスティニアヌスと美女テオドラの登場に、全世界が震えていた。この美女もかつてはこの場所で踊り子として裸の肌を衆目にさらし、誰にでも身を売る女であったことを、老人たちはまだ覚えていた。しかし、あらゆる恥が勝利の後では忘れられ、あらゆる暴力が凱旋の後では忘れられるように、そのこともまたすっかり忘れられていた。

　この荒れ狂う群衆は口角泡を飛ばし、口汚く喚きながら、濯《すす》ぎ水のような歓声を勝利者に浴びせていたが、彼らの上には、テラス席の最上段で沈黙を守る別の民がいた。それは物言わぬ石の民、数百体のギリシアの石像だった。神々の姿をかたどったこれらの像は、パルミュラ、コス、コリント、アテネといった平和な都市の神殿から持ち出され、大理石の永遠の白の輝きそのまま、凱旋門や円柱のなかから裸のまま、剝き出しの姿で運ばれてきたものだった。つかの間の情熱に心動かすことなく、彼らは永遠の美の夢のなかに延々とひたりながら、黙々と、無関心にその場に佇《たたず》んでいた。世俗の権力におもねることなく、心を動かすこともなかった。彼らは不動の姿勢のまま、誇り高く、人間たちの血腥《ちなまぐさ》い遊戯から目を逸らし、澄んだ波がしぶきをあげて打ち寄せるボスポラス海峡の青い水平線をじっと見つめていた。

いまふたたびファンファーレが間近でけたたましく鳴り響き、司令官の凱旋軍が闘技場の外門に到着したことを告げた。扉が開き、すでに小さくなりかけていた群衆のざわめきがふたたび大きく膨れ上がり、われんばかりの歓声になった。現れたのはベリサリウスの鋼の部隊、世界帝国をつくりあげ、あらゆる敵を打ち倒し、そして今度は気晴らしになる見世物を提供してくれる者たちだった！　勝利を収めた者たちの後からカルタゴの財宝の山が運ばれてくると、人々の歓声はいっそう大きく、甲高くなった。財宝は無尽蔵にあった。威風堂々、先陣をきって入場してきたのは、かつてヴァンダル人がローマから奪った凱旋車だった。つづいて台座に載せて運ばれてきたのは、宝石をあしらった玉座である。それから見知らぬ神々の祭壇や、名もなき芸術家たちがつくり出した美しい彫像が姿を見せ、その後には金や聖杯、壺や絹を溢れんばかりに積んだ長櫃がつづいた。盗賊が世界中から奪いとってきたものすべてが、いま帰還を果たし、皇帝のもの、帝国のものとなったのだ。そのひとつひとつのすばらしさに、民衆はあらためて歓声をあげた。そして地上のすべての財宝は永遠にずっと自分たちのもとに流れ込んでくるように思われて、うっとりと夢見心地になった。

輝く財宝がどんどん運ばれてくるなかで、さらにいくつかのものが運ばれてきたが、他と比べて見劣りがするそれらの品は、さして人目を引かなかった。運ばれてきたのは、金張りの食卓に銀製のラッパが二つ、それに七腕の燭台だった。このぱっとしない祭具一式には何の歓声も上がらなかった。だが、観客席の上段、群衆がひしめくなかで、ひとりの老人が呻きながら、隣にいるヨヤキムの腕に手を――左手を――うずめた。八十年の歳月を経て、老人はかつて少年の頃に見たものを、ふたたびその目で見た。ソロモンの神殿から持ち去られた聖なる燭台を。かつて少年の腕で摑みとり、その腕を永遠に打ち砕いた燭台を。それは至福の眺めだった。燭台はまったく変わっていなかった！　永遠の燭台は一度も負けることなく、永遠の時をくぐりぬけ、そしていまふたたび故郷への帰還の一歩を踏み出したのだ！　老人は再会の恩寵を感じた。胸の内はまるで嵐のようだった。もはやわき上がる歓声を押し留めることはできなかった。老人は叫んだ。「われらのものだ！　われらのものだ！　それは永遠にわれらのものだ！」

だがこの突然の叫びは、誰の耳にも、隣にいた者にも聞こえなかった。なぜなら、そのとき興奮した群衆が一斉に叫び声をあげたのだ。そう、ベリサリウス、勝利の立役者がアリーナに足を踏み入れたのだ。彼は凱旋車のはるか後ろ、山のような略奪品のはるか後ろを、兵士たちと同じ簡素な身なりで歩いていた。だが民衆は自分たちの英雄の姿を知っていたので、すぐに気がついた。そして英雄の名前を、ただその名前だけを大声で連呼したので、軍司令官がユスティニアヌス帝の前に跪《ひざまず》いたときには、皇帝は嫉妬のあまり唇を噛みしめた。

すると今度は急に静かになった。さきほどの喧噪に代わって、今度は緊張を含んだ静寂があたりを覆った。

ヴァンダル人の王のゲリーマーが、彼を倒したベリサリウスの後につづいて、紫のマントを着せられ嘲笑を浴びせられながら歩み出て、いま、皇帝の前に立ったのだ。従者が紫のマントを剝ぎとり、敗者は地にひれ伏した。一瞬、数千の観衆の口からは息ひとつ漏れなかった。全員が、じっとユスティニアヌス帝の手を見つめた。恩寵を与えるのか、否か？　その指は天を指すのか、地を指すのか？　刮目《かつもく》せよ――いま、皇帝は天を指した。敗者の命は救われた。熱狂がひとかたまりの雷鳴になって駆け巡った。だが群衆のなかで、その光景を見ていない者がひとりだけいた。身を震わせている老人、ベンヤミンは、ただアリーナから運び出されていくメノラーだけを見つめていた。彼はそれしか見ていなかった。そして聖祭具が行列とともに姿を消すと、彼は目の前が真っ暗になった。

「わたしを連れ出してくれ！」老人の言葉に、ヨヤキムは不満を漏らした。この稀代の見世物の豪華な輝きは、若者の好奇心をとらえていた。だが、老人の骨ばった手が若者の腕をがっしりと摑んだ。「わたしを連れ出してくれ！　連れ出してくれ！」老人は盲者のように付添人の手にすがりつき、手探りをしながらおぼつかない足取りで町中を抜けた。老人はいまなお心の目で燭台を見ていた。そして移動にいらだち、早く自分をユダヤ人教区に連れていくようにとヨヤキムを急かした。事を成す前に自分の命が尽きてしまうかもしれない、そして燭台を救う機会をまたもや逃してしまうかもしれない――はじまりと終わりが触れ合ったいま、そんな不安が、急に彼を襲ったのだった。

一方のペラの祈禱所では、何時間も前から教区の人々が賓客を待ちわびていた。ローマのユダヤ人が川の対岸にしか住むことが許されていなかったように、ビザンツのユダヤ人も金角湾[039]の対岸にあるペラ地区にしか住むことが認められていなかった。どこでもそうだが、ここでも彼らは除《の》け者にされる運命にあった。だがそれは、彼らが時代を生き延びてきた秘密でもあった。

祈禱所の狭い部屋のなかは人で溢れかえり、熱がこもっていた。というのも、この場に集まり待機していたのは、ビザンツのユダヤ人だけではなかったからだ。ニケア、トラペツント、オデッサ、シミュルナ、トラキア地方の町から、近隣から遠方から、ありとあらゆるユダヤ人教区から使者がやってきて、会合に加わり、この出来事に関わろうとしていた。ベリサリウスがヴァンダル人の要塞を攻め落とし、財宝の数々とともに永遠の燭台も奪い返したという知らせは、海を伝わりそれぞれの町の教区に届いていた。ビザンツ帝国に暮らすユダヤ人で、この知らせに胸の高まりを感じない者はいなかった。というのも、たとえ世界という打穀場の上に籾殻《もみがら》のように投げ出され、多くの言語に引き裂かれていようとも、この失われた民にとっては、聖なるしるしに起こった出来事はいまだに喜びと悲しみをみなで共有し合う事柄であったからだ。彼らはふだんは互いに無関心で、相手のことを忘れがちであったが、ひとたび危険が生じると心をひとつにして兄弟の絆で結束した。迫害と不当な仕打ちが、彼らの鉄の絆を絶えず新たに鍛え直した。そしてこの絆が、粉々に砕けてしまっているがもともとはひとつのものである民族の幹を、ぼろぼろになって倒れてしまわないように支えているのだった。運命が個人を厳しく打てば打つほど、彼らの魂は成長し、ひとつになろうと結束した。今回もまた、神殿の燭台であり民族の燭台であるメノラーが囚われの身から解放され、ふたたび旅路につき、かつてバベルやローマから旅をしたときのように野を越え海を越えて移動しているという噂を、ユダヤの民はそれぞれ自分の運命のように受けとめた。彼らは路上や屋内に集まり、激しく議論を重ねた。今回のメノラーの旅の意味を解き明かすために、師や賢者と一緒になって聖典を研究した。聖具がふたたび旅をはじめたということは、いったい何を意味しているのか？　それが意味するのは希望なのか、それとも苦難なのか？　また新たに迫害の日々がはじまるのか、それともそれが終わるのか？　もしかすると、われわれは近々また亡命者となり、あてもなく道をさまよう巡礼者となるのだろうか？　もしかすると、燭台が安住の地を失って旅に出たということは、われわれはふたたびまた安住の地を失うのだろうか？　あるいはまた燭台の旅は、われわれの救済を、出発と帰郷を意味しているのか？　ついに、ようやく、不幸な旅が終わることを意味しているのか？　燭台の旅の経路と目的地についてさらなる情報を得るために、使者が各地を奔走した。そして最後に報告を聞いたとき、彼らはひどく驚いた。報告によれば、神殿の最後の祭具は、かつてローマでなされたように、凱旋行進の際にユスティニアヌス帝の御前に引き出されることになるというのだ。

　この知らせを聞いて、人々はすでに激しく動揺していた。だがローマの教区から知らせの手紙が届くと、興奮のあまりに人々は恍惚となった。なんと、あのベンヤミン・マルネフェッシュ、少年の頃にヴァンダル人に奪われる燭台を見た最後の人、苛酷な試煉を受けし人が、ビザンツに向かっているというのだ。まず彼らを襲ったのは驚きだった。というのも、何十年も前からユダヤの民は、遠く離れていても、誰もがこの七歳の少年がとった驚きの行動を知っていたからだ。少年はヴァンダル人のローマ略奪の際に、略奪者の手から燭台を取り返そうとして、落ちてきた燭台が少年の腕を打ち砕いた。母親は子どもたちに、教師は生徒たちに、この神に打たれた人、ベンヤミン・マルネフェッシュの話をした。ベンヤミンの行いはとうの昔に、人々が読み習う聖典の伝説のごとき宗教伝説となっていた。ユダヤの家では晩になると、民族の母であり聖なる祖先であるルツ[040]、サムソン[041]、ハマン[042]、エステル[043]の明るい行い、暗い行いとならんで、ベンヤミンの行いが朗読された。そしていま突然、信じられない、驚くべき知らせが届いたのだ。この子どもがまだ生きていて、しかもいまでは老人になったその人が、野を越え海を越えてやってくるという。ベンヤミン・マルネフェッシュ、最後の証人であるお方が、もう一度燭台をその目で見るために旅に出た。これは奇蹟のしるしに違いない！　神が意味もなくこの人を、常人の寿命を超えて生かし守ってきたということはありえない。彼はおそらく天命を受けた人であり、聖祭具を故郷へ導き、同時にわれら自身をも導くという使命を帯びているのだ。語り合うほどに、疑いの余地はなくなっていった。救世主、救済者の信仰はこの亡命の民の血潮のなかにずっと萌芽状態で眠っていて、希望という名の春風が吹くたびに芽吹くのであったが、いままさにこの信仰が力強く芽生え、彼らの心に実《みのり》をつけたのだった。彼らの住む村や町の異国の隣人たちは、ユダヤ人たちの姿を見てびっくりした。というのも、彼らは一夜のうちに別人のようになっていたからだ。ふだんは足音を忍ばせてびくびくと卑屈に暮らしている者たちが、いつも罵られたり殴られたりする覚悟で暮らしている者たちが、いまや恍惚として、明るい足取りで、踊るように歩いていた。いつもはちまちまと小銭を集めている守銭奴たちがたくさんの服を買い込み、寡黙な男たちが立ち上がって饒舌《じょうぜつ》に予言を説き、妊婦たちは幻覚を他の人たちに急いで伝えようとして身重の体をひきずって市場に向かい、子どもたちは色とりどりの旗や花輪を運んだ。それどころか熱心な信者はすでに旅の仕度をはじめていて、先にロバと車を用意すれば、故郷に帰還する知らせが出たらもたもたせずにすぐ出発できるだろうと考えて、先行して土地や財産を売りに出した。なぜなら、燭台が世界を旅するときに、彼らが旅に出ないということはありえなかったからだ。現に、かつて子どもの頃に聖具のお供をした使者が、旅路についているというではないか。これほどのしるし、これほどの奇蹟が、彼らの暮らしのなかでかつて起こったことがあっただろうか？

そのため、知らせが届いた各地の教区では、それぞれ仲間内からひとりの使者を選んだ。燭台がビザンツに到着したことをともに見届け、協議に参加することを任とした使者だった。使者に選ばれた者たちは、みな幸福に身を震わせて、神の名をたたえた。彼らはふだんは冴えない小売商であり、下働きの職人であり、彼らの人生というのは今回の出来事がなければ、日々の用事に追われ、身の危険を感じながら、貧困のなかで過ぎていくだけだった。そんな自分たちが、この驚くべき出来事に参加できるということ、そして燭台の救済のために神が常人の寿命をはるかに超える生を与えた人物を、その目で見ることができるということは、身を小さくして冴えない人生を送っていた彼らにとっては、実に驚くべきことに思われた。彼らはまるで大きな祭礼に招かれたかのように、豪華な服を買うか借りるかした。そして清らかな身と心で知らせを受けとるために、旅立ちの前には毎日断食と沐浴をした。彼らがふるさとを発つ段になると、教区の人々はそれぞれ村や町の使者の見送りに出て、一日限り、途中まで一緒に旅をした。ビザンツに向かう道中では、どの町でも信者たちが宿を提供し、燭台の解放に使うためのお金を集めてくれた。この非力で貧しい民の使者は、強大な力を持つ王の使いのように堂々と、秘密を守りつつ行進した。彼らは途中で同志に出くわすと連れだって旅をつづけ、これから起こる出来事について興奮して話をした。語れば語るほど、彼らは興奮した。そして興奮の度合が高まるほどに、自分たちは奇蹟の証人になり、長らく予告されていたわれらの民族の運命の転換を見届けることになるだろうとの思いが、みなのなかで確信に変わっていった。

そして彼らはいま一か所に集まり、その時を待っていた。演説をする人、抗議をする人、提案をする人、質問をする人が集まって、ペラの祈禱所は熱を帯びていた。そこに、待ちきれずに偵察に出していた少年がやってきた。少年は息を切らして駆けよってきた。頭上で布を振っているのが、遠目にも分かった。それは待望の客人、ベンヤミン・マルネフェッシュが、ビザンツからボートに乗ってやってきたというしるしだった。座っていた人々は飛び上がり、いままさに大声をあげて論戦を繰り広げていた人々は口をつぐんで立ちすくみ、ひとりの老人は興奮のあまり力が抜け、衝撃のあまり昏倒《こんとう》してしまった。だが誰も、この待ちわびていた人をみずから進んで迎えにいこうとはしなかった。教区長でさえそうだった。彼らは息をひそめてじっと待った。そしてベンヤミンがヨヤキムに手を引かれ、黒い眼光を稲妻のように光らせ、白髭を揺らしながら確固たる足取りで祈禱所に近づいてきたとき、彼らの目にはこの人が、奇蹟の真《まこと》の主人公であり師であったひとりの始祖、少年に手を引かれてやってきたサムエル[044]のように見えた。その瞬間、それまで抑えていた全員の熱狂が一気にはじけ飛んだ。「よくぞ参られた！　汝の名に祝福あれ！」彼らは歓声をあげてわれ先にと老人をとり囲み、その衣服に口づけをした。彼らの乾いた頰には涙が流れた。主の燭台に砕かれた聖なる腕に、彼らは敬虔に指で触れようとして殺到し、押し合いになったので、教区長は老人を守る盾にならねばならなかった。さもなければ、興奮に酔った群衆が勢いあまって老人を押しつぶしていたことだろう。

　ベンヤミンは彼らの信仰心の異常な高揚にひどく驚いた。この人たちはわたしに何を望み、何を期待しているのか？　あまりの期待の重さに、彼は急に不安になった。小声できっぱりと、彼は断った。

「そんなふうに見ないでくれ！　わたしが己惚《うぬぼ》れないように、どうかおだてないでくれ！　わたしに奇蹟を期待しないでくれ！　つつましく、忍耐強く、希望を胸にしまっておいてくれ！　奇蹟が起こると決めてかかるのは罪なのだから」

彼らはベンヤミンに胸の内を言いあてられて、うろたえて頭を垂れた。自分たちの勇み足が恥ずかしかった。人々がそっと道をあけたので、教区長はベンヤミンを用意した席に連れていくことができた。それは老人に配慮して敷物を敷いた、明らかに他の席よりも上等な席だった。ベンヤミンはしかし、またもや断った。

「だめだ。わたしを持ちあげないでほしい。上座の特別席には座りたくない。わたしはあなた方よりも上の人間ではないのだから。あなたがたのうちの最も身分の低い者と比べても、おそらく上ではない。わたしはただの老人だ。神からわずかばかりの力を与えられた、老人だ。わたしがここにやってきたのは、ただ、事の成りゆきを見届け、あなたがたに助言をするためだ。しかし奇蹟は一切、わたしには期待しないでほしい！」

人々はその意志に従った。そして老人は席についた。まわりがいらいらと落ち着きを無くしているなかで、彼だけがひとり忍耐の人だった。そしてようやく、教区長が挨拶に立った。

「平和があなたとともにありますように！　あなたの来訪と出立に、祝福がありますように！　あなたにお会いできたことを、心より嬉しく思います」

みな厳粛な面持ちで沈黙を守った。教区長はつづけて小声で話し始めた。

「わたしどもはローマの同胞から、あなたの来訪を告げる手紙を受けとりました。そしてわたしどもの力の及ぶ限りのことを、すべて行いました。メノラーの解放を成功させるために、各地をまわり一軒一軒からお金を集めました。皇帝の気持ちを和らげるための贈り物も用意しました。わたしどもの所有物のなかで最も貴重なもの、ソロモンの神殿の石を用意したのです。祖先の神殿が破壊された後に救い出されたその石を、わたしどもは皇帝に贈り物として献上するつもりです。と申しますのは、皇帝はこのところ神殿の建設にご執心で、かつてあったどの神殿よりも壮麗な神殿を建てようと、あらゆる国と町から、選り抜きの豪華なもの、神聖なものを素材として集めています。こうしたことのすべてに、わたしどもは進んで、喜んで協力をしてきました。ですが、あなたが皇帝に聖燭台の返還を願い出るための、謁見の段取りをしてほしいという、ローマにいる同胞からの依頼を見たときには驚きました。と申しますのも、この国の皇帝ユスティニアヌスは、わたしたちユダヤの民を好ましくは思っていないからです。彼の意に沿わないもの、信仰に従わないものを、皇帝は容赦しません。それが他宗派のキリスト教徒であろうと、異教徒であろうと、ユダヤ人であろうと、関係なくです。わたしどもが皇帝の治めるこの国に留まっていられるのも、おそらくもう長くはないでしょう。おそらく近々わたしどもはこの地を追われるでしょう。これまで一度も、皇帝がわたしどもに拝謁を許したことはありません。ですからわたしはいま、忸怩《じくじ》たる思いで、この家にきたのです。ローマの同胞の要請に応えることはできないとお伝えするために。皇帝の御前に出ることは、ユダヤ人には不可能なのです」

教区長が口をつぐみ、あたりは大きな、おそろしい沈黙に包まれた。みな当惑してうなだれた。奇蹟はどここにあるのか？　神の使者に対して、皇帝が耳も心も閉ざしているのなら、どう機会が巡ってくるというのか？　だが、ふたたび口を開いた教区長の声は、次第に明るくなっていった。

「ですが、神に不可能はありません。それをくりかえし何度も新たに体験することは慰められると同時に驚かされます。わたしが暗い気持ちでこの家に足を踏み入れたときに、この教区のとある人物がやってきました。彫金師のツァハリアス、信心深い、心正しい男で、彼がローマの同胞の望みは叶えられると知らせてくれたのです。わたしどもがあてのない議論にふけり、無駄足を踏んでいる間に、彼は静かに立ちまわり、賢者にも大賢者にも成しえないと思われたことを、ひそかに成し遂げたのです。ツァハリアス、説明を」

後方の列からひとりの男がためらいがちに立ち上がった。背の低い、華奢《きやしや》な猫背の男だった。おどおどと恥ずかしそうにしている彼を、みながまじまじと見つめた。彼は赤面を隠そうとしてうつむいた。彼はいつも静かにひとりで作業をする職人だったので、人々の前で話し、耳を傾けられるのが不安だったのだ。彼は何度か咳払いをして話しはじめた。その声は、子どものように小さなままだった。

「導師《ラビ》、賛辞はよしてください」彼は小声で囁いた。「これはわたしの功績ではありません。神が手助けをしてくださったのです。わたしには三十年前から懇意にしている宝庫長がいて、この三十年、わたしは日々この方のために仕事をしてきました。そして数年前に民が皇帝に対して反乱を起こし、廷臣の館を襲って火をつけたとき、わたしは危険が去るまでの三日間、彼とその妻子を自宅に匿ったことがありました。ですから、わたしの願いを彼が何でも聞いてくれるだろうことは分かっていました。ただ、これまでその機会はありませんでした。しかしいま、あのお方、ベンヤミンがこちらに向かっているということを聞いて、わたしははじめて長《おさ》にお願いをしたのです。彼は皇帝のところに行って、重要機密が海を渡って皇帝のもとに届くかもしれないと報告しました。神は彼の言葉に力が宿り、皇帝がそれに耳を傾けるように望まれました。明日にはシャルケに、皇帝の謁見の間に、ベンヤミンと教区長が立ち入る許可がおりるでしょう」

静かに、おずおずと、ツァハリアスはふたたび腰を下ろした。その場にいた全員が、沈黙のうちに身を震わせた。というのも、これまで近づくことができなかった皇帝にユダヤ人が謁見を許されるとは、これがすでに前代未聞の奇蹟であったからだ。彼らの魂は震え、目は大きく見開かれた。畏敬の念に打たれた人々の沈黙の上を、恩寵の知らせが羽ばたいた。だが、ベンヤミンは手負いのような呻き声をあげた。

「ああ神よ！　なんということだ！　あなたがたはなんという重荷をわたしに背負わせるのだ！　わたしの心は疲れている。外国語も話せない。そんなわたしが、どうやって皇帝の前に出るというのだ？　なぜよりによってこのわたしなのだ？　わたしはただ証人となるために呼ばれたのだ。わたしの使命は燭台をこの目で見ることであって、それをこの手で取り戻すことではない。わたしを選ばないでくれ！　交渉のできる者は他にもいよう。わたしは年を取りすぎているし、あまりにも弱い！」

みなが驚いた。奇蹟は用意された。しかし今度は、奇蹟のために選ばれた人がそれを拒んだのだ。けれども、このひるむ人をどう説得しようかと人々がたじろぎながら考えていると、ツァハリアスがふたたび静かに席を立った。その声色はしかし先ほどとは違っていた。断固とした声で、きっぱりと、彼は言った。

「いいえ、あなたが行かなければなりません。あなたにしかできないことです。わたしの苦労はごくわずかなものですが、しかしそれもただあなたのためにしたことであって、他のだれかのためであればわたしは動かなかったでしょう。なぜなら、わたしは知っているからです。われら全員のなかで、燭台に平和をもたらす者がいるとすれば、それはあなたであると」

ベンヤミンは目をあげて凝視した。「どうして知っていると言えるのだ！」しかしツハァリアスは、静かな声できっぱりとくりかえした。「知っています。もうずっと前から知っていたのです。燭台に平和をもたらす者がいるとすれば、それはあなたしかいません」

この確信を前にして、ベンヤミンの心は揺らいだ。ツァハリアスを見つめると、彼は自信たっぷりに笑みを浮かべて、視線を返した。ふと、この目をすでにどこかで見たことがあるような気がした。相手の方も、老人が気づいたことに感づいたらしかった。というのも、その微笑みがいっそう晴れやかになったからだ。そしてツァハリアスは人々の頭越しに、親しみを込めてベンヤミンに話しかけた。

「あの夜のことを覚えておいででしょうか。あの夜、教区の人々と一緒に歩いていたひとり、ヒュルカノス・ベン・ヒレルのことを？」今度はベンヤミンも微笑んだ。「どうしてあの人のことを忘れようか？　あの祝福された夜の言葉のひとつひとつを、人影のひとつひとつを、いまでもわたしは覚えている」

ツァハリアスはつづけた。「わたしは彼の曾孫《ひまご》なのです。わが一族は代々彫金師を継いできました。王や皇帝は金や装身具を所有しているわけですが、その鋳型をとったり鑑定をしたりする者が必要になると、それはわが一族から選ばれることになっています。ヒュルカノス・ベン・ヒレルはローマの地で、囚われの燭台の番をしていました。ヒレルの一族はそれ以来、どこにいても、よそ様の宝物庫の番がいいつけられるのを待っているのです。なぜなら宝物のあるところには、鋳造師や鑑定士としてのわれらの居場所もあるのですから。そして、わたしの祖父が父に伝えたことを、父が私に伝えてくれました。幼い子どもであったあなたはご存知ないことですが、ご自身の腕が打ち砕かれたあの夜の後の話です。ラビ・エリーザー、清く明るい人は、あなたについてこう言ったそうです。――この子の行為のなかに、この子の苦しみのなかに、ひとつの意味があるに違いない。もし誰かが燭台を救うことがあるとすれば、それはこの子である、と」

みなが震えた。ベンヤミンはうなだれた。彼は当惑してこう言った。「あの夜、ラビ・エリーザー以上にわたしに優しくしてくれた人はいなかった。導師《ラビ》の言葉はわたしにとって神聖なものだ。わたしの心の狭さを許してほしい。かつて子どもの頃のわたしには、もっと勇気があった。だが、時間と老いがわたしを臆病者に変えてしまった。しかしもう一度あなたがたに、みなにお願いをしたい。わたしに奇蹟を期待しないでほしい！　燭台を持つ者のところに行くようにとあなたがたが望むのであれば、そうしよう。敬虔な試みを拒む者には災いが降りかかるからな。私自身には交渉の才はない。だがおそらく、神が正しい言葉を授けてくださるだろう」

ベンヤミンの声は内にこもり、すっかり小さくなってしまった。その頭は、使命の重さに耐えかねて深く沈んだ。彼はぽつりとかすかな声でお願いした。

「すまないが、ここまでにしてほしい。この旅と今日の一日は、老人の身にはこたえた。どうか休みをとらせてほしい」

一同はうやうやしく彼のための場所を用意した。ただひとり、付き人のヨヤキム、この荒くれ者だけは、はやる心をおさえられなかった。用意された宿に老人を連れて行きながら、彼はこう尋ねた。

「でもあんたは明日、皇帝になんて言うつもりなんだ?」

老人は目をあげずに、ただ一言、自分に言い聞かせるようにこうつぶやいた。

「分からない。分かりたくもないし、考えたくもない。わたしにはなんの力もない。すべては与えられるに違いない。神の御心のままに」

その夜、ペラのユダヤ人たちはその後もまだ残って長々と集会をしていた。だれも眠れなかった。彼らは休む間もなく話し合い、協議を重ねた。目はらんらんと冴えていた。彼らはかつてこれほど身近に奇蹟を感じたことはなかった。離散の暮らしが、異郷での筆舌に尽くしがたい苦悩が、永遠に追い回され踏みつけにされる暮らしが、昼も夜も感じている次の一時間、次の一日に対する不安が、本当に終わるとしたら、どうだろう？　この老人が、自分たちの前に実際に腰を下ろしていたこのお方が、本当に神の遣わされた人であり、かつてユダヤの民のなかから立ち上がり王の心を正義へと導くことのできた弁論家のような人であったとしたら、どうだろう？　聖祭具を故郷へと持ち帰り、新たに神殿を建設し、その庇護《ひご》のもとに暮らすということは、想像もできない幸福、信じられない恩寵だ。彼らは酔いしれたように、夜の間ずっと口々にそんなことを話し合った。彼らは、期待してはならないという老人の警告を忘れた。というのも、彼らユダヤ人が聖典のなかで学んだのは、他でもない、神の奇蹟を信じることだったからだ。永遠につづく迫害のなかで故郷を追われ、虐げられてきた人々が、このように救済の時を待ち続ける以外に、いったいどんな生き方ができただろう？　夜明けまでの時間が短くなればなるほど、それが長く感じられた。彼らはもはや、はやる気持ちをおさえられなかった。ひっきりなしに砂時計に目をやったが、その動きはあまりにも遅くあまりにも緩慢だった。はやく暗い海の端に朝日の輝きが見えないものか、太陽が彼らの燃える心のように燃え始めないものかと、絶えず誰かが窓辺に立ち、入れかわり立ちかわり路地に出た。

　教区の人々はふだんは教区長の言うことを素直に聞いたが、いまの彼らを落ち着かせるのはずいぶん骨が折れた。なぜなら、彼らはみなこの日のためにビザンツにきたのであり、みなベンヤミンのお供をしたい、彼が世界の覇者たる皇帝と話をしている間は、宮殿の前で少しでも待っていたい、そして少しでも身近に、少しでも多く奇蹟にあずかりたいと思っていたからだ。だが教区長は、彼らが集団で列になって宮殿の前で目立つことがどれほど危険なことか、きつく言い聞かせた。なぜなら市民は彼らに対して敵対的で、いつどこであれ、ユダヤ人が人目につくのは危険であったからだ。さんざん脅しつけて、ようやく教区長は彼らを説得することができた。ベンヤミンが皇帝に拝謁している間、人々はペラの祈禱所に集まって待機をして、目だたないように、目に見えない神に祈りを捧げることになった。こうして彼らはこの日は一日、祈りを捧げて断食をした。彼らはまるで世界中のユダヤ人の郷愁が自分たちの小さな心のなかに宿っているかのように、必死に、熱心に祈った。彼らの意識は雑念から離れて、絶えずただひとつのことを思っていた。ベンヤミンが奇蹟を成就しますように、そして異邦人の呪いがこの民から取りのぞかれますように、と。

約束の正午の時間が近づいた。ベンヤミンは教区長とともに、ユスティニアヌス帝の宮殿前の、だだっ広い、柱の立ち並ぶ正方形の広場を通りすぎた。その後ろでは、屈強な若者ヨヤキムが布で覆った重い荷物を肩にかついで運んだ。二人の老人は質素な黒衣に身を包み、ゆっくりと落ち着いた厳粛な足取りで、ビザンツ皇帝の豪華絢爛《けんらん》な玉座の間の入口にあたる、シャルケの青銅門へと向かった。だが約束の時間を過ぎても、長いこと彼らは門の前で待たなければならなかった。というのも、使者や請願者を控えの間で長々と待たせることは、周到に計算された、ビザンツ宮廷の慣例だったからだ。このように待たせることで、この世の最高権力者に謁見できるということが、どんなに特別な恩寵であるのかを、待ち人たちにひそかに知らしめることができた。一時間、二時間、三時間と、椅子や腰掛が出されるでもなく、老人たちは冷たい大理石の上に立ちっぱなしのままにされた。そのすぐ脇を、高官、太った宦官、宮廷近衛兵、色とりどりの服を着た召使たちが、いかにも忙しそうに通りすぎていった。しかし誰も彼らのことは気にかけず、目を向けることも声をかけることもなかった。四方の壁からは、どこまでも延々と同じ柄がつづく色とりどりのモザイク模様が、冷ややかに彼らを見下ろしていた。そして頭上からは、円柱に支えられた天蓋の豪華な金色が、差し込む陽の光と混ざり合い、一段と深みを帯びた色調で降り注いできた。だが、それでもベンヤミンと教区長は忍耐強く静かに待ちつづけた。彼ら老人は、待つことには慣れていた。彼らはあまりにも長い時間を生きてきたので、一時間や二時間待ってもどうということはなかった。若者のヨヤキムだけが、落ち着きなく、人の往来があるたびにそわそわとそちらを窺い、この耐えがたい長い時間をつぶすために、いらいらとモザイクの石の数を数えたりしていた。

ようやく、太陽がもう天頂から下る頃になって、「神聖なる寝室の監督官」が彼らのもとにやってきて、しきたりに従うように指示をした。皇帝に拝謁する恩寵にあずかる者には、宮廷が定めた掟の遵守が厳しく求められる。扉が開くとすぐにお前たちは頭を下げたまま十歩進み、床に敷かれた色とりどりの大理石のうち、一条の白線が引かれたところまで行かねばならない。だが、お前たちの息が陛下の息と交わらないように、それ以上前に出てはならない。陛下に拝謁するには、面《おもて》をあげる前に、手足を大きく広げて三度地面にひれ伏さなければならない。その後ようやく、斑岩の玉座の段に近づいて、ユスティニアヌス帝の裾の長い紫の衣《ころも》に口づけをすることが許される。

「いやだ」ヨヤキムは怒りをあらわに小声で抗議した。「おれたちが跪《ひざまず》くのは神の前だけだ。人前ではできない。俺はやらん」

「だまりなさい」ベンヤミンが厳しい口調で答えた。「どうして大地に口づけをしてはいかんのだ？　大地もまた神がお創りになったものではないか？　それに、たとえ人前に跪くことが間違いだとしても、聖なるもののためであれば、われわれにはそれができる」

この瞬間、謁見の間に通じる象牙の扉が開いた。皇帝に献上品を納めにきたコーカサスの使節団が、扉から出てきた。彼らの後ろで扉は音もなく閉まったが、毛皮の帽子をかぶりビロードの衣をまとった異国の民は、しばらく訳が分からないまま棒立ちになっていた。彼らの顔には大きな動揺があらわれていた。ユスティニアヌス帝が彼らを激しく、あるいは頭ごなしにどなりつけたのは明らかだった。民族を代表して彼らが皇帝に申し入れたのが、無条件降伏ではなくたんなる連帯であったことが、その原因だった。ヨヤキムは異国の民とその見慣れない衣装をじろじろと見ていたが、式部官はすぐに彼に対して、荷物の包みを肩に担ぐように、他の二人には後についてくるように命じた。それから式部官は手に持った金の錫杖《しゃくじょう》で――それは実に繊細な音色がした――、象牙の扉をそっと叩いた。扉は音もなく内側に開き、式部官が合図をして呼び寄せた通訳と一緒に、三人はビザンツ皇帝の広大な玉座の間、コンシストリオンに足を踏み入れた。

扉から巨大な部屋の中央まで、彼らは左右にずらりと並んだ兵士の人垣のなかを通り抜けなければならなかった。隊列を組んだ赤服の兵士たちは微動だにせず、どの兵士も腰に剣を差し、頭には赤馬の尾の飾りをつけた黄金の兜《かぶと》をかぶり、手には長い槍を持ち、肩には研ぎ澄まされた恐ろしい十字鍬を担いでいた。城壁の石がひとつひとつなだらかな線になるように大きさを揃えて継ぎ目なく組みたてられているように、その場に集った兵士たちは直立不動の姿勢で皇帝への忠誠を表していた。そしてその後ろでは、各部隊の長《おさ》たちがやはり石のように硬直して、微動だにせず各々の軍旗を持ちあげていた。三人と通訳は、息詰まる不動の人間の壁の間をゆっくりと通り抜けた。兵士たちの目は身体と同じように微動だにせず、一行に目を向ける者は誰もいなかった。無音のなかを、音もなく、彼らは広間の奥へと進んだ。どうやら――彼らは目をあげるのが許されていなかったのでそれを見ることはできなかったが――そこには皇帝が待ち受けているようだった。金の錫杖を手に先を歩いていた式部官が立ち止まり、彼らは許しを得て皇帝の玉座を見上げた。しかしそこには、玉座も皇帝の姿もなかった。眼前には絹のカーテンがあり、それがホール全体に張り巡らされて視界を遮っていた。この寄る辺ない、鮮やかな色の壁を前にして、三人は驚いて棒立ちになった。

そのときふたたび式部官が錫杖を振りあげた。すると目に見えない紐にひかれてカーテンがざあっと音とたてて左右に開き、その後ろ、斑岩の段を三つ上がったところに玉座が姿を見せた。そこには宝石を散りばめた椅子があり、その上にユスティニアヌス帝が、金色の天蓋を背にして座っていた。皇帝は微動だにしなかった。それは生身の大男、皇帝その人というよりも、むしろ彼をかたどった彫像のようだった。王冠の輝きは後光のように燦然と頭上と背後を照らし、皇帝の額はその輝きに隠れていた。彼のまわりには同じく彫像のように固まった近衛兵たちが、白いチュニック[045]を着て金の兜をかぶり、金の首飾りを着けて、皇帝のまわりを一歩ひいてぐるりととり囲んでいた。そしてその兵士ひとりひとりの前に、裾の長い紫の絹衣に身を包んだ大臣や高官たちがいた。これらすべての人々は息ひとつ、まばたきひとつせず、まるで凍りついているように見えた。この熟練の静止芸は、世界の覇者の前にはじめて歩み出る者の心理が、自然と恐怖にすくむ効果を狙っているようだった。

　そして実際教区長とヨヤキムは、思わず太陽をのぞいてしまったときのように、驚きのあまりさっと目を伏せた。だが年老いたベンヤミンだけは、揺るぎない澄んだ目で皇帝を見上げた。なぜなら、彼はローマ皇帝と支配者十人の治世に耐えて、長い人生を生き延びた人であったからだ。そのため、彼は知っていた。どんな高価な勲章や王冠を身につけていても、皇帝もまたやはり死すべきひとりの人間であり、人と同じように飲み食いをして糞をして、女を侍らせ、やがては死んでいくはかない存在であるということを。ベンヤミンの魂はぴくともしなかった。恐れはなかった。彼は落ち着いて目をあげて、支配者の目のなかを読もうとした。この者に嘆願するために、彼は遣わされたのだ。

そのとき彼は後ろから金の錫杖が急かすように小突いてくるのを肩に感じて、すぐに言いつけられていた作法を思い出した。老いた四肢にはつらい仕儀だったが、それでも彼は冷たい大理石のタイルに手足を広げてひれ伏して、額を三度、地面におしあてた。彼のもつれた口髭が冷たい大理石の床石に擦れて、ざわざわと耳慣れない音を立てた。それから彼は付き人のヨヤキムの手を借りて身を起こし、うなじを下げたまま階段まで進み、皇帝の紫の衣の裾に口づけをした。

ユスティニアヌス帝は微動だにしなかった。その瞳は碧玉のように硬く、まぶたは静止し、眉はぴくりとも動かなかった。皇帝は老人を素通りして、その先を見ていた。なぜなら皇帝にとっては、足下で何が起こっているのか、どんな虫けらが自分の服の裾を這っているのかなど、どうでもいいことだったからだ。

三人はそれから式部官の合図にしたがって、あらためて後ろに下がって一列に並んだ。通訳だけが、彼らの言葉を伝えるために、列から一歩前に出た。ふたたび式部官が錫杖を振りあげた。そして通訳が話しはじめた。――この者たちはユダヤの民でございます。彼らは世界を統べる皇帝陛下が盗賊どもに復讐を果たし、賊の手からローマを取り戻し、海と陸をお救いになったことに感謝と祝いの言葉をお伝えするために、同胞を代表してはるばるローマからやってまいりました。陛下の統治されるこの世界に住まうユダヤ人たちは、賢明なる皇帝陛下が神の叡智をたたえる神殿であるハギア・ソフィアの建設を進められており、それがこれまでにつくられたいかなる神殿よりも華美壮麗なものであるということを聞き及んで、この建設事業をたたえるべく、貧しい暮らしにもかかわらず、いくばくかの寄付をせずにはいられなかったのです。彼らの贈り物は陛下の栄光と比べますとささやかなものではありますが、それでもそれは、彼らが伝家の宝物として大切にしてきたもののなかでも至高のもの、この上なく神聖なものでございます。彼らの祖先はエルサレムを去るときにソロモンの石を救い出しました。それをいまここに持ってきております。ソロモンの神殿の一部が、皇帝ユスティニアヌスの神殿の一部となるように、祝福のしるしとして壁に組み入れていただければと、彼らは申しているのでございます。

式部官の合図を見て、ヨヤキムは重い石をとり出し、コーカサスの使者たちが玉座の左手に積みあげていた贈り物、毛皮やヒンドゥスタンの象牙や刺繍入りのカシミヤの方に持っていった。だが、ユスティニアヌス帝は通訳にも贈り物にも目を向けなかった。皇帝は虚ろな目で、退屈して、すべてを素通りして空《くう》を見ていた。彼の唇はそのときただ眠たげに動いただけだった。不機嫌な、蔑みを含んだ声だった。

「望みを聞け！」

通訳は美辞麗句を並べて説明した。ベリサリウスが持ち帰ったすばらしい戦利品の数々のなかに、いささか見劣りはしますが、ユダヤの民にとっては特別価値のある品が含まれています。それが七腕の燭台で、これはかつて異教徒たちの手で海を越え野を越えて運び去られたものですが、そもそもはソロモンの神殿、つまりユダヤ人の神の館から奪われたものなのです。そのため、ユダヤ人たちは陛下が戦利品のなかからこの燭台を与えてくださることを、切に望んでおります。そしてこの黄金の二倍の値打ちのもの、その重さの十倍のものでこれを買いもどしたいと申しております。もしそうしていただけるならば、この世のユダヤ人たちのうち、どんな家屋に暮らす者であろうとも、日々の祈りのなかで、全皇帝のなかで最も慈悲深い陛下のために、その御代が末永くつづきますようにと、感謝の言葉を唱えない者はいないでしょう。

ユスティニアヌス帝の目は、固まったままだった。不機嫌に、彼は答えた。

「キリスト教徒ではない者から祈りを受けとるつもりはない。だが、尋ねてみよ。この代物にどんな事情があるのか、こやつらがそれを使って何をするつもりなのか」

通訳はベンヤミンの方を見て、その言葉を翻訳した。その間、ベンヤミンは皇帝の冷たい視線を受けて、身の毛のよだつような、手足が冷たくなっていくような感覚を覚えた。嫌な予感がした。皇帝を説得することができないかもしれないという不安が、彼を襲った。

「陛下、どうかお考えを。それはわれらが民に残された、ただひとつの聖具なのです。われらの町は打ち砕かれ、城壁は崩れ落ち、神殿は破壊されました。われらの愛したもの、心のよりどころであったすべてのものが、はかなく塵となって消えたのです。ただひとつ、この燭台だけが、時を超えて残りつづけています。

その齢は地上のどんなものよりも古く、ゆうに数千年を数え、数百年前から故郷を失いさまよっています。そして燭台がさまよう限り、われらの民にやすらぎの時はありません。陛下、どうかわれらに憐れみを！どうかお考えください。神は陛下を低い身分から頂へと引きあげられ、万人に勝る富をお与えになられました。神から恩恵を受けた者は、それを返さねばなりません。それが神のご意思です。陛下、陛下にとってこの一品《ひとしな》が、さまよえる燭台が何だというのです！　陛下、もう十分ではありませんか、燭台に平和をお与えください！」

通訳は雅《みやび》な宮廷言葉で翻訳した。皇帝はそれをどうでもよさそうに聞いていた。が、神が皇帝を低い身分から引きあげた、というベンヤミンの言葉を聞くやいなや、彼の顔はさっと曇った。というのも、ユスティニアヌス帝は、神の如き存在である自分が、トラキアの寒村の身分の低い農民の生まれであることを不愉快にも思い出してしまったからだ。眉根をぎゅっと寄せ、皇帝の唇から早くも退去の命令が出かかった。

だが、不安の感覚を研ぎ澄ませていたベンヤミンは、拒絶の言葉が皇帝の口から出かかったのをいち早く察知して、すでに心の内で、この取り返しのつかない恐ろしい拒絶の言葉を耳にした。不安が彼を引き裂いた。不安が、こぶしのように内側から彼を突き動かした。そして大理石の白線を越えてはならないという禁則を忘れて、――みなが驚いたことに――玉座にずかずかと歩み寄った。そして無意識のうちに、懇願するように皇帝に手をさしのべた。

「陛下、これはあなたの国、あなたの都に関わることです！　慢心なさってはいけません。これまで誰も持つことができなかったものを、持とうとなさってはいけません。バビロンも、ローマも、カルタゴも大きな都でした。しかし燭台を納めていた神殿は崩壊し、燭台を囲っていた壁は倒壊しました。ただ燭台だけが無傷で残り、他のものは灰塵《かいじん》に帰したのです。燭台は、それを持とうとする者の腕を打ち砕きます。燭台から平安を奪う者は、おのずと苦境に陥るでしょう！　己が持ち物ではないものを持つ者に災いあれ！　聖なるものが故郷の聖地に帰還を果たすまで、神の平和がもたらされることはないでしょう。陛下、わたしはあなたに警告します！　燭台をお返しください！」

一同はみな唖然《あぜん》として棒立ちになった。この荒々しい言葉を、誰も理解できなかった。この出来事を、高官たちは驚いて見ていることしかできなかった。この老人は大胆にも、これまで誰もしようとしなかったことをした。老人は激情にかられて皇帝の目と鼻の先にまで近づき、この世の最高権力者が話をする前に、口を挟んだのだ。みなが背筋を凍らせて、この年寄りを見つめた。老人は苦痛のあまり小刻みに震えながら立っていた。涙が髭のなかを流れ、目は怒りをたたえて稲妻のように光っていた。ずっと後方では、教区長が身を縮めていた。通訳は離れたところに控えていた。ベンヤミンただひとりが、そのままユスティニアヌス帝の御前で、目と目を合わせて立っていた。

石のように固まっていたスティニアヌス帝は、はっと我にかえった。皇帝は怒りに我を忘れた老人を焦点の定まらない目で見つめ、それからいらだたしげに通訳の方を見た。通訳が老人の言葉を、慎重に言葉の調子をやわらげながら翻訳した。——偉大なる皇帝陛下が、この老人の不作法なふるまいをお許しいただけますように。と申しますのも、この老人はただ帝国の安泰を案じるあまり取り乱してしまっただけなのです。老人は陛下に注意なさるようにと言いたかったのです。というのは、この祭具には、神の恐ろしい呪いがかけられていいます。この燭台を持つ者には不幸が降りかかり、これを匿う町は敵の手に落ちました。だからこそ老人は、陛下がこの燭台をもとのエルサレムに戻し、祭具の呪いを解くように勧め、警鐘をならしているのです。彼はそれを己の義務と感じていたからこそ、あのような行動に出たのでしょう。

ユスティニアヌス帝は眉をひそめて耳を傾けた。皇帝の面前で声をあげこぶしをあげたこの掟破りな老人の不遜な態度には、怒りがふつふつとわいてきた。しかし同時に、不安な気持ちにもなった。なぜなら、農家の息子である彼は、迷信を信じていたからだ。あらゆる幸運児がそうであるように、彼は魔術や象徴の類いをとても恐れていた。彼はしばらく黙って思いを巡らせた。それからそっけなく命令した。

「よかろう。戦利品のなかからその品をとり、エルサレムに運ぶがよい！」

通訳がこの言葉を伝えると、老人はわなわなと震えた。至福の知らせが白い稲妻のように老人を打ち、その心を明るく照らした。いま、すべてが叶えられた。この瞬間のために、わたしは生きてきた。この瞬間のために、神はわたしを生かしていたのだ。彼は思わず、無自覚のうちに、片方の無傷な方の手を持ちあげて、まるで感謝の思いから神をつかまえようとするかのように、わなわなと上に突き出した。

しかしユスティニアヌス帝は、老人の顔が喜びに輝いたのを見逃さなかった。邪悪な想いが脳裏をよぎった。このずうずうしいユダヤ人をこのまま返してはならない。皇帝を説得して勝利を得たと、民の前で自慢させてはならない。彼はにやりと意地の悪い笑みを浮かべた。

「喜ぶのはまだ早い！　燭台がお前たちユダヤ人のものだと、お前たち偽信の徒の信仰に使わせるのだと言ったおぼえはないぞ」

そう言って彼は、右に控える大僧正オイフェミウスの方を向いた。

「新月の晩に、お前はテオドラ妃が建立したエルサレムの新しい教会の聖別式に行くことになっていたが、そのときに燭台も一緒に持っていけ。だが祭壇の上において火をつけてはならん。明かりをつけずに、祭壇の下にしまっておくのだ。そうすれば誰の目にも、われらの信仰がユダヤの上にあること、真理が誤謬の上にあることが分かるだろう。燭台は真の教会のなかに隠しておくべきものであって、キリストが現れたのにそれに気づかなかった、ユダヤ人の手元にあるべきものではない」

老人は愕然とした。彼には異国の言葉は分からなかった。しかし邪悪な笑みと皇帝の口元から、何か自分の意に反することが命じられたのだということを感じとった。老人はもう一度ひれ伏して、翻意を願おうとした。しかし、ユスティニアヌス帝はもうそのときには式部官に目配せをしていた。式部官が錫杖を振りあげ、カーテンがざあっと音を立てて閉まった。皇帝も玉座も姿を消した。謁見は終わった。
閉じられたカーテンの前で、老人は呆然と立ちすくんだ。後ろから式部官が彼の肩に触れた。もう出なければならなかった。老人の目は暗く淀み、ヨヤキムに支えられて、よろよろと外に出た。聖なるものが半ば手に入ったその瞬間に、またもや神は自分を突き放した。またもや機会を逃した。またもや燭台は暴力の支配者のものになってしまったのだ——彼はそう感じていた。

皇帝の宮殿を出て数歩も行かないうちに、ベンヤミンは——このふたたび神の苛酷な試煉を受けた人は——突然ふらつきだした。教区長とヨヤキムは、足下のおぼつかない老人を全力で支えなければならなかった。彼らは老人を近くの家まで運び、寝床に横たえた。年寄りは青い顔で目を閉じて横になった。彼らはすぐに、死が老人を迎えにきたのだと思った。血の気のない手がだらりと垂れさがっていたからだ。教区長が不安になって心臓を触ってみたが、もう力のない、たどたどしい鼓動しか聞こえなかった。あの徒労に終わった皇帝への呼びかけですべての力を使いはたしてしまったかのように、老人の昏睡状態は何時間もつづいた。しかし不意に——すでにあたりには夜の帳《とばり》がおりて暗くなっていた——この疲労困憊《こんぱい》で死にかけの老人は、がばりと起き上がり、まるで黄泉がえりをはたした者のように、二人を異様なまなざしで見つめたので、二人とも驚いた。だが二人がさらに驚いたことには、老人は彼らの姿を見分けると、大急ぎで、教区の人々に別れを告げたいのですぐにペラの祈禱所に自分を連れていくようにと命じたのだった。もっと休んで大事をとるようにと二人は忠告したが、無駄だった。老人は頑なに自分の命令にこだわり、二人はそれに従うしかなかった。老人を担架に乗せて小舟まで運び、その小舟に乗って一行はペラに向かった。目は虚ろで、口は閉じたまま、老人は眠り人のように運ばれていった。

一方で、ペラのユダヤ人たちはその間に、もうとっくに皇帝の宣告と決定を聞き及んでいた。だが、奇蹟が起こるに違いないという彼らのそれまでの確信はあまりにも強いものだったので、燭台の帰還が承認されたと聞いても、それを喜ぶことはできなかった。今回の成果は、胸が裂けんばかりの彼らの期待の大きさに比べると、ちっぽけな、あまりにもちっぽけなものだった。というのも、メノラーはまたもや異教の神殿に閉じ込められるというではないか。自分たちはまたもや追放され、異国をさまよわなければならないというではないか。そう、彼らが心配していたのは、燭台ではなく、自分自身の運命だった！　ふさぎ込み、恨みを胸に抱いて、彼らは打ちひしがれて座っていた。ああ、約束はいつも裏切られる。約束を信じる者は愚かだ。奇蹟は聖典のなかには華々しく記されているが、彼方の空の茜雲のように、神が傍にいた遙かな古代から、美しい輝きを放つのみ。奇蹟のひとつが、われらの日常のなかに降りてくることはもう二度とないのだ。神は民を忘れてしまった。神はかつてご自身が選んだ民に寄り添うことなく、民が苦しみ、悲しむがままにしている。神はもはや、神の名において言葉を紡ぐ預言者を目覚めさせることはない。だから、曖昧なしるしを信じて奇蹟と転換の時を待ち望むなど、馬鹿げたことだ！　ペラの祈禱所のユダヤ人たちはもはや祈ることをやめ、断食もやめた。むっつりと部屋の隅に座り、口元を苦々しくゆがめながら、玉葱《たまねぎ》パンをかじった。奇蹟への期待が彼らの目を明るく照らすことはなく、額を輝かせることもなくなったいま、彼らはまたもとの小さくみすぼらしい人間に、打ちひしがれた哀れなユダヤ人になった。彼らの考えはついさっきまでは大きく力強く伸び上がり、神に向いていたのに、ふたたび彼らの日常のようにせせこましい、打算的なものになった。彼らは口々に文句を言い、金の計算をしては悲しみにくれた。どうして自分たちはこんな高い金を出して遠路はるばる無意味な旅をしてきたのだろうか。彼らは旅の間に着古してしまった晴れ着を惜しみ、ほったらかしにしてきた商売を惜しみ、失った時間を惜しんだ。そしてはやくも、故郷に戻ったときに不信心な連中に笑いものにされ、家で待つ妻たちと言い争いになることを恐れた。怒りの矛先というのはいつも、はじめに期待をもたせておきながら自分たちを失望させ、窮地に追いやった人物に向かうものだ。そのため、誰もがみなローマの兄弟たちに対して、ベンヤミンという偽りの使者に対して、積もり積もった憤《ふん》懣《まん》をぶつけた。こいつはたしかに苛酷な試煉を受けた人だ、それ以上でも以下でもない、神は彼を愛してはいなかった、こんなひどいことになったのはあいつのせいだ。ベンヤミン・マルネフェッシュがようやく祈禱所に姿を見せたとき——もう時刻は夜に近かった——、彼らはベンヤミンに対して怒りをあらわにした。以前のようにうやうやしく傍に立つことも、挨拶をすることもなかった。彼らはわざとそっぽを向いた。このローマの老いぼれがおれたちに何の用がある！　この老人もやはりおれたちと同じように無力だったじゃないか。神はおれたちのみじめな運命に目を向けていないように、この老人にも目を向けてはいないのだ。

　ベンヤミンはすぐにこの静けさのなかにひそむ敵意に気がついた。白々しく沈黙している、重苦しい、じめじめとした怒りに気がついた。人々がうつむいて彼と目を合わせないようにしている様子を、老人は悲しげに見つめた。人々の失望に心が揺れ、まるでそれが自分自身の罪であるように感じた。そのため彼は教区長に、まだ一言教区の方々に言いたいことがあるので呼びかけてはもらえないかと願い出た。教区長はその思いを尊重した。座り込んでいた人々は、むっつりと、気の進まない顔で面《おもて》をあげた。このよそ者は、この偽誓者は、まだおれたちに何か言うことがあるのか？　しかし、年寄りが杖にすがり息もたえだえに身を起こそうとしている姿を見て、彼らは同情の念を抱いた。老人は完全には立ち上がることができなかった。半ば腰を曲げた、身をかがめた姿勢で、この場で一番の年寄りが、人々の沈黙の前に立った。言葉を紡ぐには大変な苦労が要った。

「兄弟よ、みなにお別れをするために、もう一度ここに来ました。それからもうひとつ、お詫びをするために。というのも、わたしは不本意ながら、みなの心を苦しめてしまったからです。知っての通り、わたしは皇帝のもとには行きたくありませんでした。ですが、あなたがた自身がそうしろと言うものを、どうして断ることができたでしょう。まだ子どもだった頃、老人たちはわたしをそんな風に無理矢理寝床から起こして連れていきました。そのときのわたしには何も分かりませんでした。自分の意志はありませんでした。そして老人たちは燭台を救うことがわたしの生きる意味だと、言いつづけてきました。兄弟よ、わたしの言うことを信じてほしい。神にいつも呼びかけられながら、神に一度も願いを聞いてもらえない者がいるということは、恐ろしい。神はその者の心をさまざまなしるしで惹きつけておきながら、一度もそれを実現なさらない。そんな者はずっと暗闇のなかに留まり、誰もその者のことを見聞きしない方が良い。だからお願いです。どうか許してください。忘れてください。もう何も聞かないでください！　正しくなかった者の名を、もう呼ばないでください。そして辛抱強く待ってください。民と燭台を救う正しき人が、いつか現れるその日まで」

老人は罪を告白する罪人のように、教区の人々の前で三度お辞儀をした。左手で三度——もう片方の潰れた手はだらりとむなしくたれさがっていた——力なく胸を叩いて、彼は身を奮い立たせて、部屋を横切り扉に向かった。誰も動かなかった。誰も返事をしなかった。ただヨヤキムひとりが、老人を支える役目を思い出して、後を追って戸口に急いだ。だがベンヤミンは強い口調で断った。

「ローマに帰りなさい。そしてわたしのことを聞かれたら、こう言いなさい。ベンヤミン・マルネフェッシュはもういない、あれは正しい人ではなかったと。わたしの名前は忘れてほしい、わたしのことを思い出して祈りを唱えることもしないでおくれと。わたしは死んだ後は死んだままでいたい。人々の記憶から消えていたいのだ。だが、お前は自由に生きなさい。もうわたしのことは心配しなくてもいい！」

ヨヤキムは素直に戸口へと引き返した。彼は心配そうに老人を見送った。そして老人が苦労して何とか杖にすがりつきながら見知らぬ町の狭い路地を抜けて、ふらふらと丘に向かう坂道に向かっていくのを見ていぶかしく思った。だが、彼はあえて後を追わなかった。腰の曲がった人影が闇夜に完全に姿を消すまで、彼はただじっとそれを見つめていた。

いつも静かに耐え忍ぶ人であったベンヤミンは、その夜、八十八年の生涯で生まれてはじめて神を恨んだ。誰かに追われるような気持ちで、彼はふらつきながら、ペラ地区の狭い雑然とした路地のなかを闇雲に歩いた。どこに向かっているのかは、自分でもよく分からなかった。彼はただただ逃げたかった。人々を惑わし、過ぎた期待をもたせてしまったことが、ひどく恥ずかしかった。どこか人気のない片隅にもぐり込みたかった。誰も彼のことを知らず、死期を迎えた動物のように死ねる場所に、もぐり込みたかった。「わたしのせいじゃない」彼はくりかえし自分に向かってつぶやいた。「どうしてみなわたしに奇蹟を期待したのだ？どうしてわたしを求めたのだ？　どうしてわたしを試したのだ？」だが、自分で自分を慰めても、心は休まらなかった。くりかえし、誰かが自分を追いかけてくるのではないかという不安にかられた。足はとっくにくたびれて、老いた膝はがくがくと震え、しわの刻まれた額からは汗が噴き出し、その苦い塩味が唇と髭をつたい、心臓は悲鳴をあげて痛む胸のなかで早鐘を打っていた。それでも老人はまるで誰かに追われるように、家々の間を縫って丘の野原へと続く急な坂道を、杖にすがって、上へ上へと登っていった。もう誰も見たくない、誰からも見られたくない！　人の住むところから遠く離れていたい！　永遠にひとりで、忘れられていたい！　ずっと煩わされてきた救済の幻想から、最後には自由でいたい！　──願いはただそれだけだった。

こうして老人はよろめきながら──酔ったようによたよたと歩きつづけて──ついに町を見下ろす丘の上にたどりついた。がらんとしたその場所で、彼は──それを知る由《よし》もなかったが──墓場を見守る一本の松の木の陰にもたれて、乱れた脈を鎮め、ほっと息を吐いた。南国の秋の夜空が、澄んだ輝きを放っていた。海はまるで銀の鱗をまとう巨大な魚のように、きらきらと輝いて横たわっていた。近くの金角湾の海岸線は蛇のようにうねっていた。湾の向こうでは、丸屋根と尖塔が輝くビザンツの都が、白い月明かりに照らされて眠りについていた。湾内を行き交う明かりはほとんどなかった。時刻はすでに真夜中を過ぎ、起きている人の物音もしなかった。上空では、爪弾くようなかすかな音を立てて、風がワイン畑のなかを吹き抜けた。そしてそのたびに、収穫期を迎えた葡萄の木から黄ばんだ葉が落ち、ゆっくりと音もなく地面に舞った。どこか近くに、葡萄の搾汁機と貯蔵庫があるに違いない。風がやむと、あたり一帯につんと鼻をつく濃厚な匂いがたちこめた。それは滅びの匂いだった。疲れはてた老人は、鼻孔をふくらませて、この湿っぽい腐臭を吸い込んだ。ああ、自分も大地になりたい！　この舞い落ちる葉のように、大地に身を沈め、そのまま朽ちていきたい！　もう戻りたくない！　もうあれこれ考えたくない、思い悩みたくない！　最後には自分の重荷から自由でいたい！　静寂がどっと押し寄せてきて、自分はひとりきりなのだという確信がわいてくると、彼はどうしても、永遠の静寂が欲しくなった。彼は沈黙のなかで半ば嘆くように、半ば祈るように、神に向かって呼びかけた。「主よ、わたしは死にたいのです！　自分自身の役にも立たず、人々の役にも立たず、笑い者にされ、不満を言われ、なんのためにわたしはまだ生きているのですか？　わたしが死にたいと思っていることをご存知なのに、どうしてわたしを生かしているのですか？　息子を七人もうけました。みな男の子でした。それぞれが必死に生きようとしていました。ですが全員、七人とも、父の手で墓に埋められました。あなたはわたしに男の子の孫もひとり、授けてくださいました。まだ若く、明るい子どもで、女の楽しみも知らず、生活の甘さも知りませんでした。なのに、異教徒たちがその子を痛めつけたのです。死にたくはなかったでしょう。そうです、死にたくはなかったのです。四日間、あの子は瀕死の状態で死と闘いました。ですがあなたはあの子を引きとられた。まだ生きたいと思っていた者を。そしてわたしのように死を願い、身を震わせている者を突き戻すのです。主よ、生きることを望まず、生きることを拒むこのわたしに、何をお望みなのですか！　まだ子どもの頃、わたしは連れ出され、素直にそれに従いました。ですが、わたしは自分を信じた人をだまさなければなりません。あれらのしるしは、裏切りでした。主よ、もうたくさんです！　八十八年、生きてきました。わたしが生きながらえてきたことにはおそらく意味があるのだろう、あなたを信じる心からひとつの行為が生まれるだろうと、八十八年、無駄に待ちつづけました。でも、もう疲れました。主よ、お願いです。もう何もしたくない。もう何もできない。主よ、もうたくさんです！　わたしを死なせてください！」

老人は声をはりあげて願い、祈った。憧憬のまなざしで夜空を見上げた。空には星が燦然と輝き、その光が激しく千々に瞬いた。老人はそのままじっと待った。神はこの最後の時に、はじめて答えをくださるのだろうか？　辛抱強く彼は待った。無意識にさしあげていた腕がだんだんと下がってきて、どっと疲労感に襲われた。とてつもない疲労感だった。不意にこめかみに、気を失うような一撃を感じ、同時に足と膝が痙攣してがくっと折れた。自分の意志とは無関係に、何がなんだか分からないまま、心地よく力が抜けて、体がずり落ちた。彼はそれに身をまかせた。まるで体中から血が抜けたようだった。体は重くもあり軽くもあった。だが、この無力感は彼には心地よかった。「これが死か」彼はありがたく思った。「神は願いを聞き入れてくださった」彼はうやうやしく頭を下げて、静かに地面につけた。朽ちてゆく秋の匂いがした。「死装束を着てくればよかった」彼はまだそんなことをぼんやりと思い出したが、もう疲れすぎていた。ただ無意識のうちに、マントの前を少し合わせた。それから目を閉じて、念願の死の訪れを確信し、そのときを待った。

しかしその夜ベンヤミンに、この苛酷な試煉を受けた人に、死が訪れることはなかった。疲れはてた体を眠りが優しく包み込み、彼の目の内を夢の映像で満たした、ただそれだけのことだった。

　この最後の試煉の夜にベンヤミンが見た夢は、次のようなものだった。彼はもう一度、あの狭く薄暗いペラの路地をふらつきながら逃げていた。ただし今度はさっきよりもさらに闇が深く、屋根の間から見える空は暗い雲に覆われていた。後ろをつけてくる足音を耳にしたとき、心臓がどきどきと胸を打ち、彼は夢のなかでもう一度驚いた。さきほどと同じく、また誰かが追いかけてきているのではないかという不安にかられて、彼はふたたび逃げ出した。だが足音は消えなかった。足音は前にも後ろにもあり、そしていまや真っ暗な荒野のなか、がらんどうな重苦しい空気のなか、彼のまわりをぐるりと囲んでいた。前後左右を歩いている人たちが誰なのか、彼には見えなかった。だが、それが多くの人々であることは間違いなかった。それは大勢のさまよえる人々の群れだった。彼はその足音を聞き分けた。男たちの重い足音があり、それよりも軽い、靴の留め金が鳴る女たちの足音があり、軽やかに駆けていく子どもたちの足音があった。月のない、まるで金属のような漆黒の夜のなかを歩いているのは、ある民族の一団に違いなかった。それは悲しみにくれた民、虐げられた民だった。というのも、目に見えない人垣のなかからは絶えずくぐもった呻き声が、つぶやきが、叫び声が聞こえてきたからだ。彼らはきっと気の遠くなるような遠い昔から、そのように歩きつづけてきたのだろう。移動を強いられ、行くあても知らず、もうすっかり疲れはててしまったのだろう。そう彼には感じられた。「この見捨てられた民は誰なのだ？」そう問いかける自分の声を、彼は聞いた。「どうして天はこの民を、ほかでもなくこの民を暗く覆っているのだ？　どうしてこの民に、この民だけに休息の時がこないのか？」だが彼は、夢のなかではこのさまよえる者たちが何者なのか、気づかなかった。それでも彼はこの者たちを兄弟のように感じ、同情の念を抱いた。耳に聞こえてくる嘆きの声よりも、目に見えない闇のなかにある憧れと呻きの方が恐ろしかった。胸が苦しくなって、無意識のうちに彼はつぶやいた。「道も知らずに、いつまでも、永遠に闇のなかを歩きつづけることは、やはりできないのだ。どんな民も、故郷をもたず、目的地をもたずに、さまよいながら、ずっと危険に囲まれて生きていくことはできない。彼らのために、明かりがともされなければならない。道が示されなければならない。そうでないと、この追い回され、見捨てられた民は、気持ちが折れて萎《しお》れてしまう。誰かが彼らを導いて、故郷に連れて行かねばならないだろう。みなのために道を照らさねばならないだろう。光を見つけなければならないだろう。彼らに必要なのは、光なのだ」

彼の目は痛みに燃えた。無言で待ちぶせている夜のなかを、かすかに嘆きの声をあげながら、すでに気力を失いながらもなお歩いていく民、この見捨てられた民への同情にかられた。だが、必死に遠くに目を凝らすと、かろうじて目に見えるところに、小さな光が輝いたように見えた。かすかな、ほとんど消え入るような光の痕跡。ひとつかふたつ、闇のなかに揺らめく、鬼火のような小さなきらめき。「追わなければ」彼はつぶやいた。「鬼火でもいい。もしかしたら、小さな種火から大きな炎をともせるかもしれない。あの光を持ち帰らなければ」夢のなかで、ベンヤミンは自分の体が老いていることを忘れていた。光をつかまえようとして、彼は少年のように俊敏に、飛ぶように駆けた。ぶつぶつとつぶやく黒山の人だかりを荒っぽくかき分けると、人々はいぶかしげに、いやいや道をあけた。「さあ、あの光を見るんだ。あの上にある光を」慰めるように、彼は人々に呼びかけた。しかし打ちひしがれた人々は、うつむいて、呻く心を抱えて、ぼんやりと虚ろな足取りで歩みをすすめた。彼らには遠くの光は見えていなかった。おそらくその目はすでに涙で霞み、その心は毎日つづくあまりにも多くの苦労のために、疲れはててしまったのだろう。しかし、彼の目にははっきりと、ますますはっきりとその光が見えてきた。それは姉妹のように並んで浮かぶ、七つの小さな光だった。彼は近寄ろうとして、走りに走った。心臓はすでにばくばく脈打っていた。そして気がついた。どこかに燭台があるに違いない。小さな炎をともしつづける、七腕の燭台があるに違いない。しかしこの燭台もまた——彼はまだその姿を近くで見てはいなかった——静止しているわけではなく、あの暗闇のなかをさまよう人々のように、憎悪の風に追い立てられながらさまよっているのだ。そのため、宙を舞う燭台の炎は、じっとまっすぐに燃えて輝いているわけではなく、あたりを明るく照らすことなく、小さくはかなく揺れていた。「あの燭台をつかまえなければ。燭台を休ませなければ」夢のなかで彼は考えた。しかし、夢の映像はどんどん先に流れていった。「燭台が休息の場所を得たなら、どんなに明るく輝くだろう！　この民が、試煉を受けた民が、故郷と安息の日々を得たなら、どれほど栄えて躍進するだろう！」彼は闇雲に追いかけた。まるで飛んでいるようだった。そしてどんどん燭台に近づいて、もう彼の目には燭台の黄金の幹と上に伸びた腕が、そして黄金の七つの柱頭の上に輝く七つの炎が見えてきた。炎のひとつひとつが、風に揺れた。その風は燭台を荒々しく、野を越え山を越え海を越えて、どんどん先に押し流していった。「待て！止まってくれ！」彼は後ろから呻き声をあげた。「民が滅んでしまう！　民には慰めの光が必要だ。このまま永遠に闇のなかをさまようことはできないのだ」しかし燭台は宙に浮いたままどんどん遠くに逃げていき、逃げる炎は意地悪く狡猾に瞬いた。それを見た瞬間、追いかける彼の心に怒りがわいた。彼は心臓に一撃をくらったように最後の気力を振りしぼり、逃げる燭台に飛びかかり、それをこぶしで摑んだ。つかまえた。握りしめた手のなかにはすでに冷たい金属の感触があった。燭台の重い幹はすでに手のなかにあった。――そのとき、雷がとてつもない力で彼を打った。激痛とともに、腕がめりめりと音を立てて裂けた。そして自分の叫び声のなかに、民族の嘆きの叫びが何千倍にも谺《こだま》して聞こえてきた。「失われた！　永遠に失われてしまった！」

だが見よ、そのとき嵐が止み、燭台は突然、堂々とまっすぐに空中に浮かび上がって、静止した。燭台はそのまま宙に浮かんで、まるで鉄の台の上にあるかのように静かに直立した。それまで風に吹かれて揺らめいていた七つの炎はいまや金色《こんじき》に燃え上がり、輝きを放ちはじめた。その光はますます強くなり、その金の輝きは次第に地の底まで金色に照らし出した。地に倒れていたベンヤミンは戸惑いながら振り返り、闇のなかをさまよう人たちの方を見た。もう夜は終わり、道なき地上にさまよえる民はいなかった。山と海に囲まれた南国の肥沃な土地が、穏やかに広がっていた。シュロと杉の木がそよ風に揺れていた。葡萄の花が咲きこぼれ、穀物は黄金色《こがねいろ》の穂をつけていた。羊が草を食《は》み、カモシカは穏やかな足取りで駆けていた。人々はこの故郷の地で心穏やかに仕事に励み、泉から水を引き、鍬で土を耕し、農地をならして種を撒き、家のまわりには蔦《つた》を茂らせ、色とりどりの植物を育てていた。子どもたちは駆けまわり、唄を歌い、家畜の群れのなかからは牧人の笛音が聞こえてきた。夜になると、眠りについた家々の上に平和の星が輝いた。「これはどういう国なのだろう？」夢見る人は、夢のなかで驚いて自問した。「この民はさっき暗闇のなかを歩いていた人たちと同じなのだろうか？　彼らはついに安住の地を見つけ、ついに故郷にたどり着いたのだろうか？」だがそのとき、燭台が新たに大きく燃え上がった。その輝きはいまやまるで太陽のごとく、安らぎの国の上空を、すみずみまで明るく照らし出した。その輝きを受けて、山々の頂が姿を現した。そして丘のひとつの上には聳え立つ町があり、巨大な峰々とともに白く輝いた。その巨大な峰の上には、角石を積んでつくられた館が威容を誇っていた。眠れる人の心が震えた。「これはエルサレムに違いない。神殿に違いない」息づかいが激しくなった。だがそのとき早くも燭台は浮かび上がって、町と神殿に向かって飛んでいった。水を引き入れるように、町の壁は燭台をなかに引き入れた。燭台はいまや神殿のなかを漂っていた。石膏で覆われた神殿の建物は、すぐに赤々と燃える炎の色に染まった。「燭台が帰ってきた」眠れる人は眠りのなかで身を震わせた。「わたしがずっと待ち望んでいたことを、誰かが成し遂げたのだ。誰かがさまよえる燭台を救ったのだ。この目で見なければ。証人であるこのわたしが！　もう一度、もう一度でいいから、メノラーを見たい。神の聖所で安らぐその姿を見たい」すると、見るがいい、彼の願望は雲のように彼の体を乗せて運んでいった。扉がぱっと開いた。彼は聖室に入り、燭台を見た。だがその光の強さは言いようのないものだった。七つの炎は白い火柱の如くひとつになって燃え上がり、周囲を貪《むさぼ》るその明るさが、彼の目をじりじりと焼いた。そのあまりの痛みに耐えかねて、彼は夢のなかで叫び声をあげた。そして目が覚めた。

ベンヤミンは夢から覚めた。だがあの炎はまだ痛みとともに彼の目をじりじりと焼いていた。熱い光の衝撃を感じて、彼は急いでまぶたを閉じなければならなかった。だが目を閉じても、まぶたの奥では血がきらきらと真紅に輝き波打っていた。光に手をかざして、ようやく彼は気がついた。太陽が、彼の顔をじりじりと痛みを感じるほどに焼いているのだ。死んだと思ったその場所で、彼は深夜から朝まで横になって眠っていたのだ。昇ってきた太陽の光が木漏《こ も》れ日となって彼のもとに届き、いまようやく彼を目覚めさせたのだった。寝ぼけ眼《まなこ》のまま、ベンヤミンは何とか手探りで木の幹につかまって、ふもとを見下ろした。そこには海があった。少年の頃にはじめて見たその姿のまま、紺碧の海が、はてしなく広がっていた。そして大理石と石が輝く、ビザンツの都があった。世界は南国の朝の光と色で、ベンヤミンを赤々と染めあげた。――そうか、神はわたしの死を望まれなかったのか！　老人は畏敬の念に打たれて身をかがめ、うつむいて祈りを捧げた。

その思召しによって生殺与奪を決する神への祈りを終えたとき、ベンヤミンは後ろからそっと触れてくるものがあるのを感じた。後ろに立っていたのは、ツァハリアスだった。ベンヤミンはすぐに、自分が眠っていたためにツァハリアスが長らく待っていたということに気がついた。そして老人が驚きを隠せずにいると――というのも、どうしてこの人が自分の行先が分かったのか、どうして休んでいる場所を見つけられたのか分からなかったからだ――、ツァハリアスはこう囁いた。「朝早くから、あなたを探していたのです。あなたが夜に丘を登って行ったと、ペラの仲間たちが教えてくれました。休まずに探して、ようやくあなたを見つけました。みなあなたのことをとても心配しています。でも、わたしは心配していませんでした。なぜならわたしは、神がまだあなたを必要としていることを知っているからです。ですが、いまはここを下りて、うちにきてください。お知らせしたいことがあるのです」

「どんな知らせだ？」ベンヤミンは聞きたかった。そして意固地に、「もう知らせはたくさんだ」「神はもう十分すぎるほどわたしを試したではないか」と言ってやりたかった。だが、彼の心のなかにはまだ、夢で見た慰めが波打っていた。それに彼の目には、あの平和な土地で至福の輝きを放っていた光が、この友の柔和なまなざしのなかに優しく映り込んでいるような気がした。そこで彼は逆らわずに丘を下りた。彼らは小舟で対岸に渡り、城壁で囲まれた宮殿の区画にやってきた。王城の門前には、見張りが厳重に警備にあたっていた。だが――ベンヤミンがふたたび驚いたことには――見張りはツァハリアスの入城を快く許可した。「わたしの工房は、宝物庫の隣なのです」と、彼は説明した。「安全に守られたその場所で、秘密裡《り》に皇帝のために仕事をしています。どうぞお入りください。ようこそお越しくださいました！　他の人たちの心配はいりません。ここにいるのはわたしたちだけで、誰かがくることはありません」

二人の男は工房のなかを足音を立てずにそっと歩いた。工房のなかは暗くてよく見えなかったが、技巧の限りを尽くしてつくられた品々の放つ光で、あたりはほのかに明るかった。彫金師は、人目につかない奥まったところにある小さな扉を開けた。そこから二三段降りると奥の部屋に通じていて、そこがツァハリアスの住まい兼仕事場だった。窓には格子がはめられていて、閉め切りになっていた。四方の壁は完全に闇に沈み、作業用の傘つきランプが机の上に小さくしぼった金色の光の輪を投げかけているだけだった。

「どうぞおかけください」ツァハリアスは客人に言った。「お腹がお空きでしょうし、お疲れでしょう」

彼は作業台の上を片づけ、パンとワインを持ってきて、さらに美しい模様を刻んだ銀の深皿を何枚か用意して、そこに果物やナツメヤシ、クルミ、アーモンドを載せた。それから彼はわずかにランプの傘を持ちあげた。光の輪が机いっぱいに広がり、ベンヤミンの老いて骨ばった、力なく組まれた両手を照らし出した。

「どうぞお食べください」ツァハリアスは勧めた。この異国の人の声色《こわいろ》は、苛酷な試煉を受けた人であるべンヤミンの耳には、柔らかく親しみ深いものに思われた。それはまるで遠い国から吹きよせる甘い風のようだった。彼は遠慮なく果物に手を伸ばし、ゆっくりとパンをちぎり、光を受けて赤々と燃えているワインをちびちびと飲んだ。黙ってじっとしていればいいということ、心を落ち着けていられるということが、彼にはありがたかった。ランプの光の照らし出す円のすぐ上には暗闇が広がっているということが、ありがたかった。この異国の男に好意を感じ、まるで子どもの頃からの馴染みであるような気がした。老人は何度もおずおずとためらいがちに相手の様子を窺い、暗闇のなかで向き合うこの人が、優しい心くばりをこまごまとしてくれるのを感じとった。

しかしそのとき、親睦を深めたいという老人の思いを感じとったかのように、ツァハリアスがランプの傘を外した。これまで下を向いて机を照らしていた光が、ぱっと部屋中に広がった。ベンヤミンはこれまでちらりとしか見ていなかった友の顔を、はじめて近くで見た。線の細い、弱々しい、疲れはてたその顔には、細い彫刻刀で描いたような無数のしわが刻まれていた。それは誰にも言えない苦悩を抱えた顔、黙々と耐え忍んで仕事をしてきた者の顔だった。そしていま、ツァハリアスが臥《ふ》せていた目をあげて彼を見たとき、その瞳のなかには温かいものが流れ、輝きを放ちはじめた。ツァハリアスが彼に微笑みかけたのだった。

その笑みが、老人に勇気を与えた。

「あなたは他の人たちとは違うのだな。他の人たちはみな、わたしが奇蹟を起こさなかったために怒りをぶつけてきた。奇蹟を期待してはならないと、お願いをしていたのに。だがあなただけが、皇帝のもとに至る道を切り開いたあなただけが、わたしに腹を立てない。いまあなたに軽蔑されても、それは至極もっともなことなのだが。どうしてわたしは人々に期待を抱かせてしまったのだろう？　どうしてこの地にやってきたのだろう？　何のためにまだ生きているのだろう？　――燭台がふたたびさまよい、われらのもとから離れていくのを見るためなのか?!」

ツァハリアスはしかし、相変わらず彼に微笑みかけていた。そしてこの柔和で力強い微笑みのなかから、慰めの言葉が出てきた。

「ご自身を否定することはありません。おそらくまだ機が熟していなかったのでしょうし、選んだ道も正解ではなかったのでしょう。神殿が瓦礫《がれき》に埋まり、民が異邦人のなかをさまよっている限り、燭台がわたしたちにとって何の役に立つでしょう？　おそらく神は、燭台の運命をまだ秘密のままにしておいて、民には明かさないことを望んでおられるのでしょう」

ベンヤミンは慰めを感じた。その言葉は彼の心を温めた。彼は頭を下げて自分に言い聞かせるように言った。

「わたしの弱気を許してほしい。だが人生はもう残りわずかで、死は目前に迫っている。八十八年、わたしは耐えてきた。心臓はもう待てないだろう。燭台を救おうと思った子どものときから、わたしはただそれだけのために生きてきた。燭台の帰還と救済のために。何年も何年も、忠実に、忍耐強く、わたしは待ちつづけた。そしていまや老人になってしまった。どうしてこれ以上、待とうと思えるだろうか？」

「もう待つ必要はありません。じきにすべてが成就されます！」

ベンヤミンははっと目をあげた。心臓が希望に激しく震えた。

一段と力強く、ツァハリアスは微笑んだ。

「わたしがあなたに知らせを持ってきたとは、感じませんでしたか？」

「どんな知らせだ？」

「あなたが待っている知らせです」

ベンヤミンは手先までがたがたと震えた。ついさっきまでぐったりと机の上で休んでいた手が、突然、風に揺れる木の葉のように震えた。

「もしや……もしや、わたしにもう一度、皇帝の前に出よと……」

「いいえ、そうではありません。皇帝は一度口にしたことを撤回することはありません。もうメノラーを返してはくれません」

「ではわたしは何のためにこうして生きながらえているのだ？　みなの重荷となって、ここで何を待ち、何を嘆けばいいと言うのだ？　聖なるしるしは遠くに去り、永遠に手の届かないところに行ってしまうというのに」

ツァハリアスはしかし相変わらず微笑んでいた。その微笑みは彼自身の目元と口元を、力強く、ますます力強く照らし出した。

「燭台はまだわたしたちから失われていません」

「どうしてそれが分かる？　どうしてそう言えるのだ？」

「分かるのです。信じてください！」

「燭台を見たのか？」

「見ました。二時間前には、まだ宝物庫のなかに保管されていました」

「ではいまは？　持ち去られたのか？」

「まだです！　まだ！」

「ではいまは？　どこにある？」

ツァハリアスはすぐには答えなかった。彼の唇は二度震え、開きかけたが、言葉は出てこなかった。ついに彼は机の上に身をかがめ、秘密を口にするときのように、身を乗り出して囁いた。

「ここに！　すぐ傍に！　わたしたち二人の傍に！」

ベンヤミンは心臓に一撃をうけたように、びくっと飛び上がった。

「あなたの傍に？」

「わたしの傍に、この家のなかにあります」

「あなたの傍に、この家のなかに？」

「この家のなかに。この部屋のなかにあります。だからわたしはあなたを探していたのです」

ベンヤミンは身震いした。相手の落ち着きには、ベンヤミンの気持ちを鎮める何かがあった。老人は無意識のうちに両手を組んで、ほとんど聞こえないような声で囁いた。

「あなたの傍に？　どうしてそんなことがありえるのだ？」

「不思議に思われるかもしれませんが、これは決して奇蹟ではありません。三十年前から、わたしは彫金師としてこの宮殿で働いています。そしてここでは宝物はひとつ残らず、検査と調査のために事前にわたしの工房に運ばれてくることになっています。今回も、ベリサリウスがヴァンダル人から奪った財宝が、値打ちと重さを測るために、すべて手元に運ばれてくるのは分かっていました。そこでわたしはその最初の品として、燭台をお願いしていました。それを昨日、宝庫長の下男が持ってきました。七日間、燭台を手元に置いておくことが許されています」

「その後は？」

「その後は船で運ばれます」

ベンヤミンはまた青ざめた。では何のために自分を呼んだのだ？　聖なる燭台が近くにありながらまたも奪われてしまったという、事実の証人にするためか？

だがツァハリアスは意味深な笑みを浮かべた。

「ですがわたしにはもうひとつ、許されていることがあるのです。それが、皇帝の宝物庫の一切の貴重品の、複製をつくることです。宝物が一点ものの場合、わたしの腕を見込んで、しばしばもうひとつ、同じものをつくって欲しいという依頼が来ます。あのユスティニアヌス帝の王冠はコンスタンティヌス帝[046]のものを模してつくったものですし、テオドラ妃のためにはかつてクレオパトラが着けていたものと同じティアラをこしらえました。ですから、わたしは燭台が海を渡って新しい教会に運ばれてしまう前に、その姿を模した複製をつくる許可を求めたのです。その作業には、もう今日からとりかかっています。坩堝《るつぼ》はすでに火にかけてありますし、黄金の用意も終わっています。七日後には、新しい燭台ができ上がります。それはどちらが本物か誰にも見分けがつかない、まったく同じものです。なぜならそれは重さも、形も、装飾も、傷も、黄金の加工にしても、本物とまったく変わらないからです。ただ、神聖なものはひとつだけで、もうひとつは人の手がつくり出したものです。しかし二つのうちのどちらが聖なるものでどちらが違うのか、わたしたちがこの手で敬虔に保管するのはどちらなのか、人に引き渡して異国に送るのはどちらなのか、それはいまから二人の間だけの秘密にしましょう。わたしとあなたの秘密です」

　ベンヤミンはもはや唇に震えを感じなかった。血潮が一気に、やわらかく、温かく全身を巡った。胸には張りが出て、目は晴れやかになった。まるで相手の微笑みが、老人のしわだらけの顔に映りはじめたかのようだった。彼は理解した。彼自身がかつて試みたことを、いまこの者が成し遂げたのだ。この者は、燭台をよそ者の手から取り戻した。同じ重さの金の燭台を身代わりにして、聖なるものだけを救うのだ。だがベンヤミンは——それを成すことが彼の人生の意味だったのだが——ツァハリアスの成したことをうらやましいとは思わなかった。ただ謙虚に、彼はこう言った。

「神にたたえあれ。これでわたしは喜んで死ねる。わたしがむなしく探してきた道を、あなたは見つけた。神はただわたしに呼びかけていただけだった。神が祝福したのは、あなただったのだ」

　だが、ツァハリアスは首を振った。

「違います。燭台を故郷に連れ戻す人がいるとすれば、それはあなたです。あなたしかいません」

「わたしではない。わたしは老人だ。途中で死ぬかもしれない。そうなれば、燭台はまたよそ者の手に落ちてしまう」

　だがツァハリアスは力強く、確信をもって微笑んだ。

「あなたが死ぬことはないでしょう。すでにご自身がご存知のはずです。あなたの人生は、その意味が満たされるまで終わることはありません」

ベンヤミンは思い出した。昨日彼は死を望んでいたが、神はその願いをしりぞけた。おそらく本当に、彼にはまだ使命があるのだろう。そこで彼はそれ以上断らずに、一言だけ言った。
「神の御心に逆らうつもりは毛頭ない。神が本当にわたしを選ばれたのであれば、どうしてそれに逆らうことがあろうか？　行って作業をはじめておくれ！」

七日間、彫金師ツァハリアスの工房は、完全に立ち入り禁止になった。七日間、ツァハリアスは一度も外を出歩くことはなく、ノックの音にも立たなかった。彼の前には永遠の燭台があり、それはかつて主の祭壇の前に置かれていたときのように、高座の上で静かに威容を誇っていた。一方で、炉のなかでは火の舌が無言のまままちろちろと動き、指輪や留め金や金貨を砕いた黄金を溶かしていた。七日間、ベンヤミンは一言も口を利かなかった。彼は、金塊が坩堝のなかでぐらぐらと波打ち、それが汲み出され、用意された型のなかにとくとくと流し込まれ、冷えて固まっていく様子をじっと見ていた。その後、ツァハリアスが慎重に箆《へら》を使って覆いを砕くと、そこには新しい燭台の姿がすでにおおまかに見てとれた。基底部の台座からは支柱が力強く聳え立ち、そこから七つの腕が、茎が植物の芯から伸びるように、ゆるやかにカーブを描きながら伸び上がり、その腕の先には、光を受け持つ萼《がく》がくっきりとかたどられていた。そして彫金師はたゆまず鑿《のみ》をあて鑢《やすり》をかけ、まだのっぺらぼうな金の表面に、聖燭台を飾る花々の模様をどんどん深く刻み込んでいった。

いまはじめてでき上がった燭台は、日が経つにつれて、ますますあの数千年の時を経た燭台に似てきた。新しい似姿は、神聖な原型にどんどん似てきた。そして最終日の七日目に、二つの燭台は双子の兄弟のように向かい合った。大きさも、色も、重量も、完全に同じだったので、二つを見分けることはできなかった。だが、ツァハリアスは熟練の目でくりかえし休みなく二つを見比べては、一番細い彫刻刀と鑢を使って、自分の一世一代の作品に何度も彫りを加え、最後の仕上げをした。とうとう彼は作業をやめて、手を置いた。もはや何も違いを見つけることはできなかった。二つの品はあまりにもよく似ていたので、ツァハリアスはそのとき最後に、自分が見間違えることがないように、花模様の陰にかくれた雌蕊《めしべ》のなかに、彫刻刀でわずかなしるしを刻みつけた。それによって、この新しい燭台が自分の手がけた作品であって、民族の燭台、神殿の燭台ではないことが分かるようになった。

それが終わると、彼は引き下がって革の前掛けを外し、手を洗った。七日ぶりに、はじめて彼はベンヤミンと口を利いた。

「わたしの仕事は終わりました。今度はあなたの番です。わたしたちの燭台を持って、あなたのお考えの通りになさってください」

だが驚いたことに、ベンヤミンはそれを拒んだ。

「七日間あなたは仕事をしていたが、わたしは七日間思いを巡らせ、みずからに問いつづけていた。わたしたちのしていることは詐欺ではないかという不安がわいてきたのだ。というのも、あなたはひとつをとって、もうひとつをあなたに心から信頼を寄せている宝庫長に返すという。それはいけない。偽物を返して本物を手元に置いておくというのは、自分に直《じか》に与えられたのではないものをごまかして手に入れようとするのは、良くないことだ。神は暴力を好まない。だから神はわたしが子どもの頃に聖具を手で摑んだとき、わたしの体と腕を打ち砕いたのだ。だがわたしは、神が嘘いつわりを軽蔑することも知っている。騙し欺く者は、神によって魂を損なわれるのだ」

ツァハリアスは考え込んだ。

「ですが、宝庫長が二つのうち、みずから偽物を選ぶとしたらどうでしょう？」

ベンヤミンは目をあげた。

「宝庫長はひとつが古く、もうひとつが新しい品であることを知っている。それに、どちらが本物かと彼に聞かれたら、わたしたちは本物を渡さなければなるまい。だがもしも神のおはからいで、彼が立ち入った質問をせず、金の重さが同じなのだからどちらも同じだと思うなら、わたしたちは不正を犯したことにはならないと思う。宝庫長自身が自分で見定めてそれを選ぶなら、神の象徴はわたしたちに与えられたことになる。だが、その決定はわたしたちにはできない」

そこでツァハリアスは下男を宝庫長の住まいに呼びにやった。宝庫長がやってきた。恰幅のいい、快活な男で、そのつぶらな目は、赤らんだ頬の奥から玄人の鋭い視線をのぞかせていた。彼は待合室に入るとすぐに慣れた手つきで、完成したばかりの二つの銀鉢に触れ、指で慎重にこんこんと叩いて、優美な模様を確かめた。カットされた宝石を興味深く次々に作業机からとりあげては、光にかざした。彼はこのように彫金師の完成した品と製作途中の品を遊び半分に、ほれぼれしながら、ひとつひとつ検分してまわったので、ツァハリアスはそろそろ燭台を見ませんか、と呼びかけなければならなかった。陳列台の上には、数千年の時を経た燭台といま完成したばかりの燭台が、原型と模型が、黄金の輝きを放ち、静かに二つ並んでいた。

宝庫長は張りつめた表情で、燭台に近づいた。かすかな疵《きず》や隠れた違いを見つけて、新品と略奪品を見分けてやろうと、彼が玄人心をくすぐられたのが見てとれた。彼は二つの品を交互に、慎重に、あらゆる方向に向きを変えたり回したりしたので、絶えず別の角度から光があたった。重さを量り、金を爪で掻いた。一歩下がってはまた近づいて、さらに集中の度を高めて、ためつすがめつ、寸分の狂いのない、まったく同じ二つの品を見比べた。最後に彼は磨いたルーペを目にあてて、細かい傷や筋の上にかがみ込み、至近距離から観察した。だが、違いは見つからなかった。くたびれた彼は無駄な比較をやめて、ツァハリアスの肩を叩いた。

「名人芸だ、ツァハリアス。君自身が我が宝物庫の宝だ。どっちが古くどっちが新品か、永遠に誰にも見分けはつかんだろう。それくらい君の腕はたしかだ。たいしたもんだよ、君！」

そう言って、彼の視線は早くもあっさりと次のものに移り、カットされた宝石をひとつ自分用に持って帰るための検分に入った。そのため、ツァハリアスは催促しなければならなかった。

「それで、どちらの燭台をご所望ですか？」

ぞんざいに、半分よそ見をしながら、宝庫長は答えた。

「君の良い方で！　わたしにはどっちも同じだ」

そのとき、それまで気を昂らせて物影に隠れていたベンヤミンが姿を現した。

「旦那様、お願いです。二つのうちのどちらかひとつを、ご自身でお選びください」

宝庫長は驚いてこの異国の老人を見た。このあやしげな老人は何を望んでいるのだ？　どうして、燃えるような目をぱちぱちさせて、祈るようにわたしの方を見ているのだ？　しかし宝庫長は気のいい男で、老人の願いを無下に断るような礼儀知らずでもなかったので、もう一度後ろを向いた。彼はたわむれに小さな硬貨を取り出して、空中にぽんと高く放り投げた。硬貨は床に落ち、円を描きながら転がった。そしてぐるぐると三度まわって裏返しになり、最後には床の左手で止まった。

「じゃあこっちだ！」

そう言って彼は出て行った。召使が呼ばれ、選ばれた方の燭台を宝物庫へと運んだ。彫金師は礼を言って、うやうやしく自分の後援者を戸口のところまで見送った。

ベンヤミンはその場を動かなかった。震える手で、彼は燭台に触れた。それは本物の燭台、聖なる燭台だった。宝庫長が皇帝のために選んだのは、偽物の方だったのだ。

ツァハリアスが戻ってくると、ベンヤミンがじっと動かずに燭台の前にいるのが見えた。ベンヤミンは燃えるような目で燭台を見つめていた。まるでその目で燭台をすべて身の内にとり込んでしまおうとするかのようだった。ようやく老人がツァハリアスに向き直ったとき、その瞳のなかには黄金の輝きのかけらが、まだきらきらと輝いているように見えた。曇りなき決断は、いつも心に平穏をもたらす。その平穏が、この試煉の人にもたらされた。ただ一言、彼はお願いをした。

「神の御名において感謝する、兄弟よ。もうひとつ、お願いをしたい。棺を頼みたいのだ」

「棺ですか？」

「変に思わないでほしい。これもよくよく考えたことなのだ。七日間、昼も夜も、どうすれば燭台に平和をもたらすことができるのか、そればかりを考えていた。わたしもはじめはあなたと同じように、思い違いをしていた。メノラーが救われれば、それは民族のものとなり、人々はそれを聖なる証として守っていくのだと思っていた。だが、われらの民族は、どこにいる？　その居場所はどこにある？　われらはいまなおいたるところで迫害を受け、それに耐えている。安全な場所はどこにもない。燭台をふさわしいやり方で守れる場所は、われらにはないのだ。家を建てれば追い出され、神殿を築けば壊される。暴力がはびこり、諸民族を支配する限り、聖なるものはこの地上のどこにあっても、平和を手にすることはない。平和があるのは、ただ地下だけだ。そこでは流浪を終えた死者たちが、足をのばしてくつろいでいる。そこでは黄金の輝きは盗賊の目に触れることはなく、人々の欲を掻き立てることもない。数千年の流浪から故郷に戻ってきた燭台は、そこで平和に安らぎを得るのだ」

「永遠に――」ツァハリアスは驚きの声をあげた。「――燭台を埋めてしまうおつもりですか？」

「永遠について考える力は、いつ人間に与えられたのだろう？　どうしてわたしがひとつの物事に期限を設けることができようか？　それにどうしてわたしが自分の人生の期限を知らないことがあろうか？　わたしは燭台を埋めて、休息を与えるつもりだ。だがその休息がいつまで続くのか、神以外に誰が知ろうか？　わたしは燭台に休息を与えることはできる。だがその行為から起こることを、どう予測するというのか？　時間と永遠を、どう計るというのか？　決めるのは神だ。神のみが、ただ神だけが、燭台の運命を決めるのだ。わたしは燭台を埋める。それ以外に、燭台を本当に守る術《すべ》をわたしは知らない。だがそれがどれくらいの時間になるのか、誰に言えよう！　ひょっとしたら、神は燭台を永遠に闇のなかに放置されるかもしれない。民族は大地の背を散り散りになりながら追い立てられ、慰めもなく、さまよわなければならないかもしれない。しかし、おそらく――わたしは確信しているのだが――、おそらく神の御心は、われら民族が故郷へ帰還することを望まれるだろう。そしてそのとき神は、ちょうどわたしを見つけたときのように――どうか信じておくれ！――埋められた燭台の墓を、わたしが休みなき燭台を埋めることになるその墓を、偶然鍬を手にして見つけるひとりの人を、選び出すことができるだろう。燭台の運命がどうなるか、その決定について気にすることはない！　それは神と時間に任せればよいのだ。燭台は失われたものと考えてもらいたい！　そしてわれわれは――神の秘密であるわれわれは――失われることはない！　というのも、大地の胎内にある黄金は、地上の肉体のように滅びることはない。そしてわれらの民族も、時の暗闇のなかで滅びることはない。一方がつづけば、他方もつづく。それが民族と燭台の関係だ！　だから信じよう。われらが埋める燭台が蘇り、いつかふたたび故郷に帰還した民族の足下を照らすことを。なぜなら、信じることを諦めさえしなければ、われらは世界に耐えていけるのだから」

二人は互いに目を逸らし、遠くを見つめた。

やがて、ベンヤミンがもう一度くりかえした。

「では、棺を用意してもらおう」

箱大工が棺を運んできた。それはいたって普通の棺だった。父たちの土地に運んでもとくに怪しまれることのないように、ベンヤミンがそう頼んだのだった。というのも、敬虔な信者が父祖や一族の者を聖地に埋葬するために棺を運ぶのは、よくあることだったからだ。この松の棺に隠せば、燭台は安全だった。なぜなら、この世すべてのもののなかで、人の欲を逃れられるのは死者だけだからだ。

　二人は死者の棺のなかに納められたメノラーに、うやうやしく祈りを捧げた。彼らは神の御子である律法書《トーラー》を包むときのように、燭台の黄金の腕を、慎重に絹の布と分厚い綿でくるんだ。そして運ぶときに金属が木材にあたって音を立てて、秘密が漏れることがないように、隙間を麻と柔らかい羊毛で埋めた。そのようにして、二人は震える手でそっとメノラーを棺のなかに、死者のゆりかごのなかに入れた。もしも神が民族の運命に慈悲を与えてくれなければ、もしかしたら、永遠に、自分たち二人がモーセの燭台、神殿の燭台を手に取ってうやうやしくその目で見た、最後の人になるのかもしれない。そう思って、彼らは恐ろしくなった。そこで彼らは棺の蓋を閉める前に丈夫な羊皮紙を取り出して、そこに証《あかし》を書いた。アプタリオンの一族であるベンヤミン・マルネフェッシュ、苛酷な試煉を受けし人と、ヒレルの血族であるツァハリアス、この両人は、ユスティニアヌス帝の治世八年、ビザンツにて己《おの》が手で聖なるメノラーをこの棺のなかに納めたり、と。それはいつか誰かが聖地でこの燭台を掘り起こしたときに、これが民族の真の燭台であることを伝えるための証文だった。彼らは羊皮紙の巻物を鉛筒のなかに入れて、この筒を彫金師のツァハリアスが、将来湿気や黴《かび》が文字を蝕《むしば》むことがないように、きわめて厳重に蠟づけをして、ふたたび密封した。そして燭台と同時にこの証書が見つかるように、ツァハリアスはそれを燭台の支柱部分に金の鎖でくくりつけた。それが終わると、彼らは釘と金具を使って棺を閉じた。下男が棺をベンヤミンのもとに運び、ヨッペ[047]に向かう船に載せるまで、彼らはもはや一言も口を利かなかった。船着き場まできてようやく――すでに帆が張られ、風を含んでぱたぱたと鳴っていた――ツァハリアスは別れを告げ、友人に口づけをした。

「神があなたに祝福を与え、あなたをお守りくださいますように。神があなたを導き、あなたのなされることを祝福されますように。いまこのときまでは、わたしたち二人が燭台のたどる道を知る最後の、唯一の者でした。いまこれからは、それを知るのはあなただけです」

ベンヤミンはうやうやしくお辞儀をした。

「わたしがそれを知りうる時間も、もうわずかしか残されていない。その先は、メノラーがどこで安らいでいるのかを知るのは、ただ神だけだ」


船がヨッペの港に着くと、いつものように、上陸する人たちを間近で見て挨拶をしようと、たくさんの見物人が岸に集まってきた。そのなかにはユダヤ人も何人かまじっていた。彼らは白髭の老人が同胞のひとりであることに気づいて、老人の後ろから船の人夫が棺を運び降ろすのを見ると、すぐに集まって暗黙の了解のうちにおごそかな葬列を組み、棺の後につづいた。というのも、ユダヤの信仰においては、死者の最後の旅につき従い、たとえ異国の人や見知らぬ人であっても敬虔にその手伝いをすることが、神の御心にかなう慈悲深い行為と見なされていたからだ。ヨッペのユダヤ人たちは、彼らの同胞が海を渡って棺を運んできたことを聞くやいなや、こぞってこの聖なる責務を果たそうとした。あらゆる路地、あらゆる家から、人が飛び出してきた。彼らは仕事や作業を放り出して、黙って身を寄せ合い、そのようにしてお供の数がどんどん増えていきながら、棺はベンヤミンの泊まる宿屋まで運ばれていった。棺はそこで臥所《ふしど》に置かれ――老人は奇妙にも、棺のために臥所を用意するように頼んだ――、そこではじめて人々は沈黙を破った。彼らは信仰の同志であるこの老人に祝福の挨拶をして、どこからきたのか、どこに向かうのかを聞いた。ベンヤミンはそれに手短に答えた。ビザンツからの知らせが、もうこの人たちにも届いているかもしれない。誰かが自分の正体に気づくかもしれない。彼はそれをとても恐れていた。もう二度と、人々に期待を抱かせることはしたくなかった。しかしまた、燭台の見守るなかで嘘をつくことも避けたかった。そこで彼は人々に、秘密にさせてほしいとお願いをした。わたしにはこの棺を埋葬する務めがあるのだが、それ以上のことは言えないのだ、と彼は言った。彼は慎重に予防線を張り、興味をそそられた人たちが質問してくる前に、今度は自分の方から、棺を土に埋めるならこの町ではどこがよいだろうかと聞いた。するとヨッペのユダヤ人たちは笑みをうかべて、静かな誇りを滲ませつつ、このあたりはいたるところが聖なる土地で、どの土もすでにそれ自体が清められた聖なる土だと言った。だがその後で彼らは土地の名前を列挙して、それが具体的にどういう土地なのかを説明した。そこには彼らの父祖や族長たちが、一族の母たちが、民族の英雄や王たちが、洞穴のなかに、墓の目印として粗石を積んだだけの野原のなかに、あるいは墓地のなかに安らかに眠っていた。

そして人々は口々に、これらの聖なる場所の霊験あらたかな力を褒めたたえた。信者のなかで、慰めを得るためにその場所に行かない者はいなかった。人々は奉仕のつもりで――なぜならこの年寄りは畏れおおい気配をまとっていて、何か秘密を隠しているように感じられたのだ――あなたと一緒に祈りを捧げ、亡くなられたこの見知らぬ方を安らかに埋葬することをお許しいただけるならば、あなたをその地へお連れするのだが、と申し出た。しかしベンヤミンは秘密を理由にその申し出を断り、礼を言って彼らに引き取ってもらった。ただ宿の主人には、こうお願いをした。礼は弾むので、明日下男をひとり寄こしてもらいたい。命じた場所に墓を掘るだけの力のある者をひとり、それに棺を運ぶためのロバも一頭お願いしたい。主人は承知し、陽が昇る頃には自分の下男に用意をさせて、あなたの行きたい場所に案内させましょう、と約束した。

ヨッペの宿での一夜は、神の試煉を受けた人ベンヤミンの人生において、痛ましい自問、聖なる苦悩の最後のひとときとなった。彼はふたたび確信がもてなくなった。決断が、ふたたび重くつらくのしかかってきた。もう一度、彼はみずからに問いかけた。燭台が救済され、故郷の地に戻ったことを人々に言わないことは正しいことなのか、この異郷の地に自分が埋葬するものがどのような聖具であるのか、兄弟たちに知らせないでおくことは、はたして正しいことなのか。なぜなら、悲しみに沈む者にとって、死者の肉体や一族の墓、祖先の墓が、それだけですでに大きな慰めになるのであれば、彼らの団結の目に見える象徴が失われておらず、救済され、安全に埋葬され、故郷の地で最後の帰還の日を待ちつづけているということが、ほんのわずかでも人々に予感されれば、彼らは――追い立てられ、踏みつけにされ、四方八方に散り散りになったこの民は――いったいどれだけ幸せだろうか。「彼らに希望を与えないことが、どうして許されるだろう」彼はまんじりともせずに呻き声をあげた。「どうして秘密を自分だけのものにすることが許されようか。何千もの人々に希望と喜びを与える事実を、自分の死の道連れにすることがどうして許されようか。彼らがどれほど慰めに飢えているか、わたしは知っている。民族の運命は恐ろしい。ひょっとしたらいつか起こるかもしれない、ということをひたすら待ちつづけ、ひたすら黙って聖典に記された言葉を信じ、それでいて決してしるしを摑むことがないのだ！　だが、わたしが黙ってさえいれば、燭台は変わらず民のものでありつづける。主よ、この苦しみから救ってください。わたしは兄弟たちに正しいことをしているのでしょうか？　間違ったことをしているのでしょうか？　宿屋が約束してくれた下男を墓場から帰すときに、ここには聖なる証《あかし》である燭台が眠っているのだと、告げてもいいのでしょうか？　あるいは、主以外には誰もその場所を知ることがないように、何も言わない方がいいのでしょうか？　主よ、わたしの代わりに決めてください！　すでに一度、あなたはわたしにしるしをお与えになりました。どうかいま、第二のしるしをお与えください！　主よ、決定をわたしからとりあげてください！」

しかし夜は黙ったまま、眠りはこの試煉の人を敵のように避けた。太陽が昇るまでの間、彼はまんじりともせずに、目をらんらんと光らせて横になっていた。問いに問いを重ね、彼はそのたびにますます深く、胸をしめつけるような不安と苦痛の網目のなかに巻き込まれていった。東の空はすでに明るくなってきていた。しかし老人の心は晴れなかった。そこに、宿屋の主人が気の毒そうな顔をして部屋に入ってきた。「申し訳ありませんが、昨日お約束した、このあたりの道に詳しい下男をおつけすることができなくなりました。夜中に急に倒れてしまったのです。ひきつけを起こして、口から泡を吐いた次第で、いまは高熱で横になっています。お供にやれるのはもうひとりしかいないのですが、その者は道に詳しくはありません。おまけに口が利けないのです。その口は生まれつき神によって塞がれています。それでもよければ、よろこんでこの下僕をおつけいたしますが」

ベンヤミンは主人の方を見ていなかった。ただただ感謝の思いで、天を仰いだ。答えは与えられた。沈黙のしるしとして、口の利けない者が彼のもとに送られたのだ。土地に詳しくないということだから、場所の秘密は永遠に守られる。もはや迷いはなかった。感謝を込めて、彼は返事をした。「その口の利けない者を連れてきておくれ。心配はいらない。自分の道は自分で分かっている」

ベンヤミンは朝から晩まで口の利けない従者を連れて、荒野を歩きまわった。後ろからは背中に十字に棺をくくりつけたロバが、静かに、忍耐強く、のろのろとついてきた。ときどき道端にある埃をかぶったみすぼらしい小屋の傍を通ったが、ベンヤミンは休みをとらなかった。そして旅人と出会っても、あたりさわりのない挨拶をするだけで、会話は避けた。必要な仕事を終わらせ、燭台を埋葬しなければと、焦っていたからだ。彼にはまだ、埋める土地も場所も分かってはいなかった。恐れの感情が、暗に、ひそかに、場所を選ぶことを彼に禁じていた。「わたしには二度、しるしが与えられた」と、彼は神に思いを馳せた。「わたしは三度目のしるしを待ちたい」だんだんと暗がりに沈んでいく荒野のなかを、二人は歩きまわった。丘の上には夜が漆黒の翼を広げて立ち上がった。空は重苦しい雲に覆われたままで、雲はせわしなくあちこちに流れ、月を覆った。山の峯を照らすほのかな明かりから、月がもうすでに天頂に達していることが感じとられた。次の宿場《しゅくば》までは、まだ一時間か二時間はかかりそうだった。だがベンヤミンは力強い足取りで歩きつづけた。鍬を担いだ啞者《あしゃ》がその隣を物言わぬ影のように歩き、二人の後ろからはロバが歩みを変えず、忍耐強くついてきた。

突然ロバが足をとめて、立ちどまった。従者は手綱を引いて先に進めようとしたが、この動物は頑なに地面に前足をつっぱり、従者を跳ね飛ばし、怒って歯で嚙みついた。それ以上ロバは先に行こうとしなかった。啞者は怒って肩にかついでいた鍬をとり、言うことを聞かない動物の脇腹を木の柄で突こうとしたが、そのときベンヤミンが腕を抑えて待つように命じ、動物の手綱を緩めた。ひょっとしたら、この停止が、ひとつの合図、神のしるしなのかもしれなかった。

ベンヤミンはあたりを見回した。黒々とした荒野がなだらかに広がっていた。人里離れた場所で、近くには家も小屋もなかった。エルサレムに向かう街道からは外れているにちがいない。ベンヤミンは考え込んだ。ここはたしかに良い場所だ。ここなら誰にも気づかれずに作業ができる。杖をついて、彼は土の状態を確かめた。土は肥沃で固いし、石もない。ここなら急いで墓を掘ることができる。それに、まわりを丘がぐるりと囲んでいるので、ふつうなら飛砂がすぐに痕跡を消してしまうところだが、それも防げる。あと大事なことは、掘る場所を見つけることだけだ。彼は長い間ぼんやりと左右に目を向け、最後の選定を行なった。そのとき彼は右手の、投石距離の三倍か四倍ほど道から離れた空き地に立つ、一本の黒い樹影に気がついた。それは奇《く》しくも大きさや枝ぶりが、あの燭台救済の知らせが届いたときに彼が根元で休んでいた、ペラの丘の木に似ていた。彼はその時に見た夢を思い出した。心は決まった。彼はすぐに棺の縄を解き、棺をロバの背からおろすように唖者に命じた。すると見よ、そう命じるやいなや、ロバはすぐにつっぱっていた四肢をゆるめ、ベンヤミンの方にすり寄ってきたではないか。彼は手に、暖かい鼻息を感じた。ここが正しい場所だ。いまや彼はその確信をさらに強めて、下男にその場所を指示した。下男はせっせと仕事にとりかかった。鍬の音が銀色に響いた。唖者は従順に、力を振りしぼって、無言の大地を掘り進めた。すぐに十分な深さになった。だがまだもうひとつ、燭台をおろすという最後の仕事が残っていた。なにも知らない下男は、大きな腕でゆっくりと荷物を持ちあげた。棺は慎重に滑り落ち、長々と横たわり、ついに永遠の眠りについた。貴重な黄金の種子は、木の殻で守られていた。そしてその種子はまもなく、永遠に呼吸して生長をつづける、生い茂る緑の大地の衣《ころも》によって覆い隠されることになるのだ。

畏敬の念に満たされて、ベンヤミンは低く身をかがめた。「わたしは証人だ。最後の証人だ」そう考えたとき、彼は自分に重くのしかかる重圧を思い出して、ふたたび身震いした。「いまこのときから、この世でわたし以外には誰も燭台の秘密を知らないのだ。わたし以外誰もこの墓を知らず、この隠し場所に気づくことはない」だがその瞬間、それまで隠れていた月が、突如姿を現した。夕方から月の光を覆っていた雲が、わずかに横に逸れたのだ。まばゆい明かりが、一筋の光となって下界にさっと差し込んだ。まるで黒いまぶたの間から巨大な白い目が現れて、空の中央から下界を見下ろしているようだった。それはこの世の目ではなかった。まつげに覆われ翳りを帯びた、はかなく消えるこの世の柔らかい目ではなく、円く、氷のように硬い、永遠に不滅の目だった。その目は、開いたままの墓穴《はかあな》を奥底までまじまじと見つめ、光を注ぎ込んだ。墓穴の四隅《よすみ》が浮かび上がり、棺の松材のなめらかな表面が、白い光に包まれて、金属のようにきらきらと輝いた。それはほんの一瞬の出来事だった。はるか彼方から下界へと向けられた、ほんの一瞥《いちべつ》にすぎなかった。それからまた雲が、移りゆく月影を覆い隠した。しかしベンヤミンは、自分の目ではない別の目が、燭台の場所をしかと見届けたことを知った。

合図を受けて、下男は鍬で土を戻した。その作業が終わり、閉じられた墓の土がきれいに均《なら》されると、ベンヤミンはすぐに下男に、荷を解いたロバを連れて、家に帰るようにと命じた。唖者は身ぶり手ぶりでなぜかと聞いた。彼は、この老人を見知らぬ土地の暗闇のなかにひとりきりにはしたくなかった。盗賊や野獣に襲われる危険があり、少なくとも次の宿場まではこの旦那のお供をしたかった。だが老人はいらだちを見せてきっぱりと、素直に命令に従うようにと唖者に命じ、ぐずぐずしている彼を叱りつけて追い帰した。老人は待ちきれない思いだった。下男とロバが道を曲がって、ようやくその姿が見えなくなった。そして老人はただひとり、何もない空の下、巨大な夜の途方もない空間のまんなかにとり残された。

彼はもう一度墓の傍に行って、頭を下げて死者のための祈りを唱えた。「この世でもあの世でも、復活の日においても、永遠なるものの名は、偉大であり神聖である」彼は信者の慣例にならって、掘り起こした土の上に、石のひとつか、あるいは何か他のしるしを置かなければと思った。だが、秘密を守るためにそれはやめておくことにした。彼は虚空のなかへと歩き出した。そして二度と振り返らなかった。どこに行くのか、彼は自問しなかった。燭台を眠りにつかせた以上、行くあてはなかった。すべての不安が消えた。もはや魂は不安を感じていなかった。彼はみずからに課せられた使命をまっとうした。燭台はこの世の最後の日まで隠されたままなのか。ユダヤの民はこれからも地上に散らばったままなのか。それとも神は最後に民を故郷へと導き、誰も知らない墓のなかから燭台を復活させることを望むのか。——それはいまや神のみが知ることだった。

老人は闇夜のなかを歩きつづけた。夜は暗がりのなかで雲と戯れていたが、もう半ば星が出て輝いていた。

一歩一歩、足を踏み出すたびに、どんどん喜びがこみあげてきた。これまで生きてきた長い年月の重圧と重荷が、まるで魔法にかけられたようにとれていった。体の内側から、これまで感じたことのない軽やかなものがわき上がってきた。老い衰えた足腰の関節が、まるで温かい潤滑油で緩められたように急に自由に動かせるようになった。まるで水の上を自由に飛ぶように、彼は歩いた。歩くことは、いまや宙に浮くことだった。頭をあげ、肌では感知できない風に吹かれるようにして、片腕をあげた。そのときたしかに、彼にはまるで――あるいはこれだけは目覚めながらに見た夢だったのだろうか？――打ち砕かれた腕を、はじめてもう一度あげて動かすことができたように思われた。体中の血がどんどん明るく澄んでいくのを感じた。その血はいまや発酵する樹液のように音を立てて膨れ上がり、すでにこめかみをトントンと叩いていた。すると不意に、大きな歌声が聞こえてきた。もはや彼には、分からなかった。そのとき故郷に帰ってきた彼に挨拶をしようと兄弟の歌を合唱したのが、地中に眠る死者たちだったのか、あるいはこの温かい歌声の雨は、どんどん輝きを増していく星々から降り注いだものだったのか。彼には分からなかった。彼はただただ歩きつづけた。翼に運ばれるように、ざわめく夜の内側の、さらにその内側に向かって。

　翌朝、ラムラ[048]の市場に向かう行商人の一行が、街道からそう遠くない野原に横たわるひとりの老人を見つけた。老人は亡くなっていた。この見知らぬ老人は頭には何もかぶらず、仰向けに横たわっていた。まるで無限のものを摑もうとするかのように、大きく腕を広げ、まるで大いなる贈り物を受けとろうとするかのように、手のひらをいっぱいに広げて指先を伸ばしていた。至福の眠りにつく死者の、穏やかに晴れわたった顔のなかには、澄んだ二つの目があった。行商人のひとりが、死者を弔うためにその目を閉じようとかがみ込んだとき、その目が光に満ち溢れ、その静止した円《つぶ》らな瞳のなかに空全体が映っているのが見えた。

だが、この異国の老人の唇は、口髭の下で固く閉じられていた。それはまるで、死してなお秘密を歯から漏らさぬように、しっかりと守ろうとしているかのようだった。

偽の燭台もその数週間後には聖地に到着し、ユスティニアヌス帝の命令通り、エルサレムのキリスト教会の祭壇の下に置かれた。だがそれも長くはつづかなかった。ペルシア人たちが侵攻してきて、妻に贈るブローチや王に捧げる首飾りをつくるために燭台を破壊し、粉々に砕いてしまったからだ。人間のつくり出したものは、いつも時の歯にかじられるか、人間の破壊欲にさらされるかして、滅びてしまう。こうして、あの彫金師が模倣によってつくりあげたしるしも消え去り、燭台の痕跡は永遠に失われたままになっている。

しかし永遠の燭台はいまなお秘密に守られて、誰にも知られず、誰にも傷つけられることなく、故郷の墓のなかで目覚めたまま待ちつづけている。さまざまな時代がその上を騒がしく音を立てて通りすぎ、さまざまな民族が数百年の間入れかわり立ちかわりその地を巡って争い、異国の部族が次々にやってきては燭台の眠りの上で戦いを繰り広げた。しかし、いかなる略奪者も燭台を奪うことはできず、いかなる欲望もそれを破壊することはできなかった。いまでもときどき、この護《まも》られた土の上を足早に通りすぎる人がいる。真昼の暑さのなか、道端で一休みして、まどろむ燭台の近くでまどろむ人々がいる。だが誰ひとり、それが近くにあることに気づく者はなく、それが埋まる場所に手を伸ばそうとする者もいない。神の秘密がつねにそうであるように、満ちては引いていく時の暗闇のなかで、燭台は安らかな眠りについている。燭台は、そのようにして永遠に眠りつづけるのだろうか。それは地下に隠されたまま、いまだ平和を手にすることができずに異郷の地を転々とさまようユダヤの民からは失われたまま、永遠に眠りつづけるのだろうか。あるいは、ユダヤの民がふたたび己を見出すその日には、ついに誰かがそれを見つけ、燭台は平和の神殿のなかで、平和を手に入れた民族を、ふたたびその光で照らすのだろうか。それは誰にも、分からない。

バベルの塔

人類のはじまりの時をめぐる、実に意味深い伝説があります。古《いにしえ》の伝説に出てくる象徴は驚くべき言葉の力を備えているもので、いわばそれ自体が、民族の勢力図が変わり新たな時代が幕を開ける、歴史的瞬間のひとつひとつを暗示しているのです。旧約聖書の諸書のなか、それも「創世記」の冒頭では、創造の混沌の直後に人類を見舞った驚くべき神話が語られています。当時の人間は暗闇から生まれ出たばかりで、まだ無意識のぼんやりとした光に包まれていたわけですが、彼らは互いに力を合わせて共同作業にとりかかりました。彼らは道のない、右も左も分からない、暗くて危険な世界のなかにいました。けれども彼らは自分たちの頭上に高々と広がる空を見ました。明るく澄みきった空、無限を映す鏡である空を見て、彼らのなかに無限への憧れが生まれたのです。そこで彼らは集まって話し合いをしました。「よし、町をつくって天まで届く塔を建てよう。そしてわれらの名を永遠に轟かせよう」彼らはみんなで一緒に粘土をこねて煉瓦《れんが》を焼き、それらを積みあげはじめました。そして神様の広間に瞬く星々や、輝く月面にまで届くような、塔をつくろうとしたのです。

神様は天上からこの小さな仕事を見ていました。ちっぽけな人間たちが、自分たちよりもさらに小さなものを、こねた粘土とか切り出してきた石とかを、虫けらのようにせっせと遠くから集めてくる様子を見て、神様は微笑ましく思われたことでしょう。このとき人間が迷いながらも永遠を求めて下界ではじめた作業は、神様にとっては他愛のない、危険のないものに思われたことでしょう。けれども人間は力を合わせてひとときも休まず仕事に励んだので、神様はすぐに塔の基礎が立ち上がるのを目にしました。神様はそれを見てこうつぶやきました。「塔が完成しない限り、人間たちは諦めないだろう」神様はそのときはじめて、みずからが人間たちに授けた精神の偉大さを知りました。創造の七日間の後、永遠の休息についていたものが、もはや自身の所有物ではなく、目標の達成をあきらめない飽くなき探求心を持った精神であることを、手に余る、危険な、驚異の精神であることを理解したのです。そして神様はそのときはじめて人間に対して不安を抱きました。なぜなら、もし人間が神様自身と同じようにひとつの存在であるとしたら、それは強大な存在であるからです。神様は、塔の建設をどう邪魔しようかと考えはじめました。そして、もしも人間がひとつの存在でなくなりさえすれば、自分の方が強いだろうと考えて、神様は人間たちの間に不和を引き起こすことにしました。神様はこころの内でこう言いました。「人間たちを混乱させて、他人の言葉が分からないようにしてやろう」そのときはじめて神様は、人間に対して残酷になったのです。

神様の暗い決定が実行に移されました。神様は、下界で力を合わせてせっせと働いている者たちに手を伸ばして、直に彼らの精神に手を下したのです。人類の最もつらい苦しみの時がやってきました。夜が明けるといきなり、仕事の最中に、彼らはもはや相手の言っていることが分からなくなりました。大声で言い争いをしましたが、誰も相手の言っていることが分かりません。そして相手の言っていることが分からないので、どちらも腹をたてました。彼らは煉瓦を投げ捨て、鶴嘴《つるはし》と鏝《こて》を放り出し、罵り合い、言い争いをしました。そしてとうとう共同作業をやめて、持ち場を離れてそれぞれの故郷の家へと帰っていきました。地上のあらゆる野に、あらゆる森に、彼らは散っていきました。彼らはもはや小さな集落以上のものはつくろうとしませんでした。彼らの住む家は、天空に届くことのない、神の座にも届くことのない、ただ自分たちの頭を守り、夜の眠りを守るだけのものでした。一方で、巨大なバベルの塔はそのまま放置され、天空近くまで迫っていた尖塔部分は、風雨にさらされて剝がれ落ち、ばらばらに砕け散りました。塔はまもなく伝説になり、ただ歌のなかでのみたたえられるものになり、人間はこの若き日の偉大な仕事をすっかり忘れてしまったのです。

それから数百年、数千年の時がたちました。あの出来事以来、人々は言語がばらばらのまま暮らしていました。彼らは野と野の間、土地と土地の間に境界線を引きました。信仰と信仰の間、倫理と倫理の間に境界線を引いて、互いによそよそしく暮らしていました。彼らが境界線を踏み越えるのは、ただ略奪の時だけでした。数百年、数千年の間、彼らがひとつになることはなく、ただひとりよがりな自尊心と利己的な営みがあるだけでした。それでも彼らのなかにはやはりまだ、ともに過ごした幼年時代の夢の残滓《ざんし》のようなものが、大いなる事業への予感があったに違いありません。なぜなら、彼らは年を重ねて成熟していくにつれて、ふたたび互いのことを尋ね合い、失われた絆を知らず知らずのうちに探しはじめたからです。何人かの勇気ある者たちが先頭に立ちました。彼らは外国を訪れ、ひそかに知らせを持ち帰りました。民族は次第に仲を深め、互いに学び合い、知識や価値観や金属を交換しました。そのうちに、次第に彼らには分かってきました。言葉が違うからつきあえないわけではない、国境が民族間の溝であるわけではない、ということを。賢者は知りました。ある民族の生み出した学問が、それ自体で無限をとらえることはできないということを。学者もまたすぐに感じとりました。知識の交換が、人類共通の進歩をいっそう早く推し進めることを。詩人たちは兄弟の言葉を自分たちの言葉に翻訳し、言葉の束縛から自由になった唯一のものである音楽は世界中の人々に共有され、あらゆる人々の感情に沁みわたりました。言語の違いを超えて、人はひとつになることができる。彼らはそのことを知ってから、人生をそれまで以上に愛するようになりました。それどころか、彼らは神様が自分たちに罰として与えた出来事に、神様が多様性を分け与えてくれたことに感謝をしました。なぜなら、世界を多様に楽しむことができる、そしてみなが違うからこそひとつになった状態をいままで以上に自覚的に愛することができる、そんな可能性を神様は与えてくれたのですから。

こうして、ヨーロッパの土壌の上に次第にバベルの塔が、兄弟の絆で結ばれた共同体の記念碑が、人間の連帯のモニュメントが、ふたたび立ち上がりはじめました。天に到達するために、神と世界を兄弟の絆で結ぶために、彼らが選んだのは、もはや煉瓦や粘土、土塊《つちくれ》や漆喰といった脆《もろ》い物質ではありませんでした。新しい塔はこの上なく繊細な不壊《ふえ》の素材、つまり精神と経験を使って、この上なく精妙な魂の精髄を使って建てられたのです。その塔の基礎は広く深いものでしたが、東洋の叡智がそれをさらに深く掘り下げ、キリスト教の教えが均衡をもたらし、古代人が堅固な石材を提供しました。かつて人間が行なったこと、この世の精神が成し遂げたことのすべてがこの塔につぎ込まれ、塔はどんどん上に伸びていきました。各国の民がこのヨーロッパの記念碑のために設けられた基金に協賛し、新参の民はこの塔に押し寄せて古参の民から学び、叡智の事業に加わるべく、自分たちのもてる力を差し出しました。彼らは互いに技術を学びました。それぞれが別々のやり方で仕事にあたりましたが、それはみなの情熱をいやおうなしに高める結果になりました。というのも、ある者がより多くの仕事をこなせば、それは隣人を鼓舞する結果になったからです。各国の民の間では時折争いも起こりましたが、それが彼らのともに取り組む仕事の妨げになることはありませんでした。

こうして塔が、新しいバベルの塔が立ち上がりました。その先端がわたしたちの時代ほど高くなったことは、いまだかつてありませんでした。諸国民がこれほど互いの精神に通じていたことも、学問がこれほど緊密に結びついていたことも、商人たちがこれほど密な商売網を展開したことも、ヨーロッパの人々が自分たちの故郷と世界の全体をこれほどまでに愛していたこともありませんでした。彼らはみながひとつになったことに酔いしれて、たしかに天を感じていたに違いありません。なぜなら、まさに最近のことですが、あらゆる言語の詩人たちが、存在の美しさや創造の美しさをたたえる賛歌をつくりはじめました。彼らはかつての神話の塔の建設者がそうであったように、塔の実現が近づいたことで、みずからが神であるような気になったのです。記念碑が聳え立ち、人間界の聖なるものがすべてこの塔のなかに集められ、音楽が嵐のように鳴り響きました。

しかし、人類それ自体と同じく不死の存在である神様は、かつてたしかに打ち壊したはずの塔がふたたび立ち上がる様を天界で見て驚きました。そしてふたたび心配になって、ふたたびこう考えました。人間たちの間に不和を生み出し、彼らが互いのことを理解できなくなりさえすれば、自分は人間たちよりも強くいられるだろう。神様はふたたび残酷になり、人間たちの間に混乱を引き起こしました。そして数千年の時を経て、いまを生きるわたしたちのもとに、恐るべき瞬間が蘇ったのです。人間はそれまで手をとり合って平和に仕事に励んでいたのですが、夜が明けると、もう互いのことが理解できなくなっていました。そして相手の言うことが分からないので、憎しみを抱きました。彼らはふたたび自分たちの仕事道具を投げ捨てて、それを武器に仕立てました。学者は知識を、技術者は発明を、詩人は言葉を、司祭は信仰を武器に変え、かつて生を営む手段であったものはことごとく人殺しの武器に変わったのです。

これが今日のわたしたちの恐るべき瞬間です。新しいバベルの塔、ひとつになったヨーロッパ精神の偉大な記念碑は崩れ落ち、作業にあたっていた人々は各地に散って行きました。尖塔部分はまだ残っていて、目に見えない角石はこの混迷を極める世界の上にまだ点在しています。しかし互いに手をとり合って、現状を維持する努力をつづけていかなければ、塔はあっという間に忘れ去られてしまうでしょう。あの神話の日々の塔がそうであったように。この世界の多くの民が、今日ではそうした忘却を望んでいます。彼らは自分たちが共同の塔をつくりあげるために持ち寄ったものを、嬉々としてこの驚異の建築物から抜きとろうとしています。民族共同体の力などわずかなものなのに、彼らはその力でもって天に到達しよう、無限に到達しようとしていて、そのために塔が崩れてしまうかどうかなんておかまいなしなのです。ただしそうではない民族もまだ残っていて、彼らは、ヨーロッパが何世紀もの間果敢に力を合わせて試みても、ほとんど実現できなかったことを、一民族や一国民にできるとは思っていません。信心深い人たちは、この記念碑はおそらくアメリカやアジアといった地上の他の地域ではなく、はじまりの地であるこのわれらがヨーロッパの地で完成されるはずだと思っています。人類がともに行動をはじめるには、まだ機は熟していません。神様が魂の内部に引き起こした混乱はまだあまりにも大きく、兄弟たちがいつかふたたび無限を目指して平和な競合を行うようになるには、おそらく多くの歳月がかかるでしょう。ですが、わたしたちはやはり塔の再建に戻らなければなりません。それぞれが、混乱の瞬間に放棄した建設の場に戻らなければなりません。その作業の間、わたしたちはおそらく何年も互いの姿を見ることはなく、ほとんど声を聞くこともないでしょう。しかしいまわたしたちが行動し、あの太古の情熱を胸に各自の持ち場についたなら、塔はふたたび立ち上がり、諸国民はふたたびその高みにおいて出会うことでしょう。なぜなら、わたしたちをその仕事に呼ぶものが、個々の民族の誇り、人種や言語の内部で高まった自意識であるはずはないからです。わたしたちを呼ぶもの、それは太古の祖先であり、精神であり、それはあらゆる伝説のなかであらゆる姿形で描かれるものと同じ、あのバベルの塔の名もなき建造者であり、人類の守護者なのです。そしてその守護者の目的と喜びは、創造主である神と闘うことにあるのです。

註

永遠の兄の目

001——古代インドの長編叙事詩『マハーバーラタ』（全十八巻）の、第六巻に含まれる詩編。成立は紀元後一世紀から二世紀頃と推測される。バガヴァットは「神」、ギーターは「歌」の意味で、思い悩む戦士アルジュナの問いかけに、神クリシュナが応答するという構成をとる。十八世紀後半、サンスクリット語で書かれた文献としては最も早くヨーロッパの言語に翻訳された。ヒンドゥー教の聖典であると同時に、「キリスト教世界において最もよく読まれている非キリスト教の聖典」（赤松明彦『『バガヴァッド・ギーター』——神に人の苦悩は理解できるのか？』岩波書店、二〇〇八年、二頁）と言われている。

002——仏教の開祖である釈迦《しゃか》の尊称。釈迦は紀元前五世紀頃の人物であり、この物語の時代はそれよりも前に設定されている。なお「ブッダ」という尊称は「目覚めた人」を意味する。ツヴァイクの言う通りブッダが人々に「認識」を注ぎ込んだのだとすれば、人が善悪の区別をまだ判然と認識していないブッダ以前の時代だからこそ、主人公のヴィラータは様々な難問に突き当たって思い悩むのである。

003——サンスクリット語で「王子」を意味する北西インドの部族、ラージプート（rajput）から名前を借用したものか。このラージプート族は紀元後五世紀ごろに中央アジアからインドに移動、定住し、とりわけ七世紀から十三世紀までの間、数々の王朝を打ち立てた。ヒンドゥー教を信仰する集団としてクシャトリヤ（王族、武士階級）の末裔であると主張し、イスラム王朝であるムガル帝国と敵対した。

004——作者ツヴァイクの造語と思われる。

005——『マハーバーラタ』（註001参照）に登場するマツヤ国の王。ただし『バガヴァッド・ギーター』の中にはあまり登場しない。『永遠の兄の目』のヴィラータとほぼ無関係である。おそらくツヴァイクは、名前だけを借用したのだろう。

006——詳細は不明だが、中央アジアのトルコ系遊牧民族であるカツァーレン族（Chazaren）から名前を借用したものか。

007——地底の監獄を訪れた「正義の源泉」ヴィラータに対して囚人

が放ったセリフと、明らかに呼応している。

埋められた燭台

001——西ローマ皇帝。四五五年に即位したが、在位期間はわずか二か月あまりだった。

002——古代ゲルマン民族の一派。軍事に長けていたとされる。

003——古代のカスピ海南東地域。

004——古代のアフリカの北部地域。現在のアルジェリアにあたる。

005——当時北アフリカを支配していた部族。カルタゴを都としてヴァンダル王国（四二九－五三四）を築き、地中海の沿岸都市を脅かした。

006——北アフリカの部族。

007——西ゴート族の王（在位三九五－四一〇）。四〇八年から三度にわたってローマを包囲し、四一〇年にローマを劫掠した。

008——ローマとポルトゥス港を結ぶ街道。

009——ヴァンダル王国の王（在位四二八－四七七）。ゲイセリウス、ガイセリックとも呼ばれる。四五五年のローマ劫掠を指揮した。

010——ローマ教皇レオ一世（在位四四〇－四六一）。外交術に長け、異民族によるローマ侵攻から市民を守った。

011——フン族の王（在位四三四－四五三）。四五二年にイタリア半島に侵攻したが、教皇レオの説得に従い退却した。

012——伝統的に教皇が印章として使用する指輪。キリストの弟子となる以前のペテロの生業は漁師であるが、その姿が刻まれている。

013——三二五年のニケーア公会議で異端とされたキリスト教の一派。

014——現在のルーマニア中部にあたる地域。

015——アナトリア半島北東部にあたる黒海沿岸地域。

016——ローマにある七つの丘のひとつカピトリヌスに建立された、ジュピターを祭る神殿。

017——ローマ市内を流れる川。河口にはポルトゥス港がある。

018——三つの寝椅子で三方を囲った食卓。古代ローマでは食事の際には長椅子に横になる習慣があった。

019——ローマ市のテヴェレ川左岸地区。

020——七枝の燭台は礼拝堂具のひとつであり、古代よりユダヤの象徴として用いられてきた。

021——モーセの兄アロンが神から授けられたとされる杖。アロンはこの杖で数々の奇蹟を行なった。

022——ヘブライ語で「わたしの先生」を意味する尊称。律法《トーラー》を解釈し人々に教授する人。

023——ローマ皇帝（在位七九－八一）。パレスチナ地方でつづいていたユダヤ人の反乱を鎮圧した際には、神殿の破壊と掠奪を行い、ローマでユダヤ人に対する勝利を祝った。
024――ゲンゼリッヒはアリウス派の信徒だった。
025――ローマ近郊に広がる平原。
026――ヘブライ語で「教授」「伝授」の意味。トーラーは狭義にはモーセがシナイ山で託された神の啓示とモーセ五書を指すが、広義にはユダヤの宗教法全般を指す。
027――ダビデの息子にしてイスラエルの王。知恵と栄華の権化として知られ、王国の基礎を築いた。
028――メソポタミアにあったバビロニア帝国の地方名。
029――ユダヤ共同体の礼拝所、集会所。
030――アブは約一か月続くユダヤ教の祭日であり、その九日目はエルサレムの神殿崩壊などの重大な出来事が起きた日にあたる。ユダヤ教では、この日は断食を伴う喪と想起の日と定められている。
031――ユダヤ教においては悔い改める際に灰をかぶるという習慣がある。
032――エルサレムの古い呼称。
033――旧約聖書「エレミヤ書」に登場する紀元前七世紀の預言者。ユダ王国が衰退し、エルサレムが破壊される混乱の時代を生きた。
034――東ローマ帝国皇帝（在位五二七－五六五）。五三三年にヴァンダル王国を打倒。五三七年に聖ソフィア大聖堂を再建した。
035――もともとはヤコブの双子の兄弟であるエドム（エサウ）の子孫を指すが、やがてローマの圧政、さらにはキリスト教徒を象徴する名となった。
036――古代パレスチナの遊牧民族で、旧約聖書のなかではイスラエル民族の敵として記されている。
037――アケメネス朝ペルシア帝国の創建者。捕囚にあったユダヤ人の帰還、神殿の創建、祭儀用具の返還を指示した。
038――民衆による暴動「ニカの乱」が起きた五三二年を指す。ベリサリウスの活躍により、ユスティニアヌス帝はなんとかこの反乱を鎮圧することができた。
039――ボスポラス海峡の出口に位置する入り江。ビザンツの港でもある。
040――旧約聖書「ルツ記」に登場する貞女。
041――旧約聖書「士師記」に登場する、無双の怪力で知られるイスラエルの士師の一人。
042――旧約聖書「エステル記」に登場するペルシアの大臣。ユダヤ人迫害を計画した。
043――旧約聖書「エステル記」に登場するユダヤ人のペルシア王妃。ハマンの計画したユダヤ人迫害に反対し、これを阻止した。

044——旧約聖書「サムエル記」に登場する、イスラエルの最後の士師。イスラエルの最初の王であるサウルとダビデに油を注いだ。

045——腰のところを紐で結んだ、袖の短いローマ人の上着。

046——ローマ帝国における最初のキリスト教徒皇帝（在位三二四－三三七）。帝国の再統一と復興に力を入れた。

047——ヨフェア、ヤッファとも呼ばれる地中海沿岸の港。現在のテル・アヴィブ。

048——現在のテル・アヴィヴの郊外南東部に位置する地区。十二世紀にはエルサレムへ向かう十字軍兵士の城塞が築かれた。

シュテファン・ツヴァイク［1881−1942］年譜

▼——世界史の事項　●——文化史・文学史を中心とする事項　**太字ゴチの作家『タイトル』**——〈ルリユール叢書〉の既刊・続刊予定の書籍です

一八八一年

十一月二十八日、ハプスブルク帝国（オーストリア＝ハンガリー二重帝国）領のウィーンにて、裕福なツヴァイク家の次男として生まれる。父はユダヤ系ドイツ人で大企業家、母もユダヤ系ドイツ人で銀行家の娘。

（ギムナジウムに通う頃から創作活動を行い、雑誌に投稿していた）

▼ナロードニキ、アレクサンドル二世を暗殺。アレクサンドル三世即位［露］●H・ジェイムズ『ある婦人の肖像』［米］●D・G・ロセッティ『物語詩とソネット集』［英］●ヴァレス『学士さま』［仏］●フランス『シルヴェストル・ボナールの罪』［仏］●フロベール『ブヴァールとペキュシェ』［仏］●ゾラ『自然主義作家論』［仏］●シュピッテラー『プロメートイスとエピメートイス』［瑞］●ルモニエ『ある男』［白］●ヴェルガ『マラヴァリア家の人びと』［伊］●エチェガライ『恐ろしき媒』［西］●マシャード・デ・アシス『ブラス・クーバスの死後の回想』［ブラジル］

一八九九年〔十八歳〕

ウィーン大学に入学（哲学・文学専攻）。

▼米比戦争（〜一九〇二）〔米・フィリピン〕▼ドレフュス有罪判決、大統領特赦〔仏〕▼第二次ボーア戦争勃発（〜一九〇二）〔南アフリカ〕●シェーンベルク《弦楽六重奏曲「浄夜」》〔墺〕●シュニッツラー《緑のオウム》初演〔墺〕●K・クラウス、個人誌「ファッケル（炬火）」創刊（〜一九三六）〔墺〕●ノリス『ブリックス』〔米〕●ショパン『目覚め』〔米〕●コンラッド『闇の奥』、『ロード・ジム』（〜一九〇〇）〔英〕●A・シモンズ『文学における象徴主義運動』〔英〕●**ジャリ『絶対の愛』**〔仏〕●ミルボー『責苦の庭』〔仏〕●ダヌンツィオ『ジョコンダ』〔伊〕●ホルツ『叙情詩の革命』〔独〕●ストリンドベリ『罪さまざま』、『フォルクングのサガ』、『グスタヴ・ヴァーサ』〔スウェーデン〕●アイルランド文芸劇場創立〔愛〕●イェイツ『葦間の風』〔愛〕●チェーホフ『ワーニャ伯父さん』初演、『犬を連れた奥さん』、『可愛い女』〔露〕●トルストイ『復活』〔露〕●ゴーリキー『フォマー・ゴルデーエフ』〔露〕●ソロヴィヨフ『三つの会話』（〜一九〇〇）〔露〕●レーニン『ロシアにおける資本主義の発展』〔露〕●クロポトキン『ある革命家の手記』〔露〕

一九〇〇年

▼労働代表委員会結成〔英〕▼義和団事件〔中〕●フロイト『夢判断』〔墺〕●シュニッツラー『輪舞』、『グストル少尉』〔墺〕●ドライサー『シスター・キャリー』〔米〕●ノリス『男の女』〔米〕●L・ボーム『オズの魔法使い』〔米〕●L・ハーン『影』〔英〕●ベルクソン『笑い』〔仏〕●ジャリ『鎖につながれたユビュ』〔仏〕●コレット『学校へ行くクローディーヌ』〔仏〕●シュピッテラー『オリュンポスの春』（〜〇五）〔瑞〕●フォガッツァーロ『現代の小さな世界』〔伊〕●ダヌンツィオ『炎』〔伊〕●プランク、「プラ

ンクの放射公式」を提出〔独〕●ツェッペリン、飛行船ツェッペリン号建造〔独〕●ジンメル『貨幣の哲学』〔独〕●S・ゲオルゲ『生の絨毯』〔独〕●シェンキェーヴィチ『十字軍の騎士たち』〔ポーランド〕●ヌーシッチ『血の貢ぎ物』〔セルビア〕●イェンセン『王の没落』(〜〇一)〔デンマーク〕●ベールイ『交響楽(第一・英雄的)』〔露〕●バーリモント『燃える建物』〔露〕●チェーホフ『谷間』〔露〕●マシャード・デ・アシス『むっつり屋』〔ブラジル〕

一九〇一年［二十歳］

最初の詩集『銀の弦 *Silberne Saiten*』が出版される。

▼マッキンリー暗殺、セオドア・ローズベルトが大統領に〔米〕▼ヴィクトリア女王歿、エドワード七世即位〔英〕▼革命的ナロードニキの代表によってSR結成〔露〕▼オーストラリア連邦成立〔豪〕●ノリス『オクトパス』〔米〕●キップリング『キム』〔英〕●ウェルズ『予想』〔英〕●L・ハーン『日本雑録』〔英〕●シュリ・プリュドム、ノーベル文学賞受賞〔仏〕●ジャリ『メッサリーナ』〔仏〕●フィリップ『ビュビュ・ド・モンパルナス』〔仏〕●マルコーニ、大西洋横断無線電信に成功〔伊〕●ダヌンツィオ『フランチェスカ・ダ・リーミニ』上演〔伊〕●バローハ『シルベストレ・パラドックスの冒険、でっちあげ、欺瞞』〔西〕●T・マン『ブデンブローク家の人々』〔独〕●H・バング『灰色の家』〔デンマーク〕●ストリンドベリ『夢の劇』〔スウェーデン〕●ヘイデンスタム『聖女ビルギッタの巡礼』〔スウェーデン〕●チェーホフ『三人姉妹』初演〔露〕

一九〇二年〔二十一歳〕

ボードレールの詩集を翻訳し出版。ベルリンに滞在。ベルギーに旅行し、エミール・ヴェルハーレンとの交遊が始まる。

▼日英同盟締結〔英・日〕▼コンゴ分割〔仏〕▼アルフォンソ十三世親政開始〔西〕●リルケ『形象詩集』〔墺〕●シュニッツラー『ギリシアの踊り子』〔墺〕●ホフマンスタール『チャンドス卿の手紙』〔墺〕●スティーグリッツ、〈フォト・セセッション〉を結成〔米〕●W・ジェイムズ『宗教的経験の諸相』〔米〕●H・ジェイムズ『鳩の翼』〔米〕●ドイル『バスカヴィル家の犬』〔英〕●L・ハーン『骨董』〔英〕●ジャリ『超男性』〔仏〕●ジッド『背徳者』〔仏〕●ロラント・ホルスト＝ファン・デル・スハルク『新生』〔蘭〕●クローチェ『表現の科学および一般言語学としての美学』〔伊〕●ウナムーノ『愛と教育』〔西〕●バローハ『完成の道』〔西〕●バリェ＝インクラン『四季のソナタ』(〜〇五)〔西〕●アソリン『意志』〔西〕●ブラスコ＝イバニェス『葦と泥』〔西〕●レアル・マドリードCF創設〔西〕●モムゼン、ノーベル文学賞受賞〔独〕●インゼル書店創業〔独〕●ツァンカル『断崖にて』〔スロヴェニア〕●ゴーリキー『小市民』、『どん底』初演〔露〕●アンドレーエフ『深淵』〔露〕●クーニャ『奥地の反乱』〔ブラジル〕●アポストル『わが民族』〔フィリピン〕

一九〇三年

▼ロシア社会民主労働党、ボリシェビキとメンシェビキに分裂〔露〕●リルケ『ロダン論』(〜〇七)、『ヴォルプスヴェーデ』〔墺〕●ホフマンスタール『エレクトラ』〔墺〕●スティーグリッツ、『カメラ・ワーク』誌創刊〔米〕●ノリス『取引所』、『小説家の責任』〔米〕●ロンドン『野性の呼び声』、『奈落の人々』〔米〕●H・ジェイムズ『使者たち』〔米〕●G・B・ショー『人と超人』〔英〕●S・バトラー『万人の路』〔英〕●ウェルズ『完成中の人類』〔英〕●ハーディ『覇王たち』(〜〇八)〔英〕●**J＝A・ノー『敵なる**

カ』（第一回ゴンクール賞受賞）〔仏〕●ロマン・ロラン『ベートーヴェン』〔仏〕●プレッツォリーニ、パピーニらが『レオナルド』創刊（～〇七）〔伊〕●ダヌンツィオ『マイア』〔伊〕●A・マチャード『孤独』〔西〕●ヒメネス『哀しみのアリア』〔西〕●バリェ＝インクラン『ほの暗き庭』〔西〕●T・マン『トーニオ・クレーガー』〔独〕●デーメル『二人の人間』〔独〕●クラーゲス、表現学ゼミナールを創設〔独〕●ラキッチ『詩集』〔セルビア〕●ビョルンソン、ノーベル文学賞受賞〔ノルウェー〕●アイルランド国民劇場協会結成〔愛〕●永井荷風訳ゾラ『女優ナ、』〔日〕

一九〇四年［二十三歳］

ウィーン大学で博士号取得。最初の短編集『エーリカ・エーヴァルトの恋 *Die Liebe der Erika Ewald*』出版。ヴェルハーレンの詩集を翻訳して出版。

フランス、イギリス、イタリア、スペイン、オランダなど各地を旅行し、著名人と知己を得る。

▼日露戦争（～〇五）〔露・日〕●リルケ『神さまの話』〔墺〕●ロンドン『海の狼』〔米〕●コンラッド『ノストローモ』〔英〕●L・ハーン『怪談』〔英〕●ミストラル、ノーベル文学賞受賞〔仏〕●J＝A・ノー『青い昨日』〔仏〕●ロマン・ロラン『ジャン＝クリストフ』（～一二）〔仏〕●コレット『動物の七つの対話』〔仏〕●ダヌンツィオ『エレットラ』、『アルチヨーネ』、『ヨーリオの娘』〔伊〕●エチェガライ、ノーベル文学賞受賞〔西〕●バローハ『探索』、『雑草』、『赤い曙光』〔西〕●ヒメネス『遠い庭』〔西〕●M・ヴェーバー『プロテスタンティズムの倫理と資本主義の精神』（～〇五）〔独〕●フォスラー『言語学における実証主義と観念主義』〔独〕●ヘッセ『ペーター・カーメンツィント』〔独〕●H・バング『ミケール』〔デンマーク〕

一九〇八年〔二十七歳〕

十二月から、インド、スリランカ、ミャンマーへ旅行。多数の旅行記を残す。

▼ブルガリア独立宣言〔ブルガリア〕●K・クラウス『モラルと犯罪』〔墺〕●シュニッツラー『自由への途』〔墺〕●フォード車T型車登場〔米〕●ロンドン『鉄の踵』〔米〕●モンゴメリー『赤毛のアン』〔カナダ〕●A・ベネット『老妻物語』〔英〕●チェスタトン『正統とは何か』、『木曜日の男』〔英〕●ガストン・ガリマール、ジッドと文学雑誌「NRF」(新フランス評論)を創刊(翌年、再出発)〔仏〕●J・ロマン『一体生活』〔仏〕●ラルボー『富裕な好事家の詩』〔仏〕●プレッツォリーニ、文化・思想誌「ヴォーチェ」を創刊(～一六)〔伊〕●クローチェ『実践の哲学――経済学と倫理学』〔伊〕●バリェ＝インクラン『狼の歌』〔西〕●ヒメネス『孤独の響き』〔西〕●G・ミロー『流浪の民』〔西〕●オイケン、ノーベル文学賞受賞〔独〕●ヘイデンスタム『スウェーデン人とその指導者たち』(～一〇)〔スウェーデン〕

一九一一年〔三十歳〕

子どもを主人公にした短編集『最初の体験 *Erstes Erlebnis*』を出版し、エレン・ケイに献呈する。アメリカ、カナダ、キューバ、プエルトリコなど訪れる。

▼イタリア・トルコ戦争〔伊・土〕●ホフマンスタール『イェーダーマン』、『ばらの騎士』〔墺〕●ロンドン『スナーク号航海記』〔米〕●ドライサー『ジェニー・ゲアハート』〔米〕●ウェルズ『新マキアベリ』〔英〕●A・ベネット『ヒルダ・レスウェイズ』〔英〕

●コンラッド『西欧の目の下に』〔英〕●チェスタトン『ブラウン神父物語』（〜三五）〔英〕●ビアボーム『ズーレイカ・ドブスン』〔英〕●ロマン・ロラン『トルストイ』〔仏〕●J・ロマン『ある男の死』〔仏〕●ジャリ『フォーストロール博士の言行録』〔仏〕●ラルボー『フェルミナ・マルケス』〔仏〕●メーテルランク、ノーベル文学賞受賞〔白〕●プラテッラ『音楽宣言』〔伊〕●ダヌンツィオ『聖セバスティアンの殉教』〔伊〕●バッケッリ『ルドヴィーコ・クローの不思議の糸』〔伊〕●バローハ『知恵の木』〔西〕●**M・ブロート『ユダヤの女たち』**〔独〕●フッサール『厳密な学としての哲学』〔独〕●セヴェリャーニンら〈自我未来派〉結成〔露〕●アレクセイ・N・トルストイ『変わり者たち』〔露〕●A・レイェス『美学的諸問題』〔メキシコ〕●M・アスエラ『マデーロ派、アンドレス・ペレス』〔メキシコ〕●島村抱月訳イプセン『人形の家』〔日〕

一九一三年［三十二歳］

相変わらずヨーロッパ各地を訪問。小説『不安 *Angst*』出版。

▼マデーロ大統領、暗殺される〔メキシコ〕●シュニッツラー『ベアーテ夫人とその息子』〔墺〕●ニューヨーク、グランドセントラル駅竣工〔米〕●ロンドン『ジョン・バーリコーン』〔米〕●キャザー『おゝ開拓者よ!』〔米〕●ウォートン『国の慣習』〔米〕●フロスト『第一詩集』〔米〕●ロレンス『息子と恋人』〔英〕●リヴィエール『冒険小説論』〔仏〕●J・ロマン『仲間』〔仏〕●マルタン・デュ・ガール『ジャン・バロワ』〔仏〕●アラン＝フルニエ『モーヌの大将』〔仏〕●プルースト『失われた時を求めて』（〜二七）〔仏〕●コクトー『ポトマック』（〜一九）〔仏〕●アポリネール『アルコール』、『立体派の画家たち』〔仏〕●ラルボー『A・O・バルナブース全集』〔仏〕●サンドラール「シベリア鉄道とフランス少女ジャンヌの散文」（『全世界より』）〔瑞〕●ラミュ『サミュエル・ブレの

生涯』〔瑞〕●ルッソロ『騒音芸術』〔伊〕●パピーニ、ソッフィチと「ラチェルバ」を創刊（～一五）〔伊〕●アソリン『古典作家と現代作家』〔西〕●バローハ『ある活動家の回想記』（～三五）〔西〕●バリェ＝インクラン『侯爵夫人ロサリンダ』〔西〕●クラーゲス『表現運動と造形力』、『人間と大地』〔独〕●ヤスパース『精神病理学総論』〔独〕●フッサール『イデーン』（第一巻）〔独〕●フォスラー『言語発展に反映したフランス文化』〔独〕●カフカ『観察』、『火夫』、『判決』〔独〕●デーブリーン『タンポポ殺し』〔独〕●トラークル『詩集』〔独〕●シェーアバルト『小惑星物語』〔独〕●ルカーチ『美的文化』〔ハンガリー〕●シェルシェネーヴィチ、未来派グループ〈詩の中二階〉を創始〔露〕●マンデリシターム『石』〔露〕●マヤコフスキー『ウラジーミル・マヤコフスキー』〔露〕●ベールイ『ペテルブルグ』（～一四）〔露〕●ウイドブロ『夜の歌』『沈黙の洞窟』〔チリ〕●タゴール、ノーベル文学賞受賞〔印〕

一九一四年〔三十三歳〕

ベルギーにヴェルハーランを訪ねる。第一次世界大戦開戦。ウィーンへ帰る。志願して従軍する。戦時文書課に徴用される。

▼サライェヴォ事件、第一次世界大戦勃発（～一八）〔欧〕▼大戦への不参加表明〔西〕●スタイン『やさしいボタン』〔米〕●ノリス『ヴァンドーヴァーと野獣』〔米〕●ウェルズ『解放された世界』〔英〕●J＝A・ノー『かもめを追って』〔仏〕●ジッド『法王庁の抜穴』〔仏〕●ルーセル『ロクス・ソルス』〔仏〕●ラミュ『詩人の訪れ』、『存在理由』、「セザンヌの例」〔瑞〕●サンテリーア『建築宣言』〔伊〕●オルテガ・イ・ガセー『ドン・キホーテをめぐる省察』〔西〕●ヒメネス『プラテロとわたし』〔西〕●ゴメス・デ・ラ・セルナ『グレゲリーアス』、『あり得ない博士』〔西〕●ベッヒャー『滅亡と勝利』〔独〕●ジョイス『ダブリンの

市民』〔愛〕●ウイドブロ『秘密の仏塔』〔チリ〕●ガルベス『模範的な女教師』〔アルゼンチン〕●夏目漱石『こころ』〔日〕

一九一五年 ［三十四歳］

報道の任務でガリツィアに派遣され、戦地の実態を目の当たりにする。

▼ルシタニア号事件〔欧〕●キャザー『ヒバリのうた』〔米〕●D・H・ローレンス『虹』、ただちに発禁処分に〔英〕●コンラッド『勝利』〔英〕●V・ウルフ『船出』〔英〕●F・フォード『善良な兵士』〔英〕●ロマン・ロラン、ノーベル文学賞受賞〔仏〕●ルヴェルディ『散文詩集』〔仏〕●ヴェルフリン『美術史の基礎概念』〔瑞〕●アソリン『古典の周辺』〔西〕●カフカ『変身』〔独〕●デーブリーン『ヴァン・ルンの三つの跳躍』（クライスト賞、フォンターネ賞受賞）〔独〕●T・マン『フリードリヒと大同盟』〔独〕●クラーゲス『精神と生命』〔独〕●ヤコブソン、ボガトゥイリョーフら〈モスクワ言語学サークル〉を結成（〜二四）〔露〕●グイラルデス『死と血の物語』、『水晶の鈴』〔アルゼンチン〕●芥川龍之介『羅生門』〔日〕

一九一六年 ［三十五歳］

聖伝のひとつ『第三の鳩の伝説 *Die Legende der dritten Taube*』出版。

▼スパルタクス団結成〔独〕●S・アンダーソン『ウィンディ・マクファーソンの息子』〔米〕●O・ハックスリー『燃える車』〔英〕●A・ベネット『この二人』〔英〕●文芸誌「シック」創刊（〜一九）〔仏〕●サンドラール『ルクセンブルクでの戦争』〔瑞〕●ダヌンツィオ『夜想譜』〔伊〕●ウンガレッティ『埋もれた港』〔伊〕●パルド＝バサン、マドリード中央大学教授に就任〔西〕●文芸誌「セル

バンテス」創刊（〜二〇）〔西〕●バリェ＝インクラン『不思議なランプ』〔西〕●G・ミロー『キリスト受難模様』〔西〕●クラーゲス『筆跡と性格』、『人格の概念』〔独〕●カフカ『判決』〔独〕●ルカーチ『小説の理論』〔ハンガリー〕●ヘイデンスタム、ノーベル文学賞受賞〔スウェーデン〕●ジョイス『若い芸術家の肖像』〔愛〕●ペテルブルクで〈オポヤーズ〉（詩的言語研究会）設立〔露〕●M・アスエラ『虐げられし人々』〔メキシコ〕●ウイドブロ、ブエノスアイレスで創造主義宣言〔チリ〕●ガルベス『形而上的悪』〔アルゼンチン〕

一九一七年〔三十六歳〕

戯曲『エレミヤ *Jeremias*』出版。戦時文書課から休暇をとり、チューリヒにて公演準備を行う。

▼ドイツに宣戦布告、第一次世界大戦に参戦〔米〕▼労働争議の激化に対し非常事態宣言。全国でゼネストが頻発するが、軍が弾圧〔西〕▼十月革命〔露〕●フロイト『精神分析入門』〔墺〕●ピュリッツァー賞創設〔米〕●V・ウルフ『二つの短編小説』〔英〕●T・S・エリオット『二つの短編小説』〔英〕●ピカビア、芸術誌「391」創刊〔仏〕●ルヴェルディ、文芸誌「ノール＝シュド」創刊（〜一九）〔仏〕●ヴァレリー『若きパルク』〔仏〕●サンドラール『奥深い今日』〔瑞〕●ラミュ『大いなる春』〔瑞〕●**ウナムーノ『アベル・サンチェス』**〔西〕●G・ミロー『シグエンサの書』〔西〕●ヒメネス『新婚詩人の日記』〔西〕●芸術誌「デ・ステイル」創刊（〜二八）〔蘭〕●モーリッツ『炬火』〔ハンガリー〕●クルレジャ『牧神パン』、『三つの交響曲』〔クロアチア〕●ゲーラロップ、ポントピダン、ノーベル文学賞受賞〔デンマーク〕●レーニン『国家と革命』〔露〕●A・レイェス『アナウァック幻想』〔メキシコ〕●M・アスエラ『ボスたち』〔メキシコ〕●フリオ・モリーナ・ヌニェス、フアン・アグスティン・アラーヤ編『叙情の密林』〔チリ〕●グイラルデス『ラウチョ』〔アルゼンチン〕●バーラティ『クリシュナの歌』〔印〕

一九一八年［三十七歳］

軍務から解かれる。スイスで「新自由新聞 die Neue Freie Presse」のために働く。フランツ・ヴェルフェル、ジェイムズ・ジョイス、ルネ・シッケレらと会う。

▼第一次世界大戦休戦▼「セルビア人・クロアチア人・スロヴェニア人」王国の建国宣言〔東欧〕▼スペイン風邪が大流行、カタルーニャとガリシアで地域主義運動激化、アンダルシアで農民運動拡大〔西〕●シュピッツァー『ロマンス語の統辞法と文体論』〔墺〕●K・クラウス『人類最後の日々』（～二二）〔墺〕●シュニッツラー『カサノヴァの帰還』〔墺〕●キャザー『マイ・アントニーア』〔米〕●O・ハックスリー『青春の敗北』〔英〕●E・シットウェル『道化の家』〔英〕●W・ルイス『ター』〔英〕●ストレイチー『著名なヴィクトリア朝人たち』〔英〕●ラルボー『幼ごころ』〔仏〕●アポリネール『カリグラム』、『新精神と詩人たち』〔仏〕●**ルヴェルディ『屋根のスレート』**、**『眠れるギター』**〔仏〕●デュアメル『文明』（ゴンクール賞受賞）〔仏〕●サンドラール『パナマあるいは七人の伯父の冒険』、『殺しの記』〔瑞〕●ラミュ『兵士の物語』（ストラヴィンスキーのオペラ台本）〔瑞〕●文芸誌「グレシア」創刊（～二〇）〔西〕●ヒメネス『永遠』〔西〕●**デーブリーン『ヴァツェクの蒸気タービンとの戦い』**〔独〕●T・マン『非政治的人間の考察』〔独〕●H・マン『臣下』〔独〕●ルカーチ『バラージュと彼を必要とせぬ人々』〔ハンガリー〕●ジョイス『亡命者たち』〔愛〕●**アンドリッチ**、「南方文芸」誌を創刊（～一九）、**『エクスポント（黒海より）』**〔セルビア〕●M・アスエラ『蝿』〔メキシコ〕●魯迅『狂人日記』〔中〕

一九一九年〔三十八歳〕

オーストリアに帰る。ザルツブルクのカプツィーナーベルクに購入していた邸宅に拠点を移す。この邸宅に、世界中から友人が訪ねるようになる。

▼パリ講和会議〔欧〕▼ハプスブルク家の特権廃止。オーストリア共和国の成立〔墺〕▼合衆国憲法修正第十八条（禁酒法）制定、憲法修正第十九条（女性参政権）可決〔米〕▼アメリカ鉄鋼労働者ストライキ〔米〕▼ストライキが頻発、マドリードでメトロ開通〔西〕▼ワイマール憲法発布〔独〕▼第三インターナショナル（コミンテルン）成立〔露〕▼ギリシア・トルコ戦争〔希・土〕●ホフマンスタール『影のない女』〔墺〕●パルプ雑誌「ブラック・マスク」創刊（～五一）〔米〕●S・アンダーソン『ワインズバーグ・オハイオ』〔米〕●**コンラッド『黄金の矢』**〔英〕●V・ウルフ『夜と昼』、『現代小説論』〔英〕●モーム『月と六ペンス』〔英〕●ガリマール社設立〔仏〕●ブルトン、アラゴン、スーポーとダダの機関誌「文学」を創刊〔仏〕●ベルクソン『精神エネルギー』〔仏〕●ジッド『田園交響楽』〔仏〕●コクトー『ポトマック』〔仏〕●デュアメル『世界の占有』〔仏〕●シュピッテラー、ノーベル文学賞受賞〔瑞〕●サンドラール『弾力のある十九の詩』、『全世界より』、『世界の終わり』〔瑞〕●ローマにて文芸誌「ロンダ」創刊（～二三）〔伊〕●バッケッリ『ハムレット』〔伊〕●ヒメネス『石と空』〔西〕●グロピウス、ワイマールにバウハウスを設立（～三三）〔独〕●カフカ『流刑地にて』、『田舎医者』〔独〕●ヘッセ『デーミアン』〔独〕●クルツィウス『現代フランスの文学開拓者たち』〔独〕●ツルニャンスキー『イタカの抒情』〔セルビア〕●シェルシェネーヴィチ、エセーニンらと〈イマジニズム〉を結成（～二七）〔露〕●M・アスエラ『上品な一家の苦難』〔メキシコ〕●有島武郎『或る女』〔日〕

一九二〇年［三十九歳］

フリーデリケと結婚。講演旅行のためドイツ各地に赴く。エッセイ集『三人の巨匠　バルザック、ディケンズ、ドストエフスキー *Drei Meister. Balzac, Dickens, Dostjewski*』出版。

▼国際連盟発足［欧］●ピッツバーグで民営のKDKA局がラジオ放送開始［米］●フィッツジェラルド『楽園のこちら側』［米］●ウォートン『エイジ・オブ・イノセンス』（ピュリッツァ賞受賞）［米］●ドライサー『ヘイ、ラバダブダブ！』［米］●ドス・パソス『ある男の入門——一九一七年』［米］●D・H・ローレンス『恋する女たち』、『迷える乙女』［英］●ウェルズ『世界文化史大系』［英］●O・ハックスリー『レダ』、『リンボ』［英］●E・シットウェル『木製の天馬』［英］●クリスティ『スタイルズ荘の怪事件』［英］●クロフツ『樽』［英］●ロマン・ロラン『クレランボー』［仏］●コレット『シェリ』［仏］●デュアメル『サラヴァンの生涯と冒険』（〜三二）［仏］●チェッキ『金魚』［伊］●文芸誌「レフレクトル」創刊［西］●バリェ＝インクラン『ボヘミアの光』、『聖き言葉』［西］●デーブリーン『ヴァレンシュタイン』［独］●**アンドリッチ『アリヤ・ジェルゼレズの旅』『不安』**［セルビア］●ハムスン、ノーベル文学賞受賞［ノルウェー］●アレクセイ・N・トルストイ『ニキータの少年時代』（〜二二）、『苦悩の中を行く』（〜四一）［露］

一九二二年［四十一歳］

小説集『アモク *Amok*』出版。聖伝のひとつ『永遠の兄の目 *Die Augen des ewigen Bruders*』出版。各地を講演旅行する。

▼KKK団の再興〔米〕▼ムッソリーニ、ローマ進軍。首相就任〔伊〕▼アイルランド自由国正式に成立〔愛〕▼スターリンが書記長に就任、ソビエト連邦成立〔露〕●スタイン『地理と戯曲』〔米〕●キャザー『同志クロード』(ピューリツァー賞受賞)〔米〕●ドライサー『私自身に関する本』〔米〕●フィッツジェラルド『美しき呪われし者』、『ジャズ・エイジの物語』〔米〕●イギリス放送会社BBC設立〔英〕●D・H・ローレンス『アロンの杖』、『無意識の幻想』〔英〕●E・シットウェル『ファサード』〔英〕●T・S・エリオット『荒地』〔英〕●マンスフィールド『園遊会、その他』〔英〕●ロマン・ロラン『魅せられた魂』(〜三三)〔仏〕●マルタン・デュ・ガール『チボー家の人々』(〜四〇)〔仏〕●モラン『夜ひらく』〔仏〕●J・ロマン『リュシエンヌ』〔仏〕●コレット『クローディーヌの家』〔仏〕●アソリン『ドン・ファアン』〔西〕●クラーゲス『宇宙創造的エロス』〔独〕●T・マン『ドイツ共和国について』〔独〕●ヘッセ『シッダールタ』〔独〕●カロッサ『幼年時代』〔独〕●コストラーニ『血の詩人』〔ハンガリー〕●ジョイス『ユリシーズ』〔愛〕●アレクセイ・N・トルストイ『アエリータ』(〜二三)〔露〕●ボルヘス『ブエノスアイレスの熱狂』〔アルゼンチン〕

一九二八年〔四十七歳〕

ロシアに旅行し、トルストイ生誕百周年記念会議に出席、マクシム・ゴーリキーと会う。

▼第一次五カ年計画を開始〔露〕▼大統領選に勝ったオブレゴンが暗殺〔メキシコ〕●シュピッツァー『文体研究』〔墺〕●シュニッツラー『テレーゼ』〔墺〕●CIAM(近代建築国際会議)開催(〜五九)〔欧〕●ガーシュイン《パリのアメリカ人》〔米〕●オニール『奇妙な幕間狂言』初演〔米〕●D・H・ローレンス『チャタレイ夫人の恋人』〔英〕●ヴァン・ダイン『探偵小説二十則』、『グリーン家殺人事件』〔米〕●ナボコフ『キング、クィーンそしてジャック』〔米〕●V・ウルフ『オーランドー』〔英〕●**O・ハックス**

リー『対位法』〔英〕●ウォー『大転落』〔英〕●R・ノックス『ノックスの十戒』〔英〕●リース『ポーズ』〔英〕●ブルトン『ナジャ』、『シュルレアリスムと絵画』〔仏〕●J・ロマン『肉体の神』〔仏〕●マルロー『征服者』〔仏〕●クローデル『繻子の靴』（〜二九）〔仏〕●サン＝テグジュペリ『南方郵便機』〔仏〕●モラン『黒魔術』〔仏〕●バタイユ『眼球譚』〔仏〕●バシュラール『近似的認識に関する詩論』〔仏〕●サンドラール『白人の子供のための黒人のお話』〔瑞〕●マンツィーニ『魅せられた時代』〔伊〕●バリェ＝インクラン『御主人、万歳』〔西〕●G・ミロー『歳月と地の隔たり』〔西〕●フッサール『内的時間意識の現象学』〔独〕●ベンヤミン『ドイツ悲劇の根源』〔独〕●S・ゲオルゲ『新しい国』〔独〕●E・ケストナー『エーミルと探偵団』〔独〕●ブレヒト『三文オペラ』初演〔独〕●ウンセット、ノーベル文学賞受賞〔ノルウェー〕●アレクセイ・N・トルストイ『まむし』〔露〕●ショーロホフ『静かなドン』（〜四〇）〔露〕●グスマン『鷲と蛇』〔メキシコ〕●ガルベス『パラグアイ戦争の情景』（〜二九）〔アルゼンチン〕

一九二九年〔四十八歳〕

評伝『ジョゼフ・フーシェ　ある政治家の肖像 *Joseph Fouche. Bildnis eines politischen Menschen*』、小説『**過去への旅** *Die Reise in die Vergangenheit*』を書く。

▼十月二四日ウォール街株価大暴落、世界大恐慌に●リルケ『若き詩人への手紙』〔墺〕●ニューヨーク近代美術館開館〔米〕●ヘミングウェイ『武器よさらば』〔米〕●フォークナー『響きと怒り』、『サートリス』〔米〕●ヴァン・ダイン『僧正殺人事件』〔米〕●ナボコフ『チョールブの帰還』〔米〕●D・H・ローレンス『死んだ男』〔英〕●E・シットウェル『黄金海岸の習わし』〔英〕●H・グリーン『生きる』〔英〕●学術誌「ドキュマン」創刊（編集長バタイユ、〜三〇）〔仏〕●J・ロマン『船が……』〔仏〕●ジッド

『女の学校』(〜三六)〔仏〕●コクトー『恐るべき子供たち』〔仏〕●ルヴェルディ『風の泉』、『ガラスの水たまり』〔仏〕●ダビ『北ホテル』〔仏〕●ユルスナール『アレクシあるいは空しい戦いについて』〔仏〕●コレット『第二の女』〔仏〕●ラミュ「ベルナール・グラッセへの手紙」、『葡萄栽培者たちの祭』〔瑞〕●モラーヴィア『無関心な人々』〔伊〕●ゴメス・デ・ラ・セルナ『人間もどき』〔西〕●ミース・ファン・デル・ローエ《バルセロナ万国博覧会のドイツ館》〔独〕●デーブリーン『ベルリン・アレクサンダー広場』〔独〕●レマルク『西部戦線異状なし』〔独〕●アウエルバッハ『世俗詩人ダンテ』〔独〕●クラーゲス『心情の敵対者としての精神』(〜三三)〔独〕●アンドリッチ『ゴヤ』〔セルビア〕●ツルニャンスキー『流浪』(第一巻)〔セルビア〕●フロンスキー『蜜の心』〔スロヴァキア〕●アレクセイ・N・トルストイ『ピョートル一世』(〜四五)〔露〕●ヤシェンスキ『パリを焼く』〔露〕●**グスマン『ボスの影』**〔メキシコ〕●ガジェゴス『ドニャ・バルバラ』〔ベネズエラ〕●ボルヘス『サン・マルティンの手帖』〔アルゼンチン〕●小林多喜二『蟹工船』〔日〕

一九三一年

▼アル・カポネ、脱税で収監〔米〕▼金本位制停止。ウェストミンスター憲章を可決、イギリス連邦成立〔英〕▼スペイン革命、共和政成立〔西〕●エンパイアステートビル竣工〔米〕●キャザー『岩の上の影』〔米〕●フォークナー『サンクチュアリ』〔米〕●ドライサー『悲劇のアメリカ』〔米〕●オニール「喪服の似合うエレクトラ」初演〔米〕●フィッツジェラルド『バビロン再訪』〔米〕●ハメット『ガラスの鍵』〔米〕●E・ウィルソン『アクセルの城』〔米〕●V・ウルフ『波』〔英〕●H・リード『芸術の意味』〔英〕●デュジャルダン『内的独白』〔仏〕●ニザン『アデン・アラビア』〔仏〕●ギユー『仲間たち』〔仏〕●サン＝テグジュペリ『夜間飛行』(フェミナ賞受賞)〔仏〕●ダビ『プチ・ルイ』〔仏〕●**ルヴェルディ『白い石』**〔仏〕●**G・ルブラン『回想』**〔仏〕●サンドラール『今日』〔瑞〕●**パオロ・ヴィタ＝フィンツィ『偽書撰』**〔伊〕●ケストナー『ファビアン』、『点子ちゃんとアントン』、『五月三

十五日』〔独〕●H・ブロッホ『夢遊の人々』（〜三二）〔独〕●ツックマイアー『ケーペニックの大尉』〔独〕●ヌーシッチ『大臣夫人』〔セルビア〕●**アンドリッチ『短編小説集二』**〔セルビア〕●フロンスキー『パン』〔スロヴァキア〕●カールフェルト、ノーベル文学賞受賞〔スウェーデン〕●ボウエン『友人と親戚』〔愛〕●バーベリ『オデッサ物語』〔露〕●アグノン『嫁入り』〔イスラエル〕●ヘジャーズィー『ズィーバー』〔イラン〕

一九三二年［五十一歳］

伝記小説『マリー・アントワネット *Marie Antoinette*』を出版。

▼ジュネーブ軍縮会議〔米・英・日〕▼イエズス会に解散命令、離婚法・カタルーニャ自治憲章・農地改革法成立〔西〕▼総選挙でナチス第一党に〔独〕●ホフマンスタール『アンドレアス』〔墺〕●ロート『ラデツキー行進曲』〔墺〕●ヘミングウェイ『午後の死』〔米〕●マクリーシュ『征服者』（ピュリッツァー賞受賞）〔米〕●ドス・パソス『一九一九年』〔米〕●**キャザー『名もなき人びと』**〔米〕●フォークナー『八月の光』〔米〕●コールドウェル『タバコ・ロード』〔米〕●フィッツジェラルド『ワルツは私と』〔米〕●E・S・ガードナー『ビロードの爪』（ペリー・メイスン第一作）〔米〕●O・ハックスリー『すばらしい新世界』〔英〕●H・リード『現代詩の形式』〔英〕●J・ロマン『善意の人びと』（〜四七）〔仏〕●F・モーリヤック『蝮のからみあい』〔仏〕●セリーヌ『夜の果てへの旅』〔仏〕●ベルクソン『道徳と宗教の二源泉』〔仏〕●クルツィウス『危機に立つドイツ精神』〔独〕●クルレジャ『フィリップ・ラティノヴィチの帰還』〔クロアチア〕●ドゥチッチ『都市とキマイラ』〔セルビア〕●ボウエン『北方へ』〔愛〕●ヤシェンスキ『人間は皮膚を変える』（〜三三）〔露〕●M・アスエラ『蛍』〔メキシコ〕●グイラルデス『小径』〔アルゼンチン〕●ボルヘス『論議』〔アルゼンチン〕

一九三三年 ▼ニューディール諸法成立〔米〕▼ドイツ、ヒトラー内閣成立〔独〕●S・アンダーソン『森の中の死』〔米〕●ヘミングウェイ『勝者には何もやるな』〔米〕●スタイン『アリス・B・トクラス自伝』〔米〕●オニール『ああ、荒野!』〔米〕●**V・ウルフ『フラッシュ ある伝記』**〔英〕●E・シットウェル『イギリス畸人伝』〔英〕●H・リード『現代の芸術』〔英〕●J・ロマン『ヨーロッパの問題』〔仏〕●コレット『牝猫』〔仏〕●マルロー『人間の条件』(ゴンクール賞受賞)〔仏〕●クノー『はまむぎ』〔仏〕●〈ブレイアード〉叢書創刊(ガリマール社)〔仏〕●J・グルニエ『孤島』〔仏〕●ブニュエル《糧なき土地》〔西〕●ロルカ『血の婚礼』〔西〕●T・マン『ヨーゼフとその兄弟たち』(〜四三)〔独〕●ケストナー『飛ぶ教室』〔独〕●ゴンブローヴィチ『成長期の手記』(五七年『バカカイ』と改題)〔ポーランド〕●エリアーデ『マイトレイ』〔ルーマニア〕●フロンスキー『ヨゼフ・マック』〔スロヴァキア〕●オフェイロン『素朴な人々の住処』〔愛〕●ブーニン、ノーベル文学賞受賞〔露〕●西脇順三郎訳『ヂオイス詩集』〔日〕

一九三四年〔五十三歳〕

ウィーンで国防軍と社会主義者の間に衝突が起こる。密輸された武器を探すという名目で、ザルツブルクの邸宅に家宅捜索が入る。非政治性をこととしていたツヴァイクはショックを受け、ロンドン移住を決意。伝記小説『エラスムス・ロッテルダムの勝利と悲劇 *Triumph und Tragik des Erasmus von Rotterdam*』出版。

▼アストゥリアス地方でコミューン形成、政府軍による弾圧。カタルーニャの自治停止〔西〕▼ヒンデンブルク歿、ヒトラー総統兼首相就任〔独〕▼キーロフ暗殺事件、大粛清始まる〔露〕●フィッツジェラルド『夜はやさし』〔米〕●H・ミラー『北回帰線』〔米〕●ハメット『影なき男』〔米〕●J・M・ケイン『郵便配達は二度ベルを鳴らす』〔米〕●クリスティ『オリエント急

行の殺人』〔英〕●ウォー『一握の塵』〔英〕●セイヤーズ『ナイン・テイラーズ』〔英〕●**H・リード『ユニット・ワン』**〔英〕●M・アリンガム『幽霊の死』〔英〕●リース『闇の中の航海』〔英〕●アラゴン『バーゼルの鐘』〔仏〕●ユルスナール『死神が馬車を導く』、『夢の貨幣』〔仏〕●モンテルラン『独身者たち』(アカデミー文学大賞)〔仏〕●コレット『言い合い』〔仏〕●H・フォシヨン『形の生命』〔仏〕●ベルクソン『思想と動くもの』〔仏〕●バシュラール『新しい科学的精神』〔仏〕●レリス『幻のアフリカ』〔仏〕●サンドラール『ジャン・ガルモの秘密の生涯』〔瑞〕●ラミュ『デルボランス』〔瑞〕●ピランデッロ、ノーベル文学賞受賞〔伊〕●アウブ『ルイス・アルバレス・ペトレニャ』〔西〕●A・マチャード『不死鳥』、『フアン・デ・マイナーレ』〔西〕●ペソア『歴史は告げる』〔ポルトガル〕●クラーゲス『リズムの本質』〔独〕●デーブリーン『バビロン放浪』〔独〕●エリアーデ『天国からの帰還』〔ルーマニア〕●ヌーシッチ『義賊たち』〔セルビア〕●ブリクセン『七つのゴシック物語』〔デンマーク〕●A・レイェス『タラウマラの草』〔メキシコ〕●谷崎潤一郎『文章読本』〔日〕

一九三五年

▼フランス人民戦線成立〔仏〕▼アビシニア侵攻(〜三六)〔伊〕▼ブリュッセル万国博覧会〔白〕▼フランコ、陸軍参謀長に就任。右派政権、農地改革改正法(反農地改革法)を制定〔西〕▼ユダヤ人の公民権剥奪〔独〕▼コミンテルン世界大会開催〔露〕●ガーシュウィン《ポーギーとベス》〔米〕●ヘミングウェイ『アフリカの緑の丘』〔米〕●フィッツジェラルド『起床ラッパが消灯ラッパ』〔米〕●マクリーシュ『恐慌』〔米〕●キャザー『ルーシー・ゲイハート』〔米〕●フォークナー『標識塔』〔米〕●アレン・レーン、〈ペンギン・ブックス〉発刊〔英〕●セイヤーズ『学寮祭の夜』〔英〕●H・リード『緑の子供』〔英〕●N・マーシュ『殺人者登場』〔英〕●ル・コルビュジエ『輝く都市』〔瑞〕●サンドラール『ヤバイ世界の展望』〔瑞〕●ラミュ『問い』〔瑞〕●**ギユー『黒い血』**〔仏〕●F・モーリヤック『夜の終り』〔仏〕●A・マチャード『フアン・デ・マイレナ』(〜三九)〔西〕●オルテガ・イ・ガセー『体

系としての歴史』〔西〕●アレイクサンドレ『破壊すなわち愛』〔西〕●アロンソ『ゴンゴラの詩的言語』〔西〕●デーブリーン『情け容赦なし』〔独〕●H・マン『アンリ四世の青春』、『アンリ四世の完成』（〜三八）〔独〕●ベンヤミン『複製技術時代の芸術作品』〔独〕●カネッティ『眩暈』〔独〕●ヴィトリン『地の塩』（文学アカデミー金桂冠賞受賞）〔ポーランド〕●ストヤノフ『コレラ』〔ブルガリア〕●アンドリッチ『ゴヤ』〔セルビア〕●パルダン『ヨーアン・スタイン』〔デンマーク〕●ボイエ『木のために』〔スウェーデン〕●マッティンソン『イラクサの花咲く』〔スウェーデン〕●グリーグ『われらの栄光とわれらの力』〔ノルウェー〕●ボウエン『パリの家』〔愛〕●アフマートワ『レクイエム』（〜四〇）〔露〕●ボンバル『最後の霧』〔チリ〕●ボルヘス『汚辱の世界史』〔アルゼンチン〕●川端康成『雪国』（〜三七）〔日〕

一九三六年〔五十五歳〕

伝記小説『カルヴァンと戦うカステリオン *Castellio gegen Calvin oder Ein Gewissen gegen die Gewalt*』出版。政府からの招待を受け、はじめてブラジルを訪れる。

▼合衆国大統領選挙でフランクリン・ローズヴェルトが再選〔米〕▼スペイン内戦勃発（〜三九）〔西〕▼スターリンによる粛清（〜三八）〔露〕▼二・二六事件〔日〕●レルネト＝ホレーニア『バッゲ男爵』〔墺〕●オニール、ノーベル文学賞受賞〔米〕●ミッチェル『風と共に去りぬ』〔米〕●H・ミラー『暗い春』〔米〕●ドス・パソス『ビッグ・マネー』〔米〕●キャザー『現実逃避』、『四十歳以下でなく』〔米〕●フォークナー『アブサロム、アブサロム！』〔米〕●J・M・ケイン『倍額保険』〔米〕●クリスティ『ABC殺人事件』〔英〕●O・ハックスリー『ガザに盲いて』〔英〕●M・アリンガム『判事への花束』〔英〕●C・S・ルイス『愛のアレゴリー』〔英〕●ジッド、

ラスト、ギユー、エルバール、シフラン、ダビとソヴィエトを訪問〔仏〕●F・モーリヤック『黒い天使』〔仏〕●アラゴン『お屋敷町』〔仏〕●セリーヌ『なしくずしの死』〔仏〕●ユルスナール『火』〔仏〕●サンドラール『ハリウッド』〔瑞〕●ラミュ『サヴォワの少年』〔瑞〕●ダヌンツィオ『死を試みたガブリエーレ・ダンヌンツィオの秘密の書、一〇〇、一〇〇、一〇〇、一〇〇のページ』（アンジェロ・コクレス名義）〔伊〕●シローネ『パンとぶどう酒』〔伊〕●A・マチャード『不死鳥』、『フアン・デ・マイナーレ』〔西〕●ドールス『バロック論』〔西〕●フッサール『ヨーロッパ諸科学の危機と超越論的現象学』（未完）〔独〕●K・チャペック『山椒魚戦争』〔チェコ〕●ネーメト『罪』〔ハンガリー〕●エリアーデ『クリスティナお嬢さん』〔ルーマニア〕●アンドリッチ『短編小説集三』〔セルビア〕●ラキッチ『詩集』〔セルビア〕●クルレジャ『ペトリツァ・ケレンプーフのバラード』〔クロアチア〕●ボルヘス『永遠の歴史』〔アルゼンチン〕

一九三七年〔五十六歳〕

聖伝のひとつ『埋められた燭台 *Der begrabene Leuchter*』出版（なお、この聖伝の単行本が刊行されるのは一九三七年のことだが、すでに前年の一九三六年に作品集のなかに収録、発表されている）。この年、最後のオーストリア訪問。

▼イタリア、国際連盟を脱退〔伊〕▼フランコ、総統に就任〔西〕●カロザース、ナイロン・ストッキングを発明〔米〕●スタインベック『二十日鼠と人間』〔米〕●W・スティーヴンズ『青いギターの男』〔米〕●ヘミングウェイ『持つと持たぬと』〔米〕●J・M・ケイン『セレナーデ』〔米〕●ナボコフ『賜物』（～三八）〔米〕●**V・ウルフ『歳月』**〔英〕●セイヤーズ『忙しい蜜月旅行』〔英〕●E・シットウェル『黒い太陽の下に生く』〔英〕●フォックス『小説と民衆』〔英〕●コードウェル『幻影と現実』〔英〕●マルロー『希望』〔仏〕●**ルヴェルディ『屑鉄』**〔仏〕●ル・コルビュジエ『伽藍が白かったとき』〔瑞〕●デーブリーン『死のない国』〔独〕●ゴンブローヴィチ『フェルディドゥルケ』

〔ポーランド〕●エリアーデ『蛇』〔ルーマニア〕●ブリクセン『アフリカ農場』〔デンマーク〕●メアリー・コラム『伝統と始祖たち』〔愛〕●A・レイェス『ゲーテの政治思想』〔メキシコ〕●パス『お前の明るき影の下で』、『人間の根』〔メキシコ〕

一九三八年〔五十七歳〕

オーストリアがドイツに併合される。ザルツブルクで焚書に遭う。フリーデリケと離婚。

▼ブルム内閣総辞職、人民戦線崩壊〔仏〕▼ミュンヘン会談〔英・仏・伊・独〕▼ドイツ、ズデーテンに進駐〔東欧〕●ヘミングウェイ『第五列と最初の四十九短編』〔米〕●E・ウィルソン『三重の思考者たち』〔米〕●ヒッチコック『バルカン超特急』〔英〕●V・ウルフ『三ギニー』〔英〕●G・グリーン『ブライトン・ロック』〔英〕●コナリー『嘱望の敵』〔英〕●オーウェル『カタロニア賛歌』〔英〕●サルトル『嘔吐』〔仏〕●ラルボー『ローマの旗の下に』〔仏〕●ユルスナール『東方綺譚』〔仏〕●バシュラール『科学的精神の形成』、『火の精神分析』〔仏〕●ラミュ『もし太陽が戻らなかったら』〔瑞〕●バッケッリ『ポー川の水車小屋』(〜四〇)〔伊〕●デーブリーン『青い虎』〔独〕●エリアーデ『天国における結婚』〔ルーマニア〕●**ヌーシッチ『故人』**〔セルビア〕●クルレジャ『理性の敷居にて』、『ブリトヴァの宴会』(〜六三)〔クロアチア〕●ベケット『マーフィ』〔愛〕●ボウエン『心情の死滅』〔愛〕●グスマン『パンチョ・ビリャの思い出』(〜四〇)〔メキシコ〕

一九三九年〔五十八歳〕

アメリカ各地を講演旅行。長編小説『心の焦燥 *Ungeduld des Herzens*』出版。秘書のロッテ・アルトマンと結婚。

▼第二次世界大戦勃発〔欧〕●ドス・パソス『ある青年の冒険』〔米〕●オニール『氷屋来たる』〔米〕●チャンドラー『大いなる眠り』〔米〕

●クリスティ『そして誰もいなくなった』［英］●リース『真夜中よ、こんにちは』［英］●ジッド『日記』（〜五〇）［仏］●サン＝テグジュペリ『人間の大地』（アカデミー小説大賞）［仏］●ユルスナール『とどめの一撃』［仏］●サロート『トロピスム』［仏］●パノフスキー『イコノロジー研究』［独］●デーブリーン『一九一八年十一月。あるドイツの革命』（〜五〇）［独］●T・マン『ヴァイマルのロッテ』［独］●ジョイス『フィネガンズ・ウェイク』［愛］●F・オブライエン『スイム・トゥー・バーズにて』［愛］●セゼール『帰郷ノート』［中南米］

一九四〇年［五十九歳］

イギリスの市民権を得る。四月、パリにて「昨日のウィーン Das Wien von Gestern」と題した講演を行う。これが最後のヨーロッパ大陸訪問となる。ニューヨーク、ブラジルへ講演旅行。

▼ドイツ軍、パリ占領［仏・独］▼トロツキー、メキシコで暗殺される［露］▼日独伊三国軍事同盟［日・独・伊］●ヘミングウェイ『誰がために鐘は鳴る』、『第五列』初演［米］●キャザー『サファイラと奴隷娘』［米］●J・M・ケイン『横領者』［米］●マッカラーズ『心は孤独な猟人』［米］●チャンドラー『さらば愛しき人よ』［米］●e・e・カミングズ『五十詩集』［米］●E・ウィルソン『フィンランド駅へ』［米］●クライン『ユダヤ人も持たざるや』［カナダ］●プラット『ブレブーフとその兄弟たち』［カナダ］●G・グリーン『権力と栄光』［英］●ケストラー『真昼の暗黒』［英］●H・リード『アナキズムの哲学』、『無垢と経験の記録』［英］●サルトル『想像力の問題』［仏］●バシュラール『否定の哲学』［仏］●A・リヴァ『雲をつかむ』［瑞］●エリアーデ『ホーニヒベルガー博士の秘密』、『セランポーレの夜』［ルーマニア］●フロンスキー『グラーチ書記』、『在米スロヴァキア移民を訪ねて』［スロヴァキア］●エリティス『定位』［ギリシア］●ビオイ＝カサレス『モレルの発明』［アルゼンチン］●織田作之助『夫婦善哉』［日］●太宰治『走れメロス』［日］

一九四一年〔六十歳〕

アメリカ、ブラジルに滞在。ペトロポリスに居宅を移す。自伝的エッセイ『昨日の世界 *Die Welt von Gestern*』の原稿を出版社に送る。エッセイ『未来の国ブラジル *Brasilien. Ein Land der Zukunft*』出版。

▼六月二十二日、独ソ戦開始〔独・露〕▼十二月八日、日本真珠湾攻撃、米国参戦〔日・米〕●レルネト＝ホレーニア『白羊宮の火星』〔墺〕●シーボーグ、マクミランら、プルトニウム238を合成〔米〕●白黒テレビ放送開始〔米〕●O・ウェルズ『市民ケーン』〔米〕●O・ウェルズ『市民ケーン』〔米〕●I・バーリン《ホワイト・クリスマス》〔米〕●フィッツジェラルド『ラスト・タイクーン』(未完)〔米〕●**J・M・ケイン『ミルドレッド・ピアース』**〔米〕●ナボコフ『セバスチャン・ナイトの真実の生涯』〔米〕●V・ウルフ『幕間』〔英〕●ケアリー『馬の口から』(〜四四)〔英〕●ラルボー『罰せられざる悪徳・読書——フランス語の領域』〔仏〕●ヴィットリーニ『シチリアでの会話』〔伊〕●パヴェーゼ『故郷』〔伊〕●ブレヒト『肝っ玉おっ母とその子供たち』チューリヒにて初演〔独〕●M・アスエラ『新たなブルジョワ』〔メキシコ〕●パス『石と花の間で』〔メキシコ〕●ボルヘス『八岐の園』〔アルゼンチン〕

一九四二年〔六十一歳〕

二月十六日、リオ・デ・ジャネイロでカーニバルを見物し、翌日ペトロポリスに帰る。二十二日の夕方、ロッテとともに睡眠薬の多量摂取により自殺。二十四日、ペトロポリスの市営墓地に埋葬される。死後、『昨日の世界』、そして中編小説『**チェス奇譚** *Schachnovelle*』が出版される。

▼エル・アラメインの戦い〔欧・北アフリカ〕▼ミッドウェイ海戦〔日・米〕▼スターリングラードの戦い（～四三）〔独・ソ〕●E・フェルミら、シカゴ大学構内に世界最初の原子炉を建設〔米〕●チャンドラー『高い窓』〔米〕●ベロー『朝のモノローグ二題』〔米〕●S・ランガー『シンボルの哲学』〔米〕●V・ウルフ『蛾の死』〔英〕●T・S・エリオット『四つの四重奏』〔英〕●E・シットウェル『街の歌』〔英〕●ギユー『夢のパン』（ポピュリスト賞受賞）〔仏〕●サン＝テグジュペリ『戦う操縦士』〔仏〕●カミュ『異邦人』、『シーシュポスの神話』〔仏〕●バシュラール『水と夢』〔仏〕●ウンガレッティ『喜び』〔伊〕●ゼーガース『第七の十字架』、『トランジット』（～四四）〔独〕●ブリクセン『冬の物語』〔デンマーク〕●A・レイェス『文学的経験について』〔メキシコ〕●パス『世界の岸辺で』、『孤独の詩、感応の詩』〔メキシコ〕●ボルヘス『イシドロ・パロディの六つの難事件』〔アルゼンチン〕●郭沫若『屈原』〔中〕

一九八一年

生誕百周年。全集が編纂されるなどして再評価が進む。

▼皇太子チャールズとダイアナ結婚〔英〕▼フランス国民議会が死刑廃止を可決〔仏〕●ハントケ『村々を越えて』〔墺〕●アトウッド『肉体的な危害』〔カナダ〕●カーヴァー『愛について語るときぼくらが語ること』〔米〕●A・ウォーカー『いい女を抑えつけることはできない』〔米〕●J・アーヴィング『ホテル・ニューハンプシャー』〔米〕●ディック『ヴァリス』『聖なる侵入』〔米〕●オーツ『対立物』〔米〕●T・モリソン『タール・ベイビー』〔米〕●ロス『束縛を解かれたズッカーマン』〔米〕●アシュベリー『影の列車』〔米〕●ナボコフ『ロシア文学講義』〔米〕●サイード『イスラーム報道』〔米〕●ジェイムソン『政治的無意識』〔米〕●マキューアン『異邦人たちの慰め』〔英〕●ラシュディ『真夜中の子供たち』（ブッカー賞受賞）〔英〕●レッシング『シリウスの実験』〔英〕●シリトー『第

二のチャンス』〔英〕●ジャーハーディ『神の第五列』〔英〕●〈ウリポ〉『ポテンシャル文学図鑑』〔仏〕●シモン『農耕詩』〔仏〕●ロブ＝グリエ『ジン』〔仏〕●デュラス『アガタ』〔仏〕●グラック『読みつつ、書きつつ』〔仏〕●ソレルス『楽園』〔仏〕●ユルスナール『三島あるいは空虚のヴィジョン』〔仏〕●サガン『厚化粧の女』〔仏〕●レリス『オランピアの頸のリボン』〔仏〕●タブッキ『逆さまゲーム』〔伊〕●ガッダ『退役大尉の憤激』〔伊〕●グエッラ『月を見る人たち』〔伊〕●マンガネッリ『愛』〔伊〕●アントゥーネス『小鳥たちの説明』〔ポルトガル〕●ウォルケルス『燃える愛』〔蘭〕●シュヌレ『事故』〔独〕●クローロ『歩行中』〔独〕●B・シュトラウス『カップルズ、行きずりの人たち』〔独〕●ファスビンダー『ヴェロニカ・フォスの憧れ』『ローラ』〔独〕●フラバル『ハーレクィンの何百万』〔チェコ〕●アンジェイエフスキ『どろどろ』〔ポーランド〕●カネッティ、ノーベル文学賞受賞〔ルーマニア〕●エミネスク『書簡一～五』〔ルーマニア〕●チュルカ『旅人』〔ハンガリー〕●ウグレシッチ『人生の顎で』〔クロアチア〕●シェノア『ブランカ』〔クロアチア〕●カダレ『夢宮殿』〔アルバニア〕●エンクヴィスト『雨蛇の生活から』〔スウェーデン〕●アデーリウス『行商人』〔スウェーデン〕●ベケット『見ちがい言いちがい』〔愛〕●アクショーノフ『クリミア島』〔露〕●アルブーゾフ『残酷な遊び』『想い出』〔露〕●フエンテス『焼けた水』〔メキシコ〕●イバルグエンゴイティア『ロペスの足跡』〔メキシコ〕●カブレラ＝インファンテ『ヒゲのはえた鰐に噛まれて』〔キューバ〕●ドノーソ『隣の庭』〔チリ〕●バルガス＝リョサ『世界終末戦争』〔ペルー〕●グリッサン『アンティル論』〔中南米〕●グギ『拘禁　一作家の獄中記』〔ケニア〕●チュツオーラ『薬草まじない』〔ナイジェリア〕●ゴーディマ『ジュライの一族たち』〔南アフリカ〕●P・ケアリー『至福』〔オーストラリア〕

二〇一四年

ツヴァイクの著作、生涯にインスピレーションを受けたというウェス・アンダーソン監督の映画『グランド・ブダペスト・ホテル』が世界中でヒットする。

▼イスラム教スンニ派武装組織ISIL、カリフ制イスラム国家の樹立を宣言、IS（イスラム国）に名称変更を宣言［中東］▼マレーシア航空一七便撃墜事件［ウクライナ］▼エボラ出血熱が流行［西アフリカ］●N・クライン『これがすべてを変える――資本主義VS気候変動』［カナダ］●S・キング『ミスターメルセデス』『心霊電流』［米］●モディアノ、ノーベル文学賞受賞［仏］●モディアノ、ノーベル文学賞受賞［仏］●フラナガン『奥のほそ道』（ブッカー賞受賞）［オーストラリア］

二〇一六年

自殺前のツヴァイクを描いたマリア・シュラーダー監督の映画『曙光の前に』公開。

▼D・トランプ、合衆国大統領選挙で勝利［米］▼国民投票によりイギリスのEU離脱（ブレグジット）が決定［英］▼相模原障害者施設殺傷事件［日］●アトウッド『鬼婆の子』［カナダ］●ボブ・ディラン、ノーベル文学賞受賞［米］●ビーティー『セルアウト』（ブッカー賞受賞）［米］●オルダーマン『パワー』［英］●クッツェー『イエスの幼子時代』［南アフリカ］

解説

宇和川雄

ツヴァイクをはじめて読んだのは、いつのことだっただろう。

きっかけは、洋書店で買った一冊の本だった。「目に見えないコレクション *Unsichtbare Sammlungen*」というタイトルに惹かれて買ったのだが、読んでみるとそれがツヴァイクの小説に由来するものであることが分かった。それならば、と小説の方を読んでみて、わたしはたちまちツヴァイクの虜になった。ストーリーのうまさもさることながら、それ以上に舌を巻いたのは、人の内面を抉り出すような緻密な心理描写である。洋書店で買った本の方は、正直よく覚えていない。だがツヴァイクという作家の名前は、記憶に深く刻まれた。それが大学院生になったばかりのことである。

それから数年後に、わたしはふたたびツヴァイクと出会う。図書館で手にとった本――ポプラ社〈百年文庫〉の『罪』の巻――のなかに、たまたまツヴァイクの作品が入っていた。タイトルは『第三の鳩の物語』。たかだか数ページの短い物語である。そのなかに、古代から現代にいたるまでの長大な時間が凝縮されている。そのスケールの大きさに圧倒されて、わたしはふたたびツヴァイクの虜になった。ツヴァイクは、他にもいくつかこういう伝説ものを書いているらしい。「聖伝」というシリーズの存在を知ったわたしは、しばらくそれに没頭した。

「聖伝」は、ドイツ語ではLegende（レゲンデ）という。これはドイツ文学においては、狭義には「聖人伝」、広義には「宗教伝説」を意味するジャンルである。「聖ゲオルギウスの伝説」のような聖人伝が分かりやすい例だろう。だがツヴァイクの「聖伝」は、いわゆる聖人伝とは一味違う。それは古い伝説のたんなるリメイクではなく、伝説をもとにした二次創作、いわば一種のスピンオフである。主人公は有名な聖人ではなく、ほとんど誰も知らないような脇役（というよりも端役）である。

それだけではない。ツヴァイクの「聖伝」のなかでは、伝説の世界と重ね合わせるようにして、現代の世界が巧みに描き込まれている。例えば第一次世界大戦中に書かれた『第三の鳩の伝説』のなかでは、当時の世界を覆っていた「火の洪水」が、聖書に伝わる大洪水の再来として描かれている。ツヴァイクの「聖伝」のおもしろさは、まさにこの「伝説」と「現代」の二重写しの手法にある。みすず書房から出ているツヴァイク全集第四巻『レゲンデ』の解説のなかで、翻訳者の西義之（一九二二-二〇〇八）はツヴァイクの「聖伝」を中島敦（一九〇九-四二）の短編小説になぞらえているが、これは正鵠を射た指摘である。伝説を素材にした中島敦の小説は――『李陵』や『弟子』を思い浮かべれば良いだろうが――その硬質な文体も、それでいて饒舌な語り口も、たしかにツヴァイクの「聖伝」とよく似ている。しかし、ツヴァイクにあって中島敦にないものがひとつある。それが「伝説」と「現代」を重ね合わせる手法である。この手法に魅せられて、それ以来好きな作家を聞かれたら、ドイツ語圏ではシュテファン・ツヴァイクの名前を挙げるようにしている。それくらい、ツヴァイクの「聖伝」が残した印象は鮮烈だった。

ただし、シュテファン・ツヴァイクが好きだと言っても、なかなか話は通じない。名前は知っていても、読んだことがないという人が大半である。いわんや「聖伝」を知る人はほとんどいない。というわけで、ツヴァイクという作家がどういう人だったのか、彼の作品がこれまでどのように読まれてきたのか、まずはそのあたりから解説をはじめよう。

シュテファン・ツヴァイクについて

シュテファン・ツヴァイクは一八八一年十一月二十八日、ウィーンの裕福なユダヤ人家庭に生まれた。早くから文才を顕し、一九〇〇年頃に若くして文壇にデビュー。旅と社交を愛し、コスモポリタンとして広くヨーロッパを舞台に活躍するが、一九一四年に第一次世界大戦が勃発。従軍中に戦争の惨状を目の当たりにしたツヴァイクは、やがて反戦色をあらわにした作品を書き始める。その後は次々にベストセラーを発表し、心理小説と伝記小説の名手として、不動の地位を確立する。

しかし平和な時間は長くはつづかない。一九三三年には隣国ドイツでナチス政権が成立し、オーストリアにもファシズムの影が忍び寄る。同年の焚書で燃やされた本のなかには、ツヴァイクの著作もあった。一九三四年に亡命を決意したツヴァイクは、イギリスやアメリカを転々と渡り歩きながら作品を書きつづける。最後に移り住んだのはブラジルだった。海の向こうのヨーロッパでは、そのときすでに第二次世界大戦がはじまっていた。終わらない戦争に絶望したツヴァイクは、妻のロッテとともにみずからの命を絶つ。一九四二年二月二十二日のことだった。

ではツヴァイクの作品は、これまでどのように読まれてきたのか。ツヴァイクの作品は生前からヨーロッパの内外で広く読まれていたが、死後もその人気は衰えることはなく、一九六〇年の時点でその翻訳点数は世界文学のなかで第四位を記録したという。日本でも一九六〇年代にはみすず書房から全十九巻のツヴァイク全集の刊行がはじまり、多くの読者を獲得した。いまではその名声にも翳りが見えるが、一部で根強いファンがいることもたしかである。『マリー・アントワネット』などの伝記小説は文庫版で長らく版を重ねているし、『女の二十四時間』などの心理小説のコレクションも新装版で世に出ている。ちなみに海外でもこのところはささやかなツヴァイク・ルネッサンスが起きている。新しい研究書も続々と刊行されているが、それだけではない。例えば、二〇一四年に封切りされてヒットした、ウェス・アンダーソン監督の映画『グランド・ブダペスト・ホテル』。これはエンドロールに記されているように、ツヴァイクの生涯と作品にインスピレーションを受けてつくられた映画であり、主人公の執事グスタフの風貌と語り口はどことなくツヴァイクとよく似ている。

このように、ツヴァイクの作品は細々とではあるが、いまでもたしかに読まれている。とはいえ読まれているのはあくまで「心理小説」と「伝記小説」が中心で、「聖伝」の存在はほとんど忘れられている。——ドイツ文学者の相良《さがら》守峯《もりお》（一八九五－一九八九）は、かつてツヴァイクの作品を評してこう言った。「シュテファン・ツヴァイクの書いたものは、小説〔心理小説〕でも伝記もの〔伝記小説〕でも、ドイツ文学として珍しいほど、すべてきわめておもしろい」。ツヴァイクの作品のおもしろさについてはわたしもまったく同感だが、ただひとつここで気になるのは、「聖伝」の存在が忘れられていることだ。翻訳者の西義之はこの点について、「ツヴァイクの多方面にわたる創作活動を知っているひとの間でも、この短編集〔聖伝〕のことは、これまでふしぎに言及されることがなかった」と述べている。これは一九六一年の時点でのコメントだが、事情はいまでも変わらない。「聖伝」は相変わらず影が薄い。というよりも、ほとんど忘れられている。今回〈ルリユール叢書〉の一冊としてわたしが上梓するのは、この忘れられた名作の新編アンソロジーである。

『聖伝』について

ツヴァイクは生涯にわたって折に触れて、ぽつぽつと聖伝を書きつづけた。年代順にならべると、『第三の鳩の伝説』（一九一六）、『永遠の兄の目』（一九二二）、『ラケルの愛』（一九二七）、『似ていて似ていない姉妹の物語』（一九二七）、そして『埋められた燭台』（一九三六、単行本の刊行は一九三七）の五つである。みすず版ツヴァイク全集の『レゲンデ』の巻にはこの五点すべてが収められているが、今回は趣向を変えて、収録する作品を三つに絞ることにした。そもそも、ツヴァイクの「聖伝」は版によって編集方法が異なっている。いま手元にあるものだけ見ても、一九四五年にベルマン・フィッシャー社から出た単行本（Stefan Zweig: *Legenden.* Stockholm 1945）には五つの聖伝がすべて収められているが、その後S・フィッシャー社から出た版（Stefan Zweig: *Legenden.* Wien 1952）ではそれが三点になり、一九九〇年に同じくS・フィッシャー社から出た選集版（Stefan Zweig: *Rahel rechtet mit Gott. Legenden.* Frankfurt a. M. 1990）では四点になっている。作品の点数だけではなく、並べ方もばらばらで、統一的な基準はない。要するに「聖伝」の編集方法は自由なのだ。そのため今回は、「戦争と平和」に関連する作品を選んで、独自のアンソロジーを編むことにした。収録したのは、『第三の鳩の伝説』、『永遠の兄の目』、そして『埋められた燭台』の三つである。この三点は、成立時期も、素材となっている伝説も、作品の長さもそれぞれに異なっている。コース料理に喩えれば、短編の『第三の鳩の伝説』は前菜、中編の『永遠の兄の目』は具だくさんのスープ、長編の『埋められた燭台』はメインの一皿といったところだろうか。ツヴァイクの「聖伝」の魅力はこの三点で十分に味わっていただけるだろうが、今回はさらにしめくくりの一品として、「聖伝」と同じく宗教伝説を素材とした未邦訳のエッセイ、『バベルの塔』を収録することにした。デザートの一品というにはやや甘みにかけるかもしれないが、お口直しのほろ苦いエスプレッソくらいに思っていただければ幸いである。
では、ツヴァイクは「聖伝」のなかで「伝説」と「現代」をどのように重ね合わせていたのか。つづいて個々の作品の解説に移ることにしよう。

『第三の鳩の伝説』

Stefan Zweig: *Die Legende der dritten Taube*. In: Ders.: *Rahel rechtet mit Gott. Legenden*. Frankfurt a. M. 1990, S. 7-11.（籠碧、宇和川雄訳）

創世記第八章のノアの方舟の伝説を素材とした、ツヴァイク最初の聖伝である。かつて神が人間の堕落を戒めるために大洪水を引き起こしたとき、ノアは方舟をつくって動物たちの番《つがい》を乗せた。やがて洪水の水が引きはじめると、ノアは外の様子を見るために鳩を放った。最初の鳩とその次の鳩はノアのもとに戻ってきたが、第三の鳩は二度と戻ってはこなかった。ツヴァイクが描くのは、この第三の鳩のその後の「旅と運命」である。方舟を飛び立った鳩は新たな住処を見つけ、そこで長い眠りにつく。しかしあるとき轟音が鳴り響き、鳩は眠りから覚めて舞い上がる。そこで鳩が目にしたのは、世界を覆う「火の洪水」だった。かつての大洪水の再来を前にして、鳩は平和のしるしを探して飛び回るが、それはどこにも見つからない。このさまよえる鳩は平和を手にすることはできるのか。答えは示されないままに、物語は幕を閉じる。

ツヴァイクは第一次世界大戦中に軍部の「戦時文書課」に配属され、一九一五年に任務でガリツィア地方（現在のポーランド南部）を視察する。そこで戦争の惨状を目の当たりにした彼は、一九一六年二月に新しい短編の口述筆記を開始する。そうして書きあげられたのが、この『第三の鳩の伝説』である。「黒い金属の塊がヒュウヒュウと飛び交い、それが落下すると大地は驚いて跳ね上がり、木々は藁のように裂けた。さまざまな色の服を着た人間たちが死を投げつけ合い、恐ろしい機械が火炎を噴き出した。」この一節などは、ダイナマイトや戦闘機などの近代兵器が実践投入されて未曾有の死者を出した第一次世界大戦の端的なスケッチと言えるだろう。一九一七年にエーミール・クレーガー（一八八〇－一九三六）が編んだ『われらの時代の伝説とメルヒェン』のなかには、この聖伝が挿絵入りで収録されている［**図1**］。絵の右半分にはヨーロッパの街並みが描かれ、赤い大波が後ろからいまにもそれを飲み

FRANZ CHRISTOPHE: „DIE LEGENDE DER DRITTEN TAUBE"

［**図1**］エーミール・クレーガー編『われらの時代の伝説とメルヒェン』より

こもうとしている。上空ではオリーブの葉をくわえた一羽の鳩が翼を広げて、壊れた教会の内部の、ステンドグラス上の始祖ノアの姿を見つめている。しかし鳩は、もはやノアのもとに帰ることはできない。考えてみればこの鳩は、二度にわたって故郷を失っている。鳩はまず大洪水によって故郷を失い、方舟に乗って命をつなぐ。そして方舟を出た後は第二の故郷を手に入れるが、第一次世界大戦の「火の洪水」によって、ふたたびそれを失ってしまう。故郷を奪われ、帰る場所を失い、不安のなかをさまようこの鳩の姿は、戦争の時代の「亡命者」あるいは「故郷喪失者」のアレゴリーととらえることもできるだろう。

『永遠の兄の目』

Stefan Zweig: *Die Augen des ewigen Bruders.* In: Ders.: *Rahel rechtet mit Gott. Legenden.* Frankfurt a. M. 1990, S. 12-55.（籠碧訳）

第一次世界大戦後の一九二一年に発表された、中編の聖伝。ツヴァイクの生前から版を重ね、多くの言語に翻訳された。日本でも一九二七年に山本有三（一八八七－一九七四）がいち早く翻訳を手がけていて、ちなみにこれが、日本におけるツヴァイク翻訳の最初の事例である。

素材となっているのは、エピグラフにも引用されている古代インドの聖典『バガヴァッド・ギーター』。ツヴァイクはすでに一九〇八年から翌年にかけて旅行でアジアを巡ったことがあり、その時にインドの風土を知っていた。だが『永遠の兄の目』の成立に関しては、この旅行よりもむしろ、第一次世界大戦の後に出会ったひとりの詩人の影響が大きい。詩人の名は、ロビンドロナト・タゴール（一八六一―一九四一）。アジアの詩人としてはじめてノーベル文学賞を受けたタゴールは、その講演録『サーダナー――生の実現』（一九一三年、ドイツ語訳は一九二一年に刊行）のなかで、『バガヴァッド・ギーター』をはじめとする聖典の叡智について語っている。ツヴァイクが『ギーター』を知ったのは、はおそらくこの本を通してであったと推測される。折しも当時のヨーロッパでは、第一次世界大戦の破滅的な結果をうけて、西洋文明に代わる精神のよりどころを、東洋に求める動きが起っていた。ヘルマン・ヘッセ（一八七七―一九六二）の『シッダールタ』（一九二二）が書かれるのもこの頃のことであり、このツヴァイクの聖伝もこうした文学上のオリエンタリズムのひとつに数え入れることができる。

『永遠の兄の目』の主題は、一言で言えば、「戦争で罪を犯した人間の人生の模索」である。物語の舞台は古代インド。あるとき主人公ヴィラータの暮らす王国で内乱が起こる。国王軍の敗色が濃厚となるなかでヴィラータが立ち上がり、獅子奮迅の活躍で、見事に反乱を鎮圧する。王国の危機を救ったヴィラータは英雄としてたたえられるが、彼の心は一向に晴れない。なぜなら彼は反乱軍に加わっていた実の兄を、知らぬ間に殺してしまっていたからだ。「死んだ兄の目」から逃れるためのヴィラータの遍歴が、そこからはじまる。王ははじめヴィラータを将軍にしようとするが、ヴィラータはそれを拒んで裁判官の職に就く。ヴィラータの公正な裁きは人々から賞賛されるが、彼はやがて人間が人間を裁くことの罪を知る。裁判官を辞めたヴィラータは家に戻り、静かな生活を送る。しかしヴィラータはあるとき奴隷を使役することの罪に気づいて、その是非を巡って家族と対立する。ヴィラータは、それから森の奥で隠者として暮らしはじめる。人と関わりをもたない限り、罪を犯すことはない。そう考えていたヴィラータだが、あるとき見知らぬ女性から憎悪の目を向けられる。理由を尋ねると、彼女の夫はヴィラータの生き方に憧れて隠者となり、そのために子どもたちはみな飢えて死んだと言う。人は誰とも関わりを持たずに生きていくことはできない。そして人は人と関わりを持つ限り、罪を犯しつづける。そう悟ったヴィラータは、最後には奉仕の生き方を選択し、犬の世話係になる。そしてじきに人々からは忘れられ、ひとりひっそりと息を引きとる。

この物語のなかでヴィラータは、戦場で兄を殺したことではじめて自分が罪ある人間であることを自覚する。物語の序盤で、ヴィラータはその苦悩を次のように語っている。「目に見えないものが啓示を送り、私の心はその意味を悟りました。つまり、私は兄を殺《あや》めましたが、それは人を一人でも打ち殺す者は兄弟を殺めているも同然だと知るためだったのです。私は戦場の指揮官にはなれません。剣の中には暴力が宿り、そして暴力は正義の敵だからです。殺しの罪に与《くみ》する者はみな、みずからも死んでいるのです。私は恐怖の源になりたくないのです。不正をなすことは、私の悟った啓示に反します。そんなことならいっそ、物乞いになってパンを食べていたい。永遠の流転《るてん》の中では人生など短いものです。どうか私に分かたれたこの短い生涯を、正しい人間として暮らすことをお許しください」（本書二四頁）。戦争において、殺人は正当化される。しかし、いかに正当化しようとも、それが人殺しという「罪」を犯していることにかわりはない。ヴィラータのこの台詞、この懊悩は、第一次世界大戦を経験した兵士のそれとして読むこともできるだろう。実際ツヴァイクは第一次世界大戦中の「兄弟殺し」の実例を、たしかに知っていた。ツヴァイクの最初の妻フリーデリーケによれば、『永遠の兄の目』は、ツヴァイクが第一次世界大戦中に兄弟で敵味方に分かれて戦っていた友人の話に心を痛めて書いたものであるという。ただし、この物語のなかでは、「正しい生き方」の答えは結局示されない。「正しい生き方」を模索するヴィラータの試みはことごとく失敗し、彼は答えにたどり着くことはできない。だとすれば、彼の試みは無意味だったのだろうか。——おそらく、そうではないだろう。ヴィラータの人生は、たしかに挫折と逃走の連続である。彼は「死んだ兄の目」と出会うたびに、積み上げてきたものを捨てて逃げ出すことをくりかえす。しかしヴィラータは最後に犬の世話係になったときに、ようやく「死んだ兄の目」から解放されて、自分が罪の掟のなかに生きていることを受け入れて、人生を心から「愛する」ようになる。彼の人生は傍目から見れば転落の連続かもしれないが、しかし彼自身にとってはそうではない。そう考えれば、ヴィラータの人生の遍歴は、たとえそれが出口のない袋小路をさまようものであったとしても、無意味であったとは言えないだろう。ツヴァイクはこの聖伝のなかで、悩み、戸惑い、挫折しながらも、「正しい生き方」を求めつづける、シジフォス的な人間の生き様を描いているのではないだろうか。

『埋められた燭台』

Stefan Zweig: *Der begrabene Leuchter.* In: Ders.: *Rahel rechtet mit Gott. Legenden.* Frankfurt a. M. 1990, S. 74-191.

（宇和川雄訳）

　亡命中の一九三六年に発表され、一九三七年に単行本として刊行された、ツヴァイク最後の聖伝。物語はまず西暦四五五年のヴァンダル人によるローマ侵攻の場面からはじまる。略奪がつづくなか、聖燭台が奪われたという知らせが、ローマに住むユダヤ人たちのもとに届く。信仰の拠り所であるメノラーが奪われたことを知った彼らは悲しみにくれるが、老人たちが立ち上がり、メノラーの移動を見届けるための旅に出る。そのとき証人として連れ出されたのが七歳の少年ベンヤミンだった。ベンヤミンはその道すがら、導師《ラビ》の口から燭台の移動と民族の離散にまつわる歴史を聞く。港で実物の燭台を見たベンヤミンはその奪還を試みるが、失敗して利き腕の自由を失う。そして燭台はヴァンダル人の都カルタゴへと運び去られる。

　物語の後半に入ると、舞台は東ローマ帝国の都ビザンツに移る。八十年の月日が経ち、老人になったベンヤミンのもとに、聖燭台がカルタゴからビザンツに移動したという知らせが届く。それを聞いたベンヤミンは、もう一度その目で燭台を見ようとビザンツへ向かう。そのビザンツの地で、ベンヤミンは同胞に請われて、皇帝ユスティニアヌスに謁見することになる。ベンヤミンは皇帝の前でひるむことなく燭台の返還を嘆願するが、その試みはあと一歩のところで失敗に終わる。ベンヤミンはみずからの運命を呪い、いったんは死を願う。しかしその後、同胞の彫金師ベン・ヒレルの助けを借りて、ついにメノラーを取り戻す。だがベンヤミンは苦労の末に手に入れたそれを、最後には地中に埋めることに決める。そして物語は、埋められた燭台がいまもなお故郷の地エルサレムで目覚めのときを待っているという、開かれた結末で幕を閉じる。

物語の舞台は古代ローマだが、「民族の離散と救済への祈り」という主題は、一九三〇年代当時のユダヤ人の置かれていた状況と呼応している。ツヴァイクが生きていた時代には、ユダヤ人の間で「シオニズム」と「メシアニズム」が熱を帯びていた。「シオニズム」はシオン（エルサレム）への帰還とユダヤ文化の復興を目指す思想であり、「メシアニズム」は救世主の出現と歴史の大転換の時を待ち望む思想である。この二つは、本作の主人公であるベンヤミン・マルネフェッシュの言動のなかにもはっきりと見てとることができる。ちなみにこの聖伝は一九三六年に発表された後、一九三七年に「ユダヤ展望」誌に一部が掲載されるが、この雑誌はナチスの圧力によりその後廃刊となる。ユダヤ人の迫害を描いたこの作品は、それ自体が迫害の犠牲者となったのである。

もう一歩踏み込んだ解釈をしておこう。ベンヤミン・マルネフェッシュは物語の終盤、メノラーを地中に埋めることに決める。しかしその直前になって、彼は逡巡する。聖燭台を自分の死の道づれにしても良いものか。燭台の救済が「ほんのわずかでも人々に予感されれば、彼らは〔……〕いったいどれだけ幸せ」か、それが分かっているのに人々に知らせないのは、はたして正しいことなのか。ベンヤミンはしかし最後には、秘密を抱えたままひとり静かに息をひきとる。幸福な知らせは、結局人々には届かないままに物語は終わる。ここだけ切りとれば暗い結末だが、違う読み方もできるだろう。この作品を読む人は、ベンヤミンの秘密を共有することになる。ベンヤミンの秘密、彼が語らなかった知らせは、この作品を通して、はじめて人々に開示される。すなわちこの作品は、ベンヤミン・マルネフェッシュがかつて古代のユダヤ人に届けることのできなかった慰めと希望の知らせ——燭台が未だ失われていないという知らせ——を、同時代のユダヤ人に届けるためにつくられた物語であると読むこともできるのだ。それを裏づけるエピソードがひとつある。一九三六年八月二十六日、ツヴァイクは訪問先のブラジルで亡命ユダヤ人の集会に参加し、そこで書きあげたばかりの『埋められた燭台』を朗読した。ホールには千二百人を超える人々が溢れ、その表情には深い「感謝と感激」が浮かんでいたと、ツヴァイクは日記のなかで書き留めている。ツヴァイクは、この聖伝を読み聞かせることで実際に、同時代のユダヤの民に慰めと希望を与えていたのである。

一九一六年の『第三の鳩の伝説』のなかでは故郷喪失が主題になっていたが、この『埋められた燭台』のなかでは民族の離散（ディアスポラ）が主題となっている。二つの作品の主題の重なりについては、ひとつ興味深い資料がある。『埋められた燭台』は一九三七年に五百部限定の挿絵入りの単行本として刊行される。注目すべきは、その最後のページの図版である［図2］。この絵のなかで、鳩は平和の象徴であるオリーブの葉をくわえて、朝日を背にして翼を休めている。地中に突きたてられたスコップは、おそらく誰かが燭台を見つけたことを表しているのだろう。挿絵を手がけた画家のベルトルト・ヴォルペ（一九〇五－八九）はユダヤ系ドイツ人で、このときツヴァイクと同じく亡命の途についていた。ユダヤ人のディアスポラを主題としたこの作品に挿絵をつけるにあたって、ヴォルペは物語のなかでは語られていない、燭台が救済される未来の時を、物語の余白に、いわば願望像として描き込んだ。［図1］のなかで戦争の「火の洪水」を逃れて飛び回っていた鳩は、この絵のなかではふたたび平和の日々を手に入れて、安らいでいるように見える。

だが、ここに描かれた平和な世界は、いまだ実現にはほど遠い。というのも、ベンヤミン・マルネフェッシュが燭台を埋めた場所は、作中では「ヨッペ」の港にほど近い、小高い丘であるとされている。ヨッペというのはいまのヤッファ、つまりイスラエルの政治経済の中心であるテルアビブ地区の古い呼称である。第二次世界大戦後にイスラエル――メノラーとオリーブを国章としたユダヤ人国家――が建国されて以来、今日にいたるまで、中東の地では争いがつづいている。ユダヤという一民族にとっての平和ではなく、

［図2］シュテファン・ツヴァイク『埋められた燭台』の単行本より

真の平和がこの地に訪れるのは、はたしていつのことになるのだろうか。この一枚の絵からは、そんな問いも浮かび上がってくる。

『バベルの塔』

Stefan Zweig: *Der Turm zu Babel*. In: Ders.: *Die schlaflose Welt. Aufsätze und Vorträge aus den Jahren 1909-1941.* Frankfurt a. M. 2012, S. 68-73.（宇和川雄訳）

『第三の鳩の伝説』とほぼ同時期に口述筆記をもとにして書かれたエッセイで、一九一六年にフランスとドイツの雑誌に掲載された。

「バベルの塔」は「創世記」第十一章に出てくる逸話である。大洪水の水が引いたあと、人間たちは力を合わせて天まで届く巨大な塔を建てようとした。しかし、塔の建設を見た神は人間の驕《おご》りを戒めるために、人々の間に言語混乱を引き起こした。そして言語がばらばらになった人々は、塔の建設を放棄し、世界中に散っていった。そのためこの地は、「混乱」を意味する「バベル」の名で呼ばれている。以上が「創世記」の記述であるが、ツヴァイクがここで描くのは、現代におけるこの「バベルの塔」の再建をめぐる物語である。「創世記」に描かれた時代から数千年の時が経ち、人々はふたたび力を合わせて新しい塔をつくりはじめた。人々はもはや煉瓦や粘土といった「脆い物質」ではなく、精神という「不壊《ふえ》の素材」を使って、ヨーロッパの地に新しいバベルの塔をつくりあげた。ところがそれを目にした神は、ふたたび人々の間に混乱を引き起こす。「学者は知識を、技術者は発明を、詩人は言葉を、司祭は信仰を武器に変え」て、人々は殺し合いをはじめ、塔はあえなく崩れ落ちる。作中で言われているこの「今日のわたしたちの恐るべき瞬間」が、第一次世界大戦を指すことは明らかだろう。そしてこのエッセイは、ヨーロッパにおける塔の再建に向けた呼びかけでもって締めくくられている。

「バベルの塔」のモティーフは、現代にいたるまでさまざまに解釈されてきた。この点についてはジョージ・スタイナー『バベルの後に』(一九七五)やウンベルト・エーコ『完全言語の探求』(一九九三)に詳しい。ツヴァイクの同時代に限ってみても、例えばフランツ・カフカ(一八八三―一九二四)やヴァルター・ベンヤミン(一八九二―一九四〇)がこれを作品のなかで取りあげている。しかし、そうした作品と比べてみても、ツヴァイクの「バベル」解釈は一風変わっている。「バベルの塔」の逸話はふつう、神が人間の驕りを戒めるために与えた「罰」としてとらえられるのが一般的だ。しかしツヴァイクにとって「バベルの塔」の建設は否定されるべきものではない。それは人類の「偉大な仕事」として肯定されるべきものであって、人々の間に混乱を引き起こして邪魔立てする神の決断の方が「残酷」なのだ。精神の連帯と共同作業を阻むものは、たとえ相手が神であろうとも、断固として闘わなければならない。バベルの塔は、何度破壊されても、再建されなければならない。このツヴァイクの揺るぎない信念は、人類の「守護者の目的と喜びは、創造主である神と闘うことにある」という末尾の一節からも読みとることができるだろう。
　このエッセイが書かれた後、二十世紀には実際に国家や民族を超えたさまざまな「塔」――国際連盟、国際連合、あるいはEUといった連合体――がつくられる。二十世紀はしかし「塔」の建設だけではなく、「壁」の建設の時代でもあった。ベルリンの壁は崩壊したが、パレスチナで、メキシコで、人々を分断する「壁」の建設は、いまなお世界中でつづいている。自国中心主義が声高に叫ばれ、EUの連帯が綻びを見せているいま、「塔」の建設を呼びかけるツヴァイクの言葉は、今日の読者の目にはあまりにも素朴で理想主義的なものに映るかもしれない。しかしそれは排外主義が高まりを見せる「壁」の建設の時代だからこそ、読まれるべきものであるだろう。

　ツヴァイクの専門家ではないわたしがこの翻訳をしようと思い立ったとき、まず思い浮かんだのは、ウィーン世紀末文学を専門にしている後輩の籠さんだった。籠さんには、博士論文の執筆で忙しい時期に、翻訳というシジフォスの労働を引き受けていただいた上、さらに『永遠の兄の目』に関するエッセイもひとつ書いていただいた。通り一辺倒の解説では物足りないという方は、ツヴァイクという作家の「倫理性」に鋭く切り込んだ巻末の籠さんのエッセイを、ぜひともお読みいただきたい。なお、今回訳出した作品には『バベルの塔』以外には邦訳がある。翻訳に際してはわたしと籠さんが個別に作品を担当し、最後の検証の段階で、みすず版ツヴァイク全集の翻訳（『レゲンデ』

西義之、内垣啓一、大久保和郎訳、一九七四）を参照した。西義之氏の翻訳でツヴァイクの『聖伝』の魅力に触れた者として、氏の訳業を乗り越えられたとは到底思わない。しかしそれでも、今回の翻訳を通して、「聖伝」の硬質な文体の魅力をいくらかなりともいまの日本語に移植できたのではないかと思っている。ちなみに、原文の一部には今日の観点から見て差別的な表現が含まれているが、作品の書かれた時代背景、原文尊重の観点から、あえてそのまま訳出した。翻訳というのは、一種の複製の作業であると思う。『埋められた燭台』に登場する彫金師のツァハリアスが、もてる技術の限りを尽くして聖なる燭台とまったく同一の燭台をつくり出したように、翻訳者は、二つのテクストを見比べて、慎重に鑿をふるい、鑢をかけ、完全な複製をつくり出すことを夢想する。もっとも、名人ツァハリアスは一週間で完全な複製を完成させたが、わたしの場合は一年と言わず二年と言わず、ずいぶん長い時間がかかってしまった。そうしてできあがった品も、完全な複製と言うにはほど遠い。ため息が出そうにもなるが、しかし原型と模像を見比べて、原文の傷や模様をひとつずつ刻み込み、言葉に鑢をかけていく作業は、ひそかな快楽でもあった。遅々として進まぬ翻訳作業を温かく見守っていただいた幻戯書房の中村健太郎氏、古代ローマ・ビザンツ史について教えていただいた関西学院大学の中谷功治先生、そして訳文に目を通して助言をくださったすべての方々に、この場を借りて厚く御礼を申し上げたい。

解説を終えるにあたって、最後にひとこと、「証人」について述べておきたい。ツヴァイクは死の直前に書いた『昨日の世界』の序文のなかで、みずからを時代の「証人」と呼んでいる。ツヴァイクは時代の「証人」として、『昨日の世界』以外にも多くの作品を書き残した。ここに訳出した『聖伝』もまた、伝説の世界と同時代の世界を重ねて描いている点で、半分は時代の証言であると言えるだろう。自分が時代の証人であるという認識は、『埋められた燭台』の主人公ベンヤミン・マルネフェッシュのなかにも見てとれる。「わたしは証人である」——ベンヤミンは作中で何度もその台詞をくりかえす。彼はある夜祖父に連れられて旅に出て、その夜を境にして民族の歴史の証人となる。『埋められた燭台』はこの古《いにしえ》の証人の人生をめぐる物語であり、彼が生前に語ることのなかった証言の記録であり、ツヴァイクはそれをさらに彼自身が生きたユダヤ人迫害の時代の証言へと昇華させている。証人の言葉は次の世代へと伝えられ、彼らがまた新たな証人となって、次の世代へと言葉を伝える。そのようにして、祖父から孫へ、孫からその孫へと、証言の鎖は、時に途切れながらもつながってゆく。わたし自身、この作品の翻訳中に、百歳を迎えた祖父の口からはじめて第二次世界大戦中の従軍体験を聞く機会があった。祖父が語ってくれたビルマの記憶は、このまま何もしなければ、わたしの胸のなかで磨滅して、いつかは消えてしまうだろう。だが、ツヴァイクの作品はそうではない。彼の言葉は、それを読む人がいる限り、これからも受け継がれていくだろう。前世紀の二つの世界大戦の間でツヴァイクという証人が残した言葉が、この翻訳によって、日本でも次の世代へと受け継がれていくことになれば、訳者としてそれに勝る喜びはない。

訳者解題――卑怯者の正義

籠　碧

『永遠の兄の目』はいまからおよそ百年前に書かれた。舞台はブッダ以前の古代インド、主人公はヴィラータ。主人公が非の打ちどころのない戦士として設定されている時点で個人的には読む気が失せている。私は日々十円単位の小銭の計算に追われて暮らすせせこましい小市民なので、英雄譚とはあんまり関わりたくない。しかしヴィラータがそれとは知らずに実の兄を殺してしまい王命に逆らい出すところから、物語は俄然面白くなる。ツヴァイクの筆も乗り始めるような気がする。死んだ「兄の目」は「正義」のあり方を問いただす審級としてくりかえしヴィラータの前に現れる。その目に出くわすたびにヴィラータはいちいちショックを受け、戦士、裁判官、家長、隠者と順に立場を変えてゆく。なお、ポジションの移動があるたびかっこいい異名を手に入れているのだが（刀剣の雷、正義の源泉、助言の畑地、孤独の星）、冷静に考えたらこの移り気ぶりはだらしないと言っていいと思う。最後の異名、「孤独の星」という呼び名のもとではヴィラータは、森にこもって静かに隠者の生活を送る。しかしある日村の女性になじられ、その目の中にまたしても兄の目を見てしまう。森を離れ王のところに戻ってきたヴィラータは、今度は最も低い身分、宮廷の犬の世話係になる。二つ名をつける者はもういない。主人公は国中の人々に忘れ去られながら孤独に死ぬ。親族は完全にヴィラータを見捨て、親身に世話した犬たちにすらたったの二日で忘れられる。しかしもはや兄の目に出会うことのないヴィラータは、とても幸福だったのだ。「偉い人のお話か……」という序盤の及び腰が嘘のように、この誰にも忘れ去られる結末部では、ヴィラータと一緒に幸せな気持ちになっていた。

ツヴァイクは作品冒頭に、ヒンドゥー教の聖典『マハーバーラタ』の一部をなす『バガヴァッド・ギーター（神の歌）』からの引用を掲げている。この作品が刊行されたのは第一次世界大戦が終わったあとのことである。第一次世界大戦はヨーロッパの人々を物理的にも精神的にも混乱させた。大戦直後にはシュペングラー『西洋の没落』が世に出る。徹底的な破壊を前にして自分たちの価値観をもはや信頼できなくなったヨーロッパは、新しい道しるべを（あくまで想像上の）「東洋」の中に求めた。ヘルマン・ヘッセの『シッダールタ』の発表もこの時期だし、またインドの詩聖ロビンドロナト・タゴールがこの頃ヨーロッパを訪れている（ツヴァイクもタゴールを自宅に招いている）。こういうインド・ブームを、流行作家のツヴァイクが見逃すはずがない。一九二一年、まさに時機を逸さずして、『ギーター』を元ネタとした『永遠の兄の目』が世に出たのだった。『ギーター』からの引用を、ここで改めて見てみたい。

あらゆる行為を避けてみたところで、人は行為から真の意味で自由になることはない。人間は一瞬たりとも行為から免れられない。

（バガヴァッド・ギーター　第三章節）

行為とはいったい何か？　そして無為とは？　――これは、賢人をすら戸惑わせてきた問いである。

行為には気を付けなければならないし、許されざる行いにも気を付けなければならない。そしてまた無為に対しても、注意を払わなければならない――行為の本質は底知れず深い。

（バガヴァッド・ギーター　第四章節）

「行為」と「無為」をめぐる、とても興味深い一節である。『ギーター』はいったいどんな聖典なのだろうか、私も読んでみることにした。そもそも『ギーター』は世界中に普及して多様な解釈を引き起こしている聖典なので、私なんかにその全貌を摑めるわけがないのだが、話を前に進めるために思い切ってその筋を要約してみることにしたい。身内と殺し合いをしなければならないという局面に立たされ、戦意を失った戦士アルジュナに対して、神クリシュナが、戦士として定められた行為を、つまり戦うことを命じる。いわく、アルジュナは自分の行為が結果的に身内を殺してしまうのではないかと悩んでいるけれど、ある行為がどのような結果をもたらすかはすべて絶対者に捧げるべきであり、個人は行為の結果に執着してはならない。個人はただ、絶対者への帰依のもとで、社会の中で定められた行為に専心すべきなのである。説得の末、アルジュナはついに戦闘に舞い戻る。『バガヴァッド・ギーター』（上村勝彦訳、岩波文庫、二〇一七）の訳者解説には、「一般の社会人は、自分の仕事を遂行しながら、寂静の境地に達することが可能であろうか。〔中略〕『ギーター』は、自己の義務を果たしつつも窮極の境地に達することが可能であると説く。それどころか、社会人は決して定められた行為を捨てるべきではないと強調するのである」（二六四頁）と書いてある。事実、『ギーター』を二十世紀前半に実践の面で受容したことで知られているのはインドを独立に導いたマハトマ・ガンディー（一八六九－一九四八）、そしてフランスの思想家シモーヌ・ヴェイユ（一九〇九－四三）である。前者は何度も投獄されながらもイギリスに対し非暴力・不服従運動を展開、インド独立後もヒンドゥー教徒とイスラム教徒の和解を目指して活動を続け、ヒンドゥー原理主義者に暗殺された人物であり、そして後者は被抑圧者の側に立つという信念を机上の空論に終わらせることなくみずから労働者や志願兵の立場を経験し、最後は栄養をとることを拒んで衰弱死している。二人とも、社会との関わりの中でみずからの義務を果たした行動の人、と言っていいだろう。

さて、本作に話を戻したい。本作を『ギーター』と比べてみよう。ちょっと驚くのではないだろうか。つまり、共通点を探すことに苦労するのではないだろうか。確かに、血を分けた兄を殺してしまったヴィラータが戦意を喪失するという話の起こし方は似ている。『ギーター』の起点も、身内を殺してしまう可能性に怯えて戦意を喪失するところにある。しかし物語のたどり着く結末は、一八〇度違うと言っていいのではないだろうか。『ギーター』をある程度忠実な形で翻案するなら、ヴィラータはふたたび戦士として戦うべきだろう。少なくとも何らかのやり方で、社会と関わる方策を見つけるべきだろう。ヴィラータは戦士には戻らないし、それどころか社会との関わりを避け、物語の進行とともにますます内側に引きこもっていく。ヴィラータは最終的に犬の世話係になって、とても楽しそうに一人きりで死んでゆく。ツヴァイクはいったい何を読んだのか、本当に読んだのか、と疑いたくなる。

本当に読んでいなければどうしようもないのだが、個人的にはこの結末の落差は、「行為」に対する根本的な考え方の違いに由来していると思う。ツヴァイクは、『ギーター』にあらわれる「人は一瞬も行為を免れられない」、つまり無為すら行為である、というテーマを、ほとんど換骨奪胎している。『ギーター』における「無為すら行為」というテーマはおそらく、人間という矮小な存在が意志をもって行為を避けてみたところでそれさえ結局行為なのであるから、ともあれ人は行為しなければならない、すなわち社会の中でその義務を果たさなければいけない、という命題の前段として現れている。一方『永遠の兄の目』において「無為すら行為」のテーマが一番はっきり読みとれるシーンといえば、「孤独の星」の隠者ヴィラータが村の女性に怒鳴りつけられるところだ。自分は森に閉じこもって誰とも関わりを持たないことによって、つまり「無為」の日々を送ることによって罪を免れているつもりだったのに、それすら結局のところ他人に影響を与えるひとつの「行為」だったのだ、それによって人を傷つけていたのだ、と気づくあの場面である。それでヴィラータは犬の世話係に従事することを選ぶ。犬の世話をする仕事が現代の価値基準から見て社会の中の重要な職業であることは言うまでもないのだが、しかしこの作品の文脈に限って言えば、「犬の世話係」が示しているのはとりもなおさず「人間社会からの撤退」だろう。つまり『ギーター』では「無為すら行為」というテーマが最終的には社会への参加を促しているのに対して、ツヴァイクは、「無為すら行為」というテーマを、社会や他人から逃げ出すことに直結させるのである。

この作品をツヴァイクは、ある手紙で自分の「信条告白」だと呼んでいる。この作品には「行動」、とりわけ政治的行動をめぐるツヴァイクの考えが映し出されている。第一次世界大戦、故郷ハプスブルク帝国の崩壊、ヒトラーの台頭とユダヤ人迫害の激化、オーストリア併合、そして第二次世界大戦と、激動の時代を体験したツヴァイクは、政治的な行動を極度に嫌ったことでよく知られていた。選挙権は行使せず、平和会議への出席に二の足を踏む。はじめ加入していたアンリ・バルビュス（一八七三－一九三五）主催の平和主義グループ〈クラルテ〉からも、その政治色が鮮明になるとすっと身を引く。クラウス・マン（一九〇六－四九、トーマス・マンの息子）が編集し、ブレヒト（一八九八－一九五六）やジッド（一八六九－一九五一）、ヘミングウェイ（一八九九－一九六一）らが名を連ねる亡命作家たちのための雑誌「ザンムルング（集合）」への参加も拒絶する。ツヴァイク自身ユダヤ人だったのだが、ヒトラーが政権を掌握した後ですらいずれの党派にも与《くみ》せずに、どっちつかずの態度をとり続ける。こういう態度が原因で盟友ロマン・ロラン（一八六六－一九四四）と喧嘩別れし、ヨーゼフ・ロート（一八九四－一九三九）に愛想をつかされ、死後もなおハンナ・アーレント（一九〇六－七五）らに批判される。ツヴァイクのことを嫌っていた人を数え出すときりがない。ツヴァイクへの「悪口」を集めた本『シュテファン・ツヴァイク　勝利と悲劇』が刊行されているくらいである。

みずから迫害される立場にあった人物に対してこの手の非難はあまりに酷なのではないかという気もする。けれどもおそらく、批判もやむなしなのだと思う。ツヴァイクの作品は世界中で売れて、いまでいうところのインフルエンサーになった。ナチズムやファシズムを名指しで批判する機会は、ツヴァイクほどの売れっ子作家なら手に入っただろうし、とりわけ同胞のユダヤ人からの期待は大きかった。しかし実際のところツヴァイクは、風光明媚なザルツブルクの丘にお屋敷を構えていろんな有名人を招待し、趣味で集めたゲーテの手稿やなんかをみんなに披露しながら、現実の政治から逃げ回っていたのである。極貧無名であっても決然と権力に立ち向かった作家が大勢いた時代に、である。おもしろくない情報をもうひとつ付け加えておくと、ツヴァイクは、確かに売れて稼ぎもしたのだが、そもそも実家がとんでもないお金持ちだった。

しかしツヴァイクが象牙の塔に引きこもった作家、世間の動きに無頓着な人間だったのかといえばそんなことはまったくない。そのことをお伝えするためには、ここでいろんなエピソードを列挙せずとも、本書に収録の短編『第三の鳩の伝説』（一九一六）を読んでいただければ十分だと思う。ツヴァイクはこれを、第一次世界大戦の真っただ中に書いた。旧約聖書のノアの箱舟の物語に題材をとったこの作品でツヴァイクは、かつての大洪水を目の前で広がる戦火に重ね合わせる。行き場を失って上空を逃げ惑う鳩の姿には、疑いようもなく反戦の思想と平和への祈りが刻み込まれている。ツヴァイクは、熱烈な「平和主義者」だったのである。自分の思想を主張することを他者への「攻撃」と取り違えてためらうほどの。

ツヴァイクの「どっちつかず」の態度を論じるとき、決まって引き合いに出される伝記小説がある。一九三四年の『エラスムス・ロッテルダムの勝利と悲劇』（〈ツヴァイク全集〉第十五巻、みすず書房）である（ちなみにさきほどの〝ツヴァイク悪口集〟のタイトルは、この伝記小説をもじっている）。この作品でツヴァイクは、宗教改革の時代に「内面の自由」を守るために「中立」の立場を取り続けた歴史上の偉人エラスムスを描いている。そして暗にエラスムスを自分に重ね合わせることで、「行動」を避けることの自己正当化をしたのである。正当化というよりむしろ言い訳と言ったほうが正しいかもしれない。のちにツヴァイクはエラスムスのことを、つまり自分のことを、卑怯な人間だとは思う、と認めているのだし、そういうアンビヴァレントな評価はそもそも『エラスムス』じたいに書き込まれてもいる。

『永遠の兄の目』は、『エラスムス』に連なるものだと思う。つまり、「行動」しないためのエクスキューズのひとつの変種なのである。エラスムスの場合には「内面の自由」が言い訳のために持ち出されたが、『永遠の兄の目』で言い訳にされるのは、行為によって罪を犯してしまう、つまり他の誰かを傷つける可能性である。言い訳とはいえ、そこにはやはり見過ごせない誠実さがありもする。正義を唱え、立ち上がることに躊躇《ちゆうちよ》する心情の底には、勇気がないとか自由でありたいといったある種の身勝手さの他に、下手な動き方をすることで誰かを傷つけてしまうかもしれないというそれなりに誠実な恐怖心がある。そしてこの身に覚えのある恐怖心のリアルさこそが、『永遠の兄の目』の魅力の核をなしている。ツヴァイクはそもそも、人間の心の襞を事細かに描く心理小説でもって世界中を熱狂させた人だ。この作品では一級の心理小説家のエネルギーがまるごと、倫理の立ち上がる瞬間、あるいは倫理の頓挫する瞬間の描写に注ぎ込まれている。そのことがこの作品を稀有なものにしている。

それでもやはり、だからツヴァイクは誠実な人だ、素晴らしい、と結論づけて解題を終えることは個人的に憚《はばか》られる。ツヴァイクの逃避的な無為の態度が現状追認に過ぎないというのはもうどうしようもない事実だし、現代に生きる人間として確認しておかなければいけないような気がする。

ツヴァイク、そして次第に内面へ逃げ込んでいくヴィラータの態度は結局のところ、ツヴァイクの認める通りとても卑怯なものに映るし、ときどき嫌悪すら催す。それはおそらく自分が似ているからだ。いまの日本に生きていて、本書を手にするだけの余裕はどうにかある読者にとって、ツヴァイクの態度、そしてヴィラータの逃避ぶりは、どこか身につまされるものがあるのではないだろうか？　自分は十円単位の生活に追われているからとうそぶいて、見ないことにしていることがどれほどあるか。毎日訳が分からないほど疲れ切っているから、自分の生活を回すだけで精一杯だから、そしてなにより、自分なんかが下手に動いたら誰かを傷つけるから、と山のように言い訳を積み上げて、直視しないといけない事柄から目を逸らし続けているように思う。しち面倒な人間社会から逃げて逃げて、最終的に人との関わりを絶つヴィラータに羨ましさを覚えながら、でもこの結末でいいのかな……と躊躇する。こういうことを考えさせてくれる作品をあまり読んだことがない。執筆から百年ほど経ったいまもなお、全く色褪せていない作品だと思う。

作品には差別的な箇所があるが、それを訂正することは当時存在していた差別を覆い隠すと判断し、そのまま訳出することにした。また、山本有三訳（『山本有三全集』所収、改造社、一九三二）そして西義之訳（〈ツヴァイク全集〉第四巻『レゲンデ』所収、みすず書房、一九七四）を適宜参考にしつつ作業した。普段は読んだ本の内容をすぐに忘れてしまうのだが、十年ほど前、大学の図書館で西義之訳の『永遠の兄の目』を初めて読んだときのことは異様によく覚えている。倫理の立ち上がりそうで立ち上がらない、あのとても微妙な瞬間を、こんなにも生々しく描けるのかと思った。ヴィラータを勝手に自分に引き付けて、かなり具体的なことを考えていたと思う。ヴィラータの死に方、これいいなあ、と羨ましがりながら、そのあと体調を崩した。

新訳のお話をいただいたとき真っ先に考えたのは、せっかくの埋もれた名作なのだから私なんかより誰かもっとちゃんとした人が訳した方がいい、ということだった。しかし「好きな作品の翻訳を依頼していただく」というありがたい機会はもう二度と巡ってこないだろうと考え直し、お引き受けすることにした。何とか訳し終えたはいいものの、この訳者解題を執筆するのも想像以上に骨が折れた。いずれこのテーマで、今度はしっかりとした論文を書きたいと思った。そして脱稿も差し掛かったいま心の底からしみじみと思うのは、本当に、誰かもっとちゃんとした人が訳した方が……ということだ。最後にそんな身も蓋もないことを言いたくなるくらい、やはりこれは「埋もれた名作」だと思う。申し訳ない。この翻訳は、ひとまずひとつの訳例として提示させていただきたい。

ツヴァイクという作家は基本的には、都会人のややこしい心情を精緻に、そして明快に描き出す、華のある人だ。そういうツヴァイク作品ももちろん楽しい。しかしこの訳例を通して、あれやこれやと泥臭く悩む煮え切らないツヴァイクにも少しでも触れていただけたならとても嬉しく思う。

［著者略歴］

シュテファン・ツヴァイク［Stefan Zweig 1881–1942］

一八八一年ウィーンのユダヤ系の裕福な家庭に生まれる。ウィーンとベルリンの大学で学んだあと、作家として立つ。大学卒業後、フランス、イタリア、オランダ、インド、アメリカを巡る。第一次世界大戦中はロマン・ロランとともに反戦活動を展開し、ヨーロッパの人々の連帯を説く。ヒトラー政権の樹立後、ロンドンに亡命し、さらにアメリカ、ブラジルへと転居。一九四二年二月二十二日、妻とともに自殺。自伝『昨日の世界』をはじめ、伝記小説に『人類の星の時間』『ジョゼフ・フーシェ』、心理小説に『不安』『チェス奇譚』などがある。

［訳者略歴］

宇和川雄［うわがわ・ゆう］

一九八五年愛媛県松山市出身。京都大学文学研究科博士後期課程を出た後、『ミクロロギーと普遍史――ベンヤミンの歴史哲学』で京都大学博士号(文学)を取得。現在、関西学院大学准教授。専門はヴァルター・ベンヤミンと近現代ドイツ語圏の文学・思想。共訳書に、ジュビレ・クレーマー著『メディア・使者・伝達作用――メディア性の「形而上学」の試み』(晃洋書房)がある。

籠碧［かご・みどり］

一九九〇年愛媛県松山市出身。京都大学文学研究科博士後期課程を出た後、『20世紀前半ドイツ語圏文学における「狂気」のイメージ―シュニッツラー、デーブリーン、ツヴァイク―』で京都大学博士号(文学)を取得。現在、三重大学特任講師。主な業績にDie Flucht ins System: Die Skepsis gegenüber der Psychiatrie in Arthur Schnitzlers »Flucht in die Finsternis«などがある。

〈ルリユール叢書〉
聖《せい》伝《でん》

二〇二〇年九月四日　第一刷発行

著者　シュテファン・ツヴァイク
訳者　宇和川雄・籠碧
発行者　田尻勉
発行所　幻戯書房
郵便番号一〇一-〇〇五二
東京都千代田区神田小川町三-十二　岩崎ビル二階
電話　〇三(五二八三)三九三四
FAX　〇三(五二八三)三九三五
URL　http://www.genki-shobou.co.jp/
印刷・製本　中央精版印刷

ISBN978-4-86488-205-7 C0397

〈ルリユール叢書〉発刊の言

厖大な情報が、目にもとまらぬ速さで時々刻々と世界中を駆けめぐる今日、かえって〈遅い文化〉の意義が目に入りやすくなってきました。例えば、読書はその最たるものです。それというのも読書とは、それぞれの人が自分のリズムで本を読み、日々の生活や仕事、世界が変化する速さとは異なる時間を味わう営みでもあります。人間に深く根ざした文化と言えましょう。

本はまた、ページを開かないときでも、そこにあって固有の時間を生みだすものです。試しに時代や言語など、出自を異にする本が棚に並ぶのを眺めてみましょう。ときには数冊の本のなかに、数百年、あるいは千年といった時間の幅が見いだされるかもしれません。そうした本の背や表紙を目にすることから、すでに読書は始まっています。

気になった本を手にとり、一冊また一冊と読んでいくと、目には見えない書物同士の結び目として「古典」と呼ばれる作品があることに気づきます。先人の知を尊重し、これを古典として保存、継承していくなかで書物の世界は築かれているのです。かつて盛んに翻訳刊行された「世界文学全集」も、各国文学の古典を次代の読者へと手渡し、共有する試みでした。

古今東西の古典文学は、書物という形をまとって、時代や言語を越えて移動します。〈ルリユール叢書〉は、どこかの書棚でよき隣人として一所に集う――私たち人間が希望しながらも容易に実現しえない、異文化・異言語・異人同士が寛容と友愛で結びあうユートピアのような――〈文芸の共和国〉を目指します。

また、それぞれの読者にとって古典もいろいろです。私たちは、そのつど本を読みながら、時間をかけた読書の積み重ねのなかで、自分だけの古典を発見していくのです。〈ルリユール叢書〉は、新たな古典のかたちをみなさんとともに探り、育んでいく試みとして出発します。

Reliure〈ルリユール〉は「製本、装丁」を意味する言葉です。
ルリユール叢書は、全集として閉じることのない
世界文学叢書を目指し、多種多様な作品を綴じながら、
文学の精神を紐解いていきます。
一冊一冊を読むことで、読者みずからが〈世界文学〉を
作り上げていくことを願って——

［**本叢書の特色**］

❖名作の古典新訳から異端の知られざる未発表・未邦訳まで、世界各国の小説・詩・戯曲・エッセイ・伝記・評論などジャンルを問わず紹介していきます（刊行ラインナップをご覧ください）。

❖巻末には、外国文学者ならではの精緻、詳細な作家・作品分析がなされた「訳者解題」と、世界文学史・文化史が見えてくる「作家年譜」が付きます。

❖カバー・帯・表紙の三つが多色多彩に織りなされた、ユニークな装幀。

〈ルリユール叢書〉刊行ラインナップ

[既刊]

アベル・サンチェス	ミゲル・デ・ウナムーノ[富田広樹=訳]
フェリシア、私の愚行録	ネルシア[福井寧=訳]
マクティーグ サンフランシスコの物語	フランク・ノリス[高野 泰志 訳]
呪われた詩人たち	ポール・ヴェルレーヌ[倉方健作=訳]
アムール・ジョーヌ	トリスタン・コルビエール[小澤真=訳]
ドクター・マリゴールド 朗読小説傑作選	チャールズ・ディケンズ[井原慶一郎=編訳]
従弟クリスティアンの家で 他五篇	テーオドール・シュトルム[岡本雅克=訳]
独裁者ティラノ・バンデラス 灼熱の地の小説	バリェ = インクラン[大楠栄三=訳]
アルフィエーリ悲劇選 フィリッポ　サウル	ヴィットーリオ・アルフィエーリ[菅野類=訳]
断想集	ジャコモ・レオパルディ[國司航佑=訳]
颱風[タイフーン]	レンジェル・メニヘールト[小谷野敦=訳]
子供時代	ナタリー・サロート[湯原かの子=訳]
聖伝	シュテファン・ツヴァイク[宇和川雄・籠碧=訳]

[以下、続刊予定]

ボスの影	マルティン・ルイス・グスマン[寺尾隆吉=訳]
山の花環 小宇宙の光	ペタル二世ペトロビッチ = ニェゴシュ[田中一生・山崎洋=訳]
イェレナ、いない女 他十三篇	イボ・アンドリッチ[田中一生・山崎洋・山崎佳代子=訳]
ミルドレッド・ピアース	ジェイムズ・M・ケイン[吉田恭子=訳]
仮面の陰 あるいは女性の力	ルイザ・メイ・オルコット[大串尚代=訳]
ニルス・リューネ	イェンス・ピータ・ヤコブセン[奥山裕介=訳]
三つの物語	スタール夫人[石井啓子=訳]

＊順不同、タイトルは仮題、巻数は暫定です。＊この他多数の続刊を予定しています。